KB272095

하얀 등

심종숙 단편소설집

언젠가 오오에 겐자부로 작가가 한국에 왔을 때, 나는 그에게 '무엇이 당신으로 하여금 쓰게 합니까'라고 살짝 질문을 던진 적이 있었다. 그는 나에게 일본어로 '엔카나'라고 짧게 대답해주었다. 인연이나 불교에서의 연기의 연일지도 모르겠다. 그냥 연이 닿아서라는 말도 될 듯하다.

나는 아직 소설을 잘 쓸 줄 모른다. 물론 소설 창작법에 관한 몇 권의 책은 읽은 적이 있다. 그러나 이 모든 것은 나에게 별로 의미를 지니지 못한다. 나에게 의미가 있었던 것은 지난 시간 동안 읽었던 여러 작가의 작품들과 내가 지금까지 살아온 과정의 경험들이었다.

나는 어린 시절 동생의 죽음을 겪고 일시에 실어증 비슷한 증세를 보인 것 같다. 이것도 나는 잘 모른다. 오랜 시간이 지난 후 친했던 초등학교 동창생이 말해준 사실이다. 다만 내가 일시에 반 친구들이나 동네 친구들과 소꿉장난하면서 놀지 않고 내성적으로 변하여 말없이 살았다는 것, 그때 나는 무엇을 했던가. 나는 동화책을 읽기 시작했다. 말을 않게 되었으니 책을 읽었던 모양이다. 일 년 정도 후에 나는 다시 말을 찾았고, 아이들과 예전처럼 놀기 시작했다. 동화 다음으로 소설이 나에게 왔다. 나는 힘들 때마다, 아프고 난 후 회복기에 있을 때마다 소설을 읽었던 것 같다. 나는 그때 회복하기 위해 소설을 읽었던 것 같다. 나는 지금도 내가 쓰는 것을 소설이라고 하고 싶지는 않다. 다만 쓰면서 소설이 되어 가는 어떤 것이라고 하면 좋을 것 같다.

나는 원래 일기를 썼고 지금도 종종 쓰고 있다. 그리고 시를 썼고 한동안 멈추었다가 다시 시심을 회복하여 현재까지 쓰고 있다. 그러면서 시 평론도 하고 있다. 소설을 쓰게 된 것은 내가 삼각산이 있는 동네로 이사 오면서 이 지역의 작가들과 만나게 되면서부터였다. 그분들의 작품을 읽으면서 일상 속에서 이야기도 나누고 밥도 같이 먹으면서 나는 소설이 쓰고 싶어진 것이다. 그렇다고 해도 소설이 되겠는가? 나는 먼저 소설 비슷한 것부터 써 보기로 했다. 써보니까 어떤 때는 재미도 있고 외로운 내가 나의 창 앞에서 혼자 수다를 떨기도 하는 것 같은 착각에도 빠지고, 어떤 힘들었던 기억을 재현해 볼 때는 고통스러워서 중단하거나 겨우 다 쓰고는 앓기도 하였다. 나는 소설을 쓰면서 나를 들여다보기도 하였고 속 좁은 내가 사람을 이해할 수 있게 되기도 한 것 같다.

'당신은 왜 소설을 쓰는가요'라고 묻는다면 아마 내 안의 못된 놈의 정체를 발견하고, 그놈을 나로부터 끌어내는 데에 있다고 해야 할 것이다. 소설의 그릇에 담아내어 한 번 끓이지 않으면 안 될 듯한 놈이었다. 여러 가지 잡철이 용광로에 들어가 용해되어 선철이 되듯이 소설은 나에게 용광로가 아닌가 싶다. 불순물을 걸러내고 선철이 되도록 하는 데 소설이 도움을 줄 수도 있다는 기대가 있는 것이다. 장마철에 뽑아도 또 올라오는 잡초처럼 글을 쓰는 것은 풀 뽑기가 아닌가 싶다.

무라카미 하루키는 그의 소설 『댄스 댄스 댄스』에서 '쓴다는 것은 눈을 치우는 것'이라고 했다. 나에게 소설은 '풀 뽑기'일 것 같다. 어차피 이 길은 잡초가 심하게 자라서 길이 보이지 않은 길이었다. 뽑아낼 수준이 아니라 큰 낫으로 베어내면서 지나가야 할 길이 아니었던가 싶은 것이다.

일상의 흐름에서 그 흐름을 깨는 것이 있다. 나는 살아온 것 중에 그 흐름을 깨는 것에 대해 집요하게 용광로에 넣어볼 것이다. 그리고 그 속에서 풀 뽑기를 하듯이 뽑아내기 위하여 없는 길도 만들면서 나아갈 수밖에 없다. 소설 창작은 나에게 하나의 도전으로 유혹하고 나도 모르게 빠져든다. 소설의 신이신 분들께서 보셨을 때 서툰 것도 많을 것 같다. 그러나 열두 편의 단편집을 기꺼이 출판하시겠다고 나를 격려해주신 청어출판사 이영철 대표님, 소설 창작에 대해 조언을 주신 소설가 박정규 선생님, 고 김중태 작가님, 박소연 작가님, 우이동 작가분들께 깊이 감사를 드린다. 그리고 부족한 첫물이지만, 세상에서 고난을 겪는 사람들에게 바치고 싶다.

2026. 3. 삼각산 아래에서 저자

◇

차례

작가의 말

산바라지

이월이라고 해도 바람 끝이 찼다. 마치 얼음의 파편이 가슴을 찌르듯이 따가웠다. 보영이는 빨간 고무장갑을 끼고 부엌의 수돗가에서 손으로 빤, 갓 태어난 질녀의 기저귀를 2층 옥상에다 널고 있었다. 하얀 실타래를 묶어서 동개동개 쌓아둔 것처럼 세숫대야에다 물기를 손으로 꼭 짜고 담았다. 그걸 양손으로 들고 옥상으로 올라가는 계단을 지나 평평하고 조그만 옥상의 빨랫줄에다 널고 있었다.

손이 아렸다. 칼날 같은 이월의 바람이 몸을 찔렀다. 묶어둔 실타래를 풀어 흔들듯이 꼭 짠 기저귀를 쥐고 툴툴 털어서 양손으로 잡고 판판하게 펴질 때까지 흔들었다. 빨랫줄에다 널쯤은 이미 기저귀가 빠짝 얼어서 빨랫줄에 반듯하게 다듬어 널기에는 힘이 들었다. 심지어 가는 쇠줄로 된 빨랫줄의 쇠에 쩍 달라붙어서 꼼짝도 하지 않아 성가셨다. 그 달라붙은 것을 떼다가는 기저귀의 곱고 얇은 베가 찢어질 듯 꽉 얼어서 쇠줄에 착 달라붙었다.

보영이는 부엌의 수돗가에 서서 아기의 노란 똥을 털어내고 기저귀에 묻은 그 흔적을 지우느라 빨랫비누로 그 부분을 몇 번 칠해서 손으로 치대어 노란 자죽이 없어질 때까지 문대었다. 힘을 들여 빡빡 문대다 보면 어느새 그 자죽은 거짓말같이 사라지고 노르스름한 천이 원래의 흰 천으로 바뀌어 있었다. 그나마 그냥 오줌을 싼 기저귀는 손쉬웠다. 그냥 따뜻한 물에 헹구어서 엷게 비누질하고 치대어 헹구어만 주면 되었다. 이 기저귀 빠는 일을 매일같이 해서 새 기저귀를 대주어야 아기는 그것에다가 용변을 보는 것이었다. 이제 겨우 초등학교를 졸업한 보영이가 산 빨래를 감당할 수 있게 된 것도 집안 식구들의 옷가지들을 모아다가 큰물 지고 난 뒤의 물가에서 몇 번을 빨아본 솜씨가 있었기 때문이었다.

큰 언니한테서 놀러 오라는 기별이 온 것은 2주 전이었다. 보영이는 2월 16일께에 졸업을 하고 집에서 쉬고 있었다. 다니던 학교를 가지 않게 되자 무료했던 때에 언니의 기별은 보영이를 들뜨게 하고 생기를 돌게 했다. 어머니의 허락을 받아 안동으로 나와서 버스정류장에서 예천행 버스표를 사고 온통 불량 유류가 연소하는 냄새가 풍기는 정류장을 떠나 예천 시외버스정류장에 도착했을 때는 멀미가 목구멍을 치받고 있었다. 결국 내리자마자 토하였다. 추운 겨울 시골 정류장의 한켠에서 쭈그리고 앉아 토하고 나자 머리는 멍하였지만 속은 다소 진정이 되었다.

국도를 달려 흔들리는 버스 속에서 멀미를 점점 느끼면서 그래도 그 기분을 잊으려고 차창 밖으로 눈길을 던졌다. 그러나 버스 안의 공기도 멀미를 일으켰지만, 창에 매달린 커튼에는 멀미 냄새가 절어 있었다. 더럽고 찌든 멀미 냄새, 보영이는 마음에서 분노가 일었다. 그러나 다시 돌아갈 수 없었다. 어렵게 어머니의 허락을 얻어낸 여행이었고 거기에는 어머니가 낯설고 먼 길을 가려는 딸의 당찬 성격이 여느 딸들에게 느낄 수 없는 위험스러움이 있었다. 해나 길을 가다가 잘못 찾아가서 아이를 잃어버리면 어쩌나 하는 걱정도 앞섰을 것이므로 어머니는 마지못해 허락을 해주었다.

예천비행장을 지날 때였다. 차창 밖으로 공군기지가 눈에 들어왔고, 한 떼의 펄럭거리는 나팔바지 차림의 여자들과 군복을 입은 미군 남자들이 그녀들의 허리에 팔을 두르고 시시덕거리며 계단을 내려오고 있었다. 짧은 순간 마주친 낯선 광경에 보영이는 저 여자들은 누굴까, 그리고 저 미군들은 왜 여자들의 허리를 감싸고 연신 여자들을 바라보면서 히죽거리며 웃고, 여자들은 과장된 몸짓을 하면서 미군에게 아양을 떨며 웃고 있을까 생각했다.

그들의 자유분방한 몸짓이 이제 갓 초등학교를 졸업한 사춘기 소녀 보영이에게는 수치심을 일게 했다. 뭔가 못 볼 것을 본 것처럼 그러나 진한 인상과 강렬한 호기심으로 다가온 그 광경은 보영이의 머릿속에서 각인되어 잊혀지지 않았다. 앙상한 가지를 한 나무들이 서 있고 겨울의 따사롭지 않은 태양의 얇은 빛이 드리워진 예천 공군기지의 높은 계단들과 그 앞 널따란 광장에는 설을 지났지만 매서운 바람이 휑하니 불고 있었다. 그리고 육중해 보이는 건물 앞에는 언젠가 교과서에서 본, 별이 수북이 박힌 미국의 국기가 높다란 게양대 끝에 매달려 바람에 나부끼고 있었다. 그 옆에는 태극기가 나란히 걸려있었으나 흰 바탕이 응달이

져 있어서 그런지 거무튀튀하면서 주눅 들어 보였다.

온몸 중에 입으로 힘이 몰리는 구토를 하고 후들거리는 다리로 겨우 일어섰을 때, 보영이는 주위를 둘러보았다. 버스정류장의 저쪽에서 큰 언니가 다가왔다. 언니는 건강해 보였고 길고 갈색빛을 띠는 카키색 세무 코트를 입고 아래에는 니트로 짜진 황금빛이 나는 갈색 긴 치마를 입고 있었다. 얼핏 보니 배가 불러있어서 보영이는 언니가 아기를 가졌구나 생각하면서 낯설었다.

언니의 손에 이끌리어 택시를 타고 도착한 곳은 단칸방의 언니네 집이었다. 약간은 낡은 거꾸로 기역 자 집의 대문을 들어가서 측면에 위치했다. 정면으로 주인집이 붙어 있고, 그 옆 통로를 돌아가면 주인집에 딸려 뒤쪽으로 두 칸의 방이 나란히 나 있고, 그 뒤에는 작은 뒤란이 있는 집이었다. 마당이 대문을 열면 중앙에 사각으로 위치하였고 뒤란으로 가는 통로 옆으로도 약간 높게 하여 화단이 꾸며져 있어 그런대로 봐줄 만한 아취가 있는 집이었으나 왠지 대문의 위쪽에 만든 빨래 널어두는 공간 때문인지 집의 격이 떨어졌다. 언니네 집 방 안에는 작은 흑백 티브이와 그것을 얹어둔 합성목으로 만든 작은 문갑에다 서랍장 하나와 방의 구석에 세워둔 철제 옷걸이가 살림의 전부였다.

큰언니가 몸을 푼 것은 보영이가 오고 이틀 후였다. 배가 아프다던 언니를 데리고 나간 형부가 돌아온 것은 그날 저녁 무렵이었다. 형부는 보영이가 온 이후로는 언니의 시어머니 집에서 머무르고 있었다. 형부는 새로 낳은 작은 질녀를 강보에 싸안고 들어왔다. 아기는 아랫목 따뜻한 곳에 눕혀졌다. 새근새근 잠든 아기의 얼굴은 작고 발그레했다. 그리고 머리에 한두 군데 정도 약간 비정상적으로 살짝 부어올라 있었다. 나중에 안 일이었지만 언니는 아기가 잘 나오지 않아서 집게로 아기의 머리를 집어서 꺼내다 보니 집게가 닿은 부분이 부어올라 있었다. 형부는 아기 옆에 앉으면서 말했다.

"또 딸이네."

약간 언짢아하는 기색이 역력했다.

"딸이면 어때. 잘 키우면 되지."

큰언니는 형부의 말이 서운하여서 그런지 순간 불쾌해졌다. 언니의 표정은 날카롭게 형부를 쏘아보았다. 그 말에 대해 약간의 경멸을 담고 있었다. 이 두 마디가 언니 부부가 아이를 낳아놓고 한 말이었다. 언니는 아이를 낳은 산고로 몸이 불편하여 얼굴을 가끔 찌푸렸고 제대로 서 있을 수 없어서 자리에 누웠다. 형부는 그냥 한 말을 가지고 예민하게 대답한다고 약간 새침해하면서 방을 나갔다. 언니는 얼굴도 부석부석하고 약간 부은 듯했다. 그리고 방바닥에 앉을 수가 없다고 하였다.

그날 저녁 무렵 둘째 질녀의 친할머니가 들통에 미역국을 가득 끓여서 부엌에다 놓고 말없이 갔다. 그냥 미역국을 갖다 놓았다고 하면서 방에는 들어오지 않고 나가셨다. 아마도 사돈네가 와 있기 때문에 이쪽에 대한 배려 같았다. 언니는 시어머니가 끓여준 미역국을 작은 냄비에다 조금 퍼담아서 데워오라고 했다. 밥은 전기밥솥에 있어서 그걸로 국에 말아 시어머니가 얼마간 해온 반찬으로 먹으려 하였다.

언니는 아기에게 젖을 물려가면서 아기가 잘 때면 몸이 불편한 듯 이내 두꺼운 솜이불 속으로 들어가서 자곤 했다. 언니와 아기가 잘 때 보영은 작은 방을 걸레로 닦으면서 청소하였고, 부엌으로 나가서 부엌을 닦거나 언니가 먹은 그릇들을 설거지하였다. 그리고 질녀의 기저귀를 하루에 한 번씩 밤새 나온 것을 빨아서 널고 이미 마른 것은 개켜 놓았다. 방이 좁았기 때문에 일부는 아기가 감기 들지 않게 하려고 방에다 널고 긴 기저귀는 햇살이 그래도 좋은 한낮에 대문 옥상에 올라가서 널어야 했다. 그리고 난방이 연탄보일러여서 연탄불을 잘 보고 꺼지지 않도록 적당한 시기에 갈아야 했다.

연탄을 처음 갈아보는 보영에게 연탄집게를 불이 든 탄 구멍에 맞추어 넣어 그것을 아궁이에서 빼내는 것도 쉽지는 않았다. 처음에는 그 집게로 집어낸 연탄이 발 위에 떨어져 발이 화상을 입고 연탄이 불이 든 채로 다 깨어져 다시 피우는 수고를 하게 될까 봐 걱정이 이만저만이 아니었다. 그러나 연탄아궁이를 부젓가락으로 열고 연탄집게를 구멍에 맞추어 꽉 집어내면 위에 얹힌 하나가 먼저 나왔다.

어떤 때는 아래 연탄과 붙어서 두 개가 한꺼번에 나올 때는 무거워서 어쩔 줄을 몰랐다. 일단은 들어내어서 불기가 사그라져 하얗게 된 아래 연탄을 발로 가볍게 차거나 칼을 중간에 넣어 끊어주면 떨어져 나갔다. 완전히 다 타고 하얗게 된 연탄은 한곳에 모으고 위에서 꺼낸 연탄을 다시 집게로 집어서 아래에다 넣어놓고 새 연탄을 가져와서 그 위에다 넣는다. 그러고는 아궁이의 바람구멍을 잠시 열어두었다가 위의 연탄에 불이 약간 붙으면 바람구멍을 완전히 막지 않고 살짝 막아두면 불은 꺼지지 않고 아래의 연탄불이 위에 새로 얹은 연탄불에 불이 붙어서 방을 데워주었다. 보영이는 연탄불을 가는 것도 처음에는 낯설었다.

보영이가 한 것이라고는 집에서 소죽을 끓이기 위하여 소죽솥에 불을 넣어본 적은 있었다. 그것은 오로지 산에서 해온 나무를 때는 것이지 이렇게 기분이 상하는 냄새가 나는 연탄이 아니었다. 오히려 산에서 해온 나무에서는 향내가 났지만, 연탄가스는 머리를 아프게 하거나 속을 메스껍게 하는 냄새가 났다.

무엇보다도 고통스러운 것은 언니가 이것저것 시키고 보영이가 잘못하면 앙칼진 소리를 하면서 짜증을 자꾸 내는 것이었다. 집안일을 잘못하고 더구나 산바라지는 할 줄 모르는 초등학교 갓 졸업한 보영이에게는 힘에 겨웠다. 아버지와 어머니, 언니들이 없는 낯선 곳에서 아무리 큰 언니 집이지만 자꾸 자신에게 화를 내고 짜증을 내는 큰 언니가 보영이는 야속했다. 보영이는 이 산구완이 힘에 부칠 때마다 자꾸 집으로 돌아가고 싶었다. 어머니가 생각나서 큰 언니 몰래 울기도 하였다. 지금이라도 가버리고 싶었다.

더욱 고생스러운 것은 언니가 제대로 자리에 앉는 것도 힘들어 한 원인 때문이었다. 아기를 낳으면서 전에 치질 수술한 게 다시 재발하였다. 흡사 두부에 넣는 자줏빛 간수처럼 딱딱한 치질 때문에 언니는 앉아서 아기에게 젖을 물릴 때도 두꺼운 이불 위에 앉아 먹였다. 그리고는 움직일 때마다 아픈지 얼굴을 찌푸리고 자꾸 짜증을 내었다. 보영이는 가급적 산모의 심기를 건드리지 않으려고 최선을 다했지만 어린 보영이가 감당하기 어려운 일이어서 큰언니가 음성을 높일 때에는 서러운 생각이 들고 빨리 집으로 돌아가고 싶었다. 그러면서도 큰언니는 시어머니와 형부에 대해서 속이 상했는지 그들이 없을 때 속상한 마음에 그들을 힐난하는 소리를 입 밖에 내곤 했다.

보영은 언니가 산고로 몸이 아프고 치질 때문에 더 고생하고 있는 듯하여 자신의 괴로움을 참고 견디면서 언니의 심기를 건드리지 않으려고 애를 썼다. 걸레도 처음에는 잘 짜지 못하여 물기가 있어서 언니가 걸레를 이렇게 짜면 안 된다고 하면서 시범을 보여주었다. 보영의 고사리손은 몇 번의 힘을 주어야만 언니가 한 번에 팍신팍신하게 짠 정도가 되었다. 그보다 더 힘든 일은 뜨거운 물에 수건을 적셔서 꼭 짜서 성난 치질을 가라앉히기 위해서 하루에도 몇 번씩이나 찜질하는 일이었다. 그것은 한밤중에도 한 번 정도 찜질을 하였기 때문에 자다가도 일어나 그 노릇을 해야 하니 보영은 속으로 불만이 쌓여갔다. 그것과 반대로 그렇게 찜질해 줄수록 언니의 치질은 점차로 나아갔다. 보영은 아기를 낳아 기른다는 것이 결코 쉽지만은 않은 일이라는 것을 어렴풋이 알아가고 있었다.

그러던 어느 날이었다. 산구완이 어느 정도 익숙해지고 있을 무렵이었다. 창고에 있는 연탄을 가지러 가느라 마당을 가로질러 뒤란으로 돌아갈 무렵이었다. 그 뒤란에는 셋방을 사는 아가씨들의 방이 나란히 붙어 있었다. 저녁이 되면 그녀들은 울긋불긋한 옷에다가 짙은 화장을 하고 높은 구두를 신고 시멘트를 입힌 마당을 껌을 씹으며 어깨에 숄더백을 메고 또각또각 걸어서 대문께로 나가곤 하였다. 다만 그녀들이 보영이를 스쳐 지나갈 때는 낯선 여자애여서 그런지 힐끗 보면서 지나가곤 했다. 유난히 코를 찌르는 값싼 향수 내와 분내는 보영이로 하여금 이제까지 맡아본 적이 없는 냄새라고 생각했다. 파마머리는 노란빛으로 물을 들여서 마치 외국 여자 같았다. 한 여자는 키가 좀 작았지만 당차 보였고 다른 한 명은 키가 크면서도 늘씬한 몸매에 서글서글한 눈빛을 지니고 있었다. 둘이 같이 나가는 것을 보며 같은 곳에서 일하는가 생각했으나 보영이에게는 모두 낯설기만 하였다.

방 안에서 뭔가 다투는 소리가 나길래 보영은 연탄을 가지러 가다 말고 귀를 소리 나는 곳으로 가져갔다. 방 앞 처마에는 군인들이 신는 워커와 여자의 하이힐이 나란히 놓여 있었다. 안쪽 방에서 소리가 나고 있었다. 그러나 알아들을 수도 없는 그 말은 남자의 목소리였고, 여자는 떠듬떠듬 거기에 응하고 있다. 그러다가 남자는 화가 나는지 뭐라고 소리를 지르더니 이윽고 철썩하는 소리가 나고 여자는 울기 시작했다. 그러다가 울음소리는 애원하는 소리로 바뀌었다.

보영은 가슴이 쿵쿵 뛰어서 방문으로부터 발걸음을 옮겼다. 살살 걸어서 못 들은 척하며 어두운 창고에 들어가 쟁여져 있는 연탄 중에 언니네 것으로 하나를 집어서 다시 나왔다. 그런데 안쪽 방문이 벌컥 열리더니 군복을 입은 큰 키의 미군 남자가 나왔고, 여자는 눈물범벅이 되어 그 남자를 붙잡고 있었다. 그러나 남자는 여자의 손을 거칠게 뿌리치면서 워커를 신고는 불쾌한 표정으로 휭하니 마당을 가로질러서 대문을 나갔다. 다리가 긴 탓인지 그렇게 나가는 데는 불과 몇 초도 걸리지 않았다. 두 사람의 실랑이를 지켜보던 보영은 정신없이 서 있었으나 연탄이 무거워져 정신이 들었고, 우는 여자 보기에 민망하여 빤히 볼 수가 없어서 모르는 척 돌아 나오려고 하던 참이었다. 그 순간 여자는 눈물을 훔치고는 보영이에게 말을 걸었다.

"얘야, 네가 본 거 아무에게도 말하지 마! 알았지? 저기 집 앞 구멍가게에 가서 청자 하나 사 와주지 않으련?"

보영은 눈물로 아이라인이 번져서 눈의 모습이 괴상해진 여자의 얼굴을 멀뚱히 보다가 얼떨결에 고개를 끄덕였다. 그러면서 연탄을 한쪽 손에 옮겨 잡고 다른 한 손으로 여자가 건네주는 오백 원짜리 이순신과 거북선이 그려진 지폐를 받아 들었다. 여자는 몸을 방 바깥으로 드리우면서 손으로 활짝 열린 방문을 끌어당기면서 문을 닫았다.

보영이는 일단 뛰는 가슴을 진정시키면서 연탄을 부엌에 있는 연탄 넣어두는 통에 넣어두고는 빠른 걸음으로 뛰듯이 하여 집 앞에 있는 소망이라고 쓰인 구멍가게에 들어가 아저씨에게 청자 한 갑을 달라고 했다. 아저씨는 담배 심부름 왔구나 하면서 선반에 놓인 푸른색 청자를 집어서 건네주면서 보영이가 내민 돈을 받았다. 그러고는 카운터를 열고는 푸른 백 원짜리 지폐 네 장을 거스름돈으로 보영이의 손에 쥐어주었다. 보영이로서는 생전 처음으로 백 원짜리 종이돈을 쥐어보았다. 돈이 손바닥에 쥐어졌을 때 약간 바삭한 느낌이 든 것은 아마도 가게의 실내가 건조하였기 때문이라고 생각했다. 그것을 들고 가게를 나와 여자의 방 앞으로 다시 돌아왔다.

"저기요, 담배 사 왔어요."

"…"

안에서는 대답이 없었다. 이상하여 방문을 두드렸지만 기척이 없어서 보영은 문을 열어보았다. 그 순간 보영이가 본 것은 흑백 사진이었다. 그 사진에는 군복을 입은 한국 남자와 양코배기 남자가 나란히 지프 옆에 서서 활짝 웃고 있었다. 그들의 머리에는 모자를 쓰고 있었고 한국 남자는 키가 작았으나 미군은 키가 컸다. 그 사진은 문을 열면 정면으로 보이는 벽에 걸린 유리 액자 속에 넣어져 있었다. 그 옆으로 단발머리지만 머리의 끝을 소또마끼 하고 소매가 없는 블라우스를 입고 있고 쌍꺼풀진 큰 눈과 오뚝한 코, 갸름한 얼굴에다 아랫입술 가에 점이 난 여자의 사진이 걸려있었다.

사진 속 여자는 흰 이를 반쯤 드러내고 정면을 향해 웃고 있었고 살이 적당하게 오른 팔뚝과 불룩한 가슴은 산골 소녀인 보영이에게는 부끄러움을 자아내게 하였다. 그 여자의 머리에는 살짝 검은 그물 모자를 비껴 쓰고 있었는데 우아하였지만, 소또마끼 머리 모양이 발랄하게 보이게 했다. 그 사진들 아래에는 비싸 보이지는 않지만, 그럭저럭 봐줄 만한 진한 밤색의 나무로 만든 문갑이 놓여 있고, 그 위에는 작지만 텔레비전 수상기가 놓여 있었다.

여자의 침대는 문갑 오른편 벽 쪽으로 놓여 있었는데, 꽃이 그려진 침대보가 바닥까지 늘어져 있고 여자는 그 위에서 멍하니 반대편 벽을 응시하면서 세운 다리를 감싸 쥐고 있었다. 무슨 생각을 골똘히 하는지 아니면 보영이의 목소리가 작았는지 여자는 기척을 하지 않았다. 그러나 문이 열리고 냉기가 흘러 들어갔을 때 여자는 꿈쩍이면서 고개를 들더니 보영이를 쳐다보았다. 얼굴빛이 안 좋았고 한쪽 뺨에 엷게 멍이 들어있었다. 아마 미군 남자가 때린 모양이었다.

"잠깐 들어오렴."

여자의 말에 보영은 신발을 벗고 문지방을 넘어 어색하게 방 안으로 들어갔다. 그러면서 손에 든 청자와 돈을 여자에게 건네려고 손을 뻗었다. 여자는 그것을 받고는 백 원짜리 하나를 집어서 보영이에게 건네었다.

"받아, 이거 심부름 값이야."

"아니요, 이렇게 큰돈을 어떻게…"

"아냐, 그냥 받아둬. 고마워서 그래."

여자는 나오지 않는 웃음을 겨우 얼굴에 떠올리며 어린 보영이에게 민망한 자신의 처지를 어색하게 감추려고 하였다. 보영은 할 수 없이 받아 쥐고는 뒤돌아 나오려고 했다. 그때 여자는 또 입을 열었다.

"너 문간방 언니네 집에 놀러 온 게냐?"

"예."

보영은 짧게 대답했다.

"언니가 아기 낳았지?"

"예, 여자애기요."

"그랬구나."

하고는 여자는 침대에서 내려오더니 바닥에 털썩 앉아 청자를 뜯어서는 한 개비의 담배를 꺼내었다. 그러고는 양은으로 만든 재떨이를 끌어다 놓고 라이터로 담배에 불을 붙였다. 보영은 궁금한 게 있어서 여자에게 물었다.

"저어 미군 아저씨는 왜 우리나라에 와 있어요?"

"아, 그건 그 아저씨들이 우리나라를 지켜주러 온 거야. 아저씨들이 안 지켜주면 이북에서 쳐들어오거든."

"아, 그렇군요. 그럼 고마운 아저씨들이네요."

"그렇지."

뜬금없이 묻는 보영이의 질문에 아무렇게나 대답하면서도 여자는 다소 귀찮은 듯이 한 모금을 빨아들이더니 후유 하면서 위를 향해서 담배 연기를 뿜어내었다. 노랗게 부글부글한 머리카락이 신기한 듯이 보영이는 머리카락에 시선을 두었다. 마치 캔디의 머릿결처럼 물결 지며 등까지 구불구불 내려온 머리는 보기만 해도 탐스러웠다. 거기에다 눈이 크고 검은 눈동자에 얼굴은 갸름하면서도 립스틱을 바른 붉은 입술은 반짝였다. 입고 있는 옷은 길게 종아리까지 내려오는 흰색의 나이트가운으로 노랗게 물들인 머리와 흰색의 옷이 어우러져 어두운 방을 환히 빛내고 있었다. 보영은 여자의 그런 모습을 지켜보다가 갑자기 생각이 난 듯이

"저 가봐야 해요. 연탄을 갈려다가…"

"아, 그랬구나, 미안해, 또 놀러 와."

여자는 그렇게 말하고는 힘없이 시선을 방문을 지나 뒤란의 커다란 오동나무께로 던지는 것이었다. 거기에는 오동나무 한 그루와 그 밑에는 목단나무인 듯한 나무가 심겨 있었다. 그리고는 가지치기를 하지 않아 제멋대로 자란 퍼런 사철나무가 꽝꽝 언 흙더미에서 솟아나 있었다. 공터에는 넓은 오동나무 잎과 마를 대로 마른 몇 그루의 잡목에서 떨어진 나뭇잎들이 흙을 덮고 있었다.

보영이는 그 여자에게서 놓여나니 마음이 자유로워져서 발걸음을 가볍게 하여 부엌으로 들어가 연탄을 갈고는 방 안으로 들어왔다. 마침 잠에서 깨어난 언니는 보영에게

“너 어디 갔다 온 거니?” 하고 물었다.

“아니.”

보영은 뒤꼍에 사는 여자의 방에 다녀온 사실을 숨겼다. 언니한테 알리고 싶지 않았기 때문이다. 그리고는 방 안에 들어가 윗목에 앉았다. 그 순간 주머니에 넣어둔 백 원짜리 푸른 종이돈이 떨어졌다. 언니는 그 돈에 시선이 갔다. 그리고는 캐물었다.

“너 이 돈 어디서 났니?”

언니는 순간 이상하게 생각하면서 보영이의 눈을 빤히 바라보았다.

보영은 더 이상 숨길 수가 없었다.

“아까 연탄 가지러 창고에 가다가 뒤꼍 언니네를 지나는데 싸우는 소리가 났어. 그리고 미군 아저씨가 쌩하니 나갔어. 언니가 울고 얼굴에 멍이 들어있었어. 나한테 담배 심부름시켜서 다녀오니 방에 들오라고 했어. 잠깐 들어갔는데 나한테 심부름 값이라고 줬어. 훔친 거 아니야.”

“아, 그랬구나. 근데 보영아 언니 말 잘 들어. 앞으로 뒤꼍 여자들은 모르는 척해 알았지? 그 여자 방에 들어가면 안 돼.”

언니는 얼굴에 낭패감을 띄우고 보영이에게 단단히 이르는 것이었다. 그러다니 보영은 언니에게 왜 못가게 하느냐고 물어볼 겨를도 없었다. 마치 가면 안 될 곳을 다녀온 것 같은 생각이 들 정도로 어린 보영이에게 언니는 못 박듯이 말했다.

“알았어, 다신 안 갈게.”

보영은 그렇게는 대답은 했지만 시큰둥해지지 않을 수 없었다. 그 어색한 느낌에서 벗어나느라고 보영은 자리에서 일어나 바깥으로 나와버렸다. 해는 이미 중천에 떠서 점심때가 되어가고 있었다. 그러나 겨울의 뿌연 하늘에서는 납빛이 정오의 햇살에 하염없이 풀려가고 있었다. 그러고 보니 언니는 지금쯤 배가 고플 것 같았다. 그리고 보영이도 아침을 대충 먹어서 그런지 후줄근해지고 있었다.

보영은 마당을 몇 발자국 걸어 보았지만 딱히 대문 밖에 나가서 놀고 싶지는 않았다. 낯설고 친구들도 없는 이곳에서 언니와 말도 못 하는 갓난아기와 지내고 있는 것은 따분하기 그지없는 일이었다. 하루라도 빨리 집으로 돌아가고 싶은 마음이 더욱 일어났다. 그나마 언니가 건강하여 시장에도 데려가 주고 이 낯선 도시의 이곳저곳을 데려다주면 구경도 하련만 언니는 몸을 풀었기 때문에 이 겨울의 찬바람을 맞으며 바깥을 다녀서는 안 되었다. 아직도 몸의 부기는 빠지지 않고 아랫목에서 두꺼운 솜이불을 덮고 자주 땀을 내곤 하면서 겨우 몸을 추스르는 중이었다. 겨우 먹는 것이라고는 밥과 미역국과 몇 가지 반찬뿐이었다. 몸에 좋은 고기반찬도 만들지 못하는 채로 언니는 미역국에 밥을 말아서 한 그릇을 잘 먹고 아기에게 젖을 물려 재우고는 아기와 함께 자곤 했다. 단칸방이다 보니 보영은 갑갑하였지만 하루 일과를 하다 보면 날은 잘 지나가고 있었다.

보영은 마당에서 언니네 부엌으로 들어가서 아기의 할머니가 가져온 미역국이 든 들통에서 언니와 자신이 먹을 만큼만 미역국을 덜어서 노란 양은 냄비에 담아서 부뚜막에 놓았다. 그리고는 연탄 아궁이를 덮어둔 철로 만든 뚜껑을 열고는 냄비를 그 위에다 얹었다. 그리고는 불구멍을 막은 헝겊 뭉치를 빼냈다. 조금 있자니 불꽃이 안에서 올라왔다. 그리고는 미역국에 엷은 김이 피어오르기 시작하였다. 그 사이에 조그만 상을 펴고 행주로 상 위를 닦고는 수저를 갖다 놓았다. 다행히 구운 김과 짠지, 그리고 오징어를 잘게 썰어 넣은 무말랭이 짠지를 꾹단지에서 덜어다가 작은 접시에 담아 상에 올렸다. 그리고는 전기밥솥 안에 아침에 해둔 밥을 두 공기에 각각 퍼담아서는 상 위에 올렸다. 그러는 사이에 미역국은 아이 끓어서 들어내었다. 국자로 두 대접 떠서 상에 올렸다. 연탄 아궁이는 철 뚜껑으로 꼭 덮어두고 헝겊 뭉치로 다시 바람구멍을 꽉 막아놓았다. 아직은 갈 때가 되지 않았기 때문에 밤이 될 때까지 잘 버텨주었으면 생각했다. 다만 한밤중에 가는 일이 생기면 아주 좋지 않았다.

연탄이란 그저 성가시지 않게 저녁 할 때 써먹고 난 뒤에 설거지 다 하고 갈아서 밤새 견뎌주고 아침 해 먹고 나서 갈면 딱 좋았다. 그렇게 되도록 불을 잘 관리하는 것도 언니의 잔소리와 가르침을 통해서 알게 되었다. 보영은 연탄을 때보지 않아서 몰랐다. 이렇게 구멍이 많은 것이 깊이 판 구멍에 들어가서 하루 종일이나 밤새도록 방바닥을 따뜻하게 해준다는 것과 그 아궁이에서 국이나 찌개를 끓여내고 물도 끓일 수 있다는 것이 신기하였다.

부엌에서 방문을 열어두고 점심상을 들고 들어와 방바닥에 놓고는 둘이서 밥을 먹자니 수저 소리도 귀에 크게 들리는 듯하고 긴장감이 돌았다. 보영이는 이 모든 것이 편치 않았다. 점심상을 물리고 보영이는 언니가 잘 때 아기의 옆에 잠깐 누워있다가 깜박 잠이 들었다.

넓은 들에는 벼가 한창 자라고 있었다. 휘늘어진 물가 버드나무는 휘어져서 그 가지를 물 위에 드리우고 있었다. 길게 난 둑 너머에는 내가 흐르고 있었다. 반밭들이 있는 옆에 흐르는 내는 꽤 깊었다. 반밭들을 가로질러 흙길로 된 농로가 있고, 그 옆에는 한 자 반 정도 넓이의 봇도랑이 흘렀는데 양가에는 풀이 우거져 있어 물고기들이 집을 짓고 살고 있었다. 그 옆으로는 미나리꽝이 있고 그 가장자리에는 억새나 물풀들이 나 있는 습지가 펼쳐졌다. 넓은 둔덕이나 평평한 곳에 듬성듬성 버드나무가 가지를 드리우고 있었고, 키가 큰 참억새, 미나리아재비, 환삼덩쿨, 방둥사니 등이 나 있어 소들은 뜯어먹느라 여념이 없었다.

펼쳐진 들의 풀 사이에서 내다보이는 소의 궁뎅이나 머리 뿔, 다리는 왠지 고즈넉하고 목가적이었다. 소를 먹이는 소년 소녀들이 아카시아 그늘 아래 삼삼오오 모여서 놀이하거나 일부는 누런 양은 주전자를 든 아이, 반두를 가지고 봇도랑의 양가에 나 있는 풀을 헤치고 그 밑에다 반두를 집어넣고 다리로 고기들을 훌치고 있었다. 그리고는 반두를 물에서 빼내어 봇도랑 둔덕으로 올라와서는 붕어나 쏘가리, 꺾지, 동자개 등을 반두째로 집어서 주전자에 털어 넣으면서 즐거워하였다.

큰 언니는 주황색의 폭이 넓은 치마에, 흰 바탕에 엷은 녹색과 노랑꽃이 나염된 블라우스를 입고 희디 흰 종아리 아래 운동화를 신고, 소가 어디로 가지 않나 멀리 소가 있는 곳으로 이따금 시선을 주면서 나무 그늘 밑에 앉아 있었다. 그때 누군가가 큰 소리로 소가 동이네 무논으로 들어간다고 소리를 치자 소 치는 아이들은 일제히 먼저 자기네 소를 멀리 바라보며 확인하고는 어떤 아이들은 그냥 놀고 어떤 아이는 무논으로 들어가는 소를 끌어

내려고 달려나가기도 하였다.

보영이는 반두에서 뛰는 물고기들을 보느라 여념이 없었다. 한 마리라도 얻어서 집으로 가지고 가서 키우고 싶은 마음이 들었지만 달라는 소리가 입안에서만 맴돌았다. 그러다가 봇도랑에 아이들이 들어와서 떡을 감고 흐르는 물에 몸을 둥둥 떠내려가게 하면서도 발로 땅을 짚고는 다시 거슬러 올라가기도 하였다. 보영은 아이들과 물살에 둥둥 떠내려가는 것을 즐기다가 얼마 전에 어머니가 사주신 분홍색 플라스틱 신발 한 짝을 잃어버렸다. 약간 커서 헐렁하였던 것이 물살의 힘 때문에 홀렁 벗겨져 떠내려가 버렸다. 그것을 알아챘을 때는 이미 신발은 5미터 정도 아래도 떠내려가고 있었다.

"내 신, 내 신!"

잠꼬대하면서 보영은 잠에서 깨어났다. 둘러보니 녹빛으로 일렁이는 들은 온데간데없이 사라지고 외풍을 막으려고 쳐둔 커튼이 내려진 창이 눈에 들어왔다. 천정에 달린 형광등에 불이 들어온 걸 보니 벌써 저녁이 된 모양이었다.

"보영아, 왜 그러니, 응?"

언니는 걱정스러운 듯이 보영이의 곁으로 와서 지켜보고 있었다.

"내 신발 한 짝이 물에 떠내려갔어."

"너 꿈꿨구나. 어여 일어나 저녁 들여와야지."

보영은 언니의 말에 마지못해 고개를 끄떡이고 약간 무거워진 듯한 몸을 일으켜 이불을 걷어내고 부엌으로 나갔다. 부엌에는 연탄의 메슥한 내가 나서 잠시 문을 열어두었다.

저녁을 차려서 둘이서 쓸쓸하게 먹고는 설거지를 하고 연탄 아궁이를 들여다보니 갈아주어야 할 것 같았다. 보영이는 연탄집 게를 들고 마당을 지나 뒤꼍으로 갔다. 다행히 주인집은 집 옆으로 난 길에 가로등이 있어서 밤에 마당에 불을 켜두지 않아도 될 만큼 가로등 불빛이 마당 가득 들어와서 밝았고 뒤꼍으로는 약간 어두웠으나 불을 켜지 않고도 사람 얼굴을 식별할 수 있을 정도는 되었다. 뒤꼍의 두 방은 문틈으로 불빛이 새어 나오지 않는 걸 보니 두 여자는 없는 듯했다. 보영이가 잤을 무렵에 벌써 나갔던 모양이다.

며칠 전 새벽에 방이 식은 듯하여 언니가 깨워서 연탄 아궁이를 들여다보았을 때였다. 연탄은 다 타버리고 허연 재가 되어 겨우 머리 부분에만 불기를 머금고 그것도 이내 꺼져버릴 듯했다. 급히 연탄 광으로 달려가서 새 연탄을 가져오려고 나갔을 때, 마침 두 여자는 술에 취한 듯 비틀거리면서 겨우 서로를 부축하면서 집으로 들어오고 있었다. 대문께에는 택시가 시동을 걸고 출발하는 소리가 들린 것으로 보아 택시로 들어온 모양이었다. 술 냄새와 담배 연기에 절은 옷에서 나는 냄새는 보영에게 역겨웠다. 생전 처음 맡아보는 싸구려 향수와 분 냄새에다 담배와 술 냄새는 섞여서 해괴한 냄새를 피우고 있었다. 윤기 나던 머리칼은 부스스해졌고, 얼굴은 부은 듯 탄력을 잃고 까칠해 보였다. 무슨 일을 하기에 저녁에 나가서는 이른 아침에 저 모양으로 들어오는지 알 수 없었다.

다음 날 아침에 보영은 예의 아기 기저귀를 대문 옥상에다 널어놓고 곱은 손을 호호 불며 내려오던 참이었다. 뒤꼍의 방에서 어제 낮에 봤던 바로 그 미군 남자가 허겁지겁 도망치듯 주위를 살펴가면서 나오더니 대문 바깥으로 사라졌다. 이상한 생각이 들었던 보영은 계단을 내려오자 언니네 방 앞에 아기 기저귀를 담았던 세숫대야를 놔두고 뒤꼍으로 가보았다.

두 방 중에 하나는 굳게 닫혀있어서 아직 돌아오지 않은 것 같았으나 안쪽 방은 문이 열린 채 안에서 풍겨오는 이상한 냄새에 보영은 바짝 긴장했다. 또 가슴이 두근거리면서 뛰기 시작했다. 필시 무슨 일이 난 것 같았다. 열린 방문 앞에 다가가서 방 안을 들여다본 보영은 그 자리에서 기겁했다. 거기에는 아랫도리에서 피가 철철 흘러나오고, 얼굴은 백지장이 되어 고통으로 일그러진 채, 입가에는 뭔가가 흐른 듯하고 눈을 위로 뜨고 죽은 듯 뻣뻣한 여자가 침대에 누워있었다. 그리고 침대 앞에는 붉은 피가 묻은 연탄집게가 아무렇게나 던져져 있었고, 정면에 검은 망사 모자를 쓴 여자의 사진은 액자의 유리가 깨어진 채 비뚤어져 내리고 있었다.

보영은 무서워서 소리를 지르며 자신이 어떻게 뒤꼍에서 뛰어나와 그 소리를 듣고 방문을 열고 나온 언니의 품에 뛰어들었는지 기억이 나지 않았다. 다만 보영이의 머릿속에는 왜 지켜주러 온 미군 아저씨가 캔디 머리 언니에게 끔찍한 일을 저질렀을까 하는 생각만 맴돌았다.

석전동

무작정 집을 나와 바다가 곁에 있는 이 지방 중소도시의 낯선 거리를 서성였다. 그냥 언니의 집 앞을 지나는 아무 버스에나 올라탔다. 얼핏 24번 버스는 이마에 석전동石田洞이라고 쓰여 있었다. 돌밭이라… 서희瑞熙는 석전동이라는 이름에 왠지 마음이 끌렸다. '돌밭을 가고 있다. 그곳으로 나는 간다. 아니 가야 한다. 그래 어떤 고난이 와도 다시 가보자. 멈출 수 없다. 멈춰서도 안 된다. 이 나이 되어 부모나 걱정시키는 채로 살아갈 수는 없다. 워낙 현실적이지 못하여 스스로 돈을 벌 줄도 모르고 홀로 설 수도 없지 않았는가…'

서희는 한없이 무기력한 자신을 자책하면서 그 누구를 원망하지도 않은 채 오늘의 목표는 이 도시 어느 곳에서 막내 여동생과 둘이 살 방 한 칸을 구하고자 했다. 이것만을 가슴에 품고 잔뜩 흐리고 빗방울이 간간이 떨어지다가 추위에 못 견뎌 진눈깨비로 내리는 거리를 나왔다. 거기에는 어떠한 사념도 서희를 괴롭히거나 그 발걸음을 붙잡지 못했다. '그래 살아야 한다, 살아야 해.' 이것 하나만을 가슴에 품으니 사념들은 온데간데없다. 머리와 가슴을 어지럽혀 가슴 한가운데에서 불꽃처럼 타오르던 실망과 분노, 절망의 부정적 감정들은 도대체 어디로 가버렸단 말인가.

너희들 때문에 아이가 유산됐어라는 말이 서희를 언니의 신혼집으로부터 튕겨 나오게 했다. 더 이상 언니네 집에 머물 수 없었다. 어젯밤에 급기야 갓 결혼한 언니는 자연유산하여 병원에서 치료를 받고 왔다. 울면서 형부의 품에 안긴 언니의 옆얼굴이, 반쯤 닫힌 안방 문 사이로 보였고, 형부가 언니를 안으면서 위로하는 모습을 얼핏 보면서 뭔지 모르지만, 조카가 될 뻔한 아이가 유산이 되는 데 일조를 한 게 되어버렸다. 서희의 존재가 그리고 다른 두 동생의 존재가 언니의 신혼집에서 방해가 되거나 폐가 된다면 나가야 했다. 그것도 모르고 있었던 서희는 자신이 바보라고 생각했다. 눈치 없이 있었다고 생각했다. 그렇게 자책하면서도 문득 가족에게도 눈치를 봐야 한다고 생각하니 서러웠다.

첫 아이를 잃은 새색시 언니는 슬픔과 고통을 원망과 미움에 가득 찬 눈으로 제정신이 아닌 채 여동생들이 들으라는 듯이 고함쳤고, 이 말은 서희의 가슴을 찌르고 상처를 낸 것이 돌이킬 수 없는 발걸음으로 내딛게 했다. 이 말끝에 형부는 아내의 정상이 아닌 심리 상태를 지아비의 마음으로 이해하면서도 무슨 그런 말을 처제들에게 하느냐고 힐난하면서 언니를 데리고 안방으로 들어갔다. 왜 아이가 유산된 것이 우리 탓이란 말인가? 기가 막히면서도 서희는 혼란스러웠다.

모든 일은 한꺼번에 연쇄적으로 오는 것인가? K와의 어정쩡한 관계가 결국 아무것도 아닌 상태로 끝이 나고, 아니 애초에 아무 관계도 아니었음에 대해 서희는 어리석게도 자신만 모르고 있었다. 바보같이 남녀 간의 일에 대해 전혀 무지했던 서희는 K를 만났을 초기에 그가 여러 가지 미끼를 던져줬어도 아무런 입질을 하지 않았다. 거기에는 자신의 목표와 K의 목표가 달랐기 때문이라고 생각했다. 그런 후 합격 결과에 따라 타 대학의 대학원으로 옮겨오고, 그는 한 달 후 선을 본 여자와 급히 결혼식을 치르고 계획대로 유학길에 올랐다.

M꼬양은 그 후로 남편이 된 유학생 남자와 일본으로 영영 돌아가 혼례식을 치렀노라고 편지가 왔다. 국제우편은 그녀의 소녀 취미적인 손편지였는데 희디흰 벚꽃이 인쇄된 편지지에 반듯반듯한 한국어들이 꽤 큰 글자로 쓰여 있었다. 그리고 신사의 신 앞에서 사랑을 맹세했노라고 하였다. 사진에는 그녀가 오시로이라고 해서, 온 얼굴과 목, 기모노의 뒷깃이 밑으로 약간 처져 보이게 되는 뒷덜미까지도 새하얗게 분장 수준의 화장을 하고 있었다.

신부들이 입는 와소오를 입고 머리에는 삼각형 모양의 가도가쿠시를 쓰고 그 양 끝에는 한국의 떨잠 같은 꽃 모양의 간자시를 꽂았다. 빨간 입술의 그녀가 하카마를 입고 늠름하며 잘생긴 세리자와 씨와 점잖은 한 쌍의 부부로 서 있었다. 온통 백색의 전통의상과 빨간 입술이 뇌리에 박혀오는 사진 속의 그녀는 한국어를 잘하는 한국에서의 그녀와는 이미 다른 사람이 되어있었다.

그녀는 한국어를 능숙하게 잘 구사하는 항구도시이자 블루라이트 요코하마로 유명한 요코하마 출신이었다. 거기에서 도쿄의 어느 약과대학을 졸업하고 어느 빗나간 교단에 경도되어 같은 동료 일본 대학생 신도들 몇 명과 함께 서울로 유학을 왔다. 그녀의 은밀한 이야기로는 대학 시절에 사귄 일본 남자와 불같은 사랑을 하고 그 남자의 떠남으로 종결지어진 가슴 아픈 사랑 이야기가 있었고, 일종의 버림을 받은 그녀는 그 아픔으로 방황하고 있었다. 그렇게 실연의 상처감으로 고통스러울 때 종교에 이끌려서 바다를 건너온 것이었다. 자살 충동까지 일었다고 밝힌 그녀의 상처는 종교에 입신하여 한국어를 배우고 한국에 관해 들으면서 같은 청년 신도 그룹들 속에서 실연의 상처가 조금씩 치유되어 갔다고 했다. 그리고 일본을 떠나 그 그룹들과 비행기를 타고 이국인 한국 유학을 오니 새로운 사회에 대한 호기심과 새로운 사람들을 만날 수 있는 기회가 그녀에게 주어졌다.

Y대어학당에서 한국어를 본격적으로 수련받은 그녀는 거의 한국인 수준의 한국어를 구사하고 있었다. 그 유창한 한국어로 K대 대학원 연구생 입시를 보는 날 서희와는 면접 장소를 묻다가 처음으로 만났다. 그 후 학교에서 연구생 신분으로 서희와 그녀는 식사도 하고 같이 도서관에서 공부도 하였다. 일찍 오면 서로 자리도 잡아주었다. 서희보다 3살 위였던 그녀는 언니처럼 서희를 챙겨주었다. 늘 한국어로 이야기했다. 그러는 중에 군사학교를 졸업하고 이 학교의 학부 3학년으로 편입해온 K를 서희에게 소개해주었다. 셋이서 점심도 같이 먹고 대학원 도서관에서 공부했다.

서희로서는 이 두 사람과의 관계가 마지막에는 각자 결혼하는 것으로 세 사람의 관계는 일단 끝이 나는 듯 보였다. 그리고 서울을 떠나올 무렵 그녀에게 짓눌리게도 삭막한 서울은 온통 황색

빛으로 고요히 가라앉아 있었다. 그 짙은 황색 속에 둘러싸인 서울은 정지된 채 서희의 눈앞에 펼쳐졌다. 서희는 캠퍼스의 앞쪽 정원에서 어느 저녁 날 제주도 출신의 M에게 나는 서울을 떠날 거야 여기서는 숨조차 쉴 수가 없다, 두렵고 공포스러워 몇 날을 불면으로 지냈다. 서울 언니네 집에서도 얼른 나와야 한다, 이런 말을 그녀에게 정신없이 토로했고, M은 말없이 듣고만 있었다.

그 무렵 서희의 위는 그야말로 명치 끝이 돌덩이처럼 딱딱하여 무엇을 먹어도 소화가 되지 않아서 학교 도서관에 앉아 있거나 식사를 할 때 괴로웠다. 대학원 입시와 낯선 서울 생활, 그리고 H대 대학원으로 옮겨와서 석사과정 3학기를 끝내고 나니 스트레스성 위염이나 건위의 일종으로 생각되는 몸의 증상이 온 것도 그 무렵이었다. 그러나 고향집에서도 한 달을 꼬박 앓으면서 드러누워 있었다. 어머니는 처음 왔을 때와 다르게 시시각각 얼굴에 병색이 돌고 온종일 누워만 있으면서 천정을 멍하니 바라보고 있는 딸의 모습을 보면서 걱정이 된 듯하다.

어느 날 서희가 그런 생활을 청산하려고 가방을 싸서 읍내에 있는 도서관에서 하루 종일 지내다 온 날 젊은 남자가 전화했는데 서희 씨 있느냐고 물었다고 했다. 그래서 "읍내에 있는 도서관에 갔다고 말했어."라고 어머니가 낮에 있었던 일을 알리는 것이었다. 서희로서는 처음에는 짐작이 안 갔지만, K라는 것이 짚어진 것은 그날 저녁쯤이었다. 서희의 고향집 전화번호는 M꼬양 이외에는 아무에게도 가르쳐 주지 않았고 아무래도 그녀가 K에게 말해준 듯하였다.

M꼬양은 결국 자신보다 두 살 아래인 K를 뒤로 하고 종교적

이유로 한국에 온 세리자와 씨와 다시 일본으로 결혼을 위해 두 사람의 원래의 목적을 모두 버리고 돌아가 버렸다. 그 무렵 서희는 이제 도서관 나갈 정도는 되었으니 언니와 동생들이 있는 M시로 가기로 결정하고, 어머니와 잠시 거리를 두었다. 어머니의 걱정하는 눈빛이 서희한테는 견디기가 힘들어서 얼른 어디론가로 가야겠다고 생각했다.

두 여동생 중 바로 밑의 여동생은 일주일 후면 이곳에서 고속버스로 2시간이면 가는 T시에서 건설회사를 다니는 제부와 결혼식을 올리기로 되어있었다. 그러니까 원래 이 M시에는 K시로부터 이직하여 온 꽃부리 언니와 고향 마을의 같은 종친인 동갑내기 언니와 함께 공단의 어느 회사를 다니면서 같이 자취하고 있었다. 서희 바로 밑의 여동생은 꽃부리 언니의 소개로 이곳 공단의 일계 전자회사에 들어와 직장생활을 하고 있었다. 그러다가 막내 여동생이 이곳 2년제 대학에 다니면서 세 자매가 같이 살았다.

그 후 꽃부리 언니와 형부는 결혼하였고, 여동생 두 명이 살다가 바로 밑의 여동생도 결혼하게 되어 살던 전셋집의 돈을 빼서 결혼 비용을 마련해야 했다. 그렇게 되어 막내 여동생은 낯선 그곳에서 혼자가 되었고 그런 와중에 서희는 서울에서 내려와 잠시 고향집에 머물다가 M시로 가서 처음에는 며칠을 쉬고 다시 고향집으로 돌아올까 생각했다. 고향집이든 M시든 어딘가에서 1년을 쉬면서 외국어도 가르치고 석사 논문 준비를 할 수 있는 거처가 필요했다. 복잡하게도 서희에게는 학교도 살 곳도 모두 얽혀있었다.

대학원 3학기를 마치고 외국어시험과 종합시험을 다 치르고 수료한 후 서희는 쉬고 싶었다. 지도교수는 외국으로 1년을 안식년을 간다고 했다. 낯선 서울에 공부를 위해 2년 반 전에 올라와서 서울 언니 집에 더부살이하였다. 처음에는 반지하에 살았던 서울 언니네가 분당으로 아파트가 되어 이사하였고 그곳으로 같이 가서 살게 되었다. 분당에서 학교까지는 너무 멀었지만, 그것을 감수하고 다닐 수밖에 없었다. 문제는 분당으로 이사 가고 서희에게 힘든 일이 생겼다. M꼬양과 K와의 결별, 이 모든 것이 복잡하게 얽혀 돌아갔다. 마음고생이 너무 심하여 우선 고향집으로 돌아와서 거의 한 달간을 방에서 누워 지냈었다.

가본 적이 없고 어떤 동네인지도 모르는 낯선 동네로 서희는 들어가서 오늘 내로 한 칸의 방을 구해야 했다. 이것이 서희의 생각이었다. 서로에게 폐가 되는 상태로 살고 싶지 않았다. 26살의 서희는 이를 꼭 깨물어 본다. 석전동… 왠지 서희는 이 동네 이름이 마음에 들었다. 돌밭이라… '나는 돌밭을 걸어갈 거다. 이제부터…' 하고 서희는 생각했다. 그렇게 생각하니 작거나 제법 큰 돌들이 서로 맞부딪치는 소리를 내면서 그녀의 가슴 속으로 우르르 쏟아져 들어왔다.

어린 시절 식구들의 옷가지를 큰 고무 다라이에 한가득 담아서 그걸 머리에 이고 큰물이 진 뒤의 강에 나가서 빨래하곤 했다. 그때의 강가는 그야말로 거대한 돌들의 밭이었다. 어디서 그 많은 돌이 큰물의 힘에 밀려 서로 부딪치고 부딪쳐서 그렇게 둥글둥글해진 모양으로 깎이고 깎여서 가지런히 물살이 이끄는 대로

강바닥에 정연하게 그들 나름대로 질서를 가지고 박히게 되었는
지 신비하기만 했다. 물이 빠져나가고 남겨진 돌들은 눈부신 한
여름의 햇빛을 받아서 눈을 뜰 수 없을 정도로 아름다운 빛무리
가 되어 넓은 강바닥에 일렁였다. 엷은 자색을 띠면서도 차분하
고 널찍하면서도 반사되지 않는 돌, 화강암에서 나온 주먹만 한
타원형의 돌은 햇빛에 반짝반짝 빛나면서 특유의 흰색이 산란 반
사를 하고 있었다. 청도자 빛의 청색에 가까운 돌은 광택이 없지
만, 표면이 매끈하여 얼굴에 대어보기도 했던 돌이었다. 그리고
흰 바탕에 윤기는 없지만, 표면이 까칠하고 그 안에 적갈색으로
그림이 그려져 있는 듯한 돌은 그대로 한 장의 작은 그림이었다.

서희는 큰물이 지고 나면 강의 상류에서 떠내려온 귀한 돌을
주우려고 일부러 나간 적도 있었고 이것저것 마음에 드는 걸 주
워 담다가 무거워서 어떤 것은 버려야 할 때도 있었던 기억이 떠
올랐다. 그러면서 어느 날 빨래에 비누를 칠하고 비벼 빠는 중에
뒤에서 돌이 날아와 뒤통수를 맞았는데 너무 아파서 뒤를 돌아보
니 초등학교 때 동창이었던 남자아이가 서 있었다. 그 아이는 아
마 강가에서 혼자 그 많은 빨래를 하고 있는 서희를 아는 체하려
고 돌을 물에 던졌던 것 같았다. 그러나 그 아이가 던진 돌은 공
교롭게도 서희의 뒤통수를 정확히 맞혔고, 서희에게 그 아이는 자
신에게 장난으로 돌을 던진 아이로밖에 기억이 되지 않았다.

그 아이는 순간 당혹스러워하였지만, 거기에는 서희에 대해 괴
롭히고 싶은 잔인한 마음과 호기심의 두 마음이 자리하고 있었
다. 그 아이는 서희가 돌에 맞아 아파서 눈물이 핑 돌았을 때도
아무런 사과를 하지 않은 채 도망을 쳤다. 물론 그 아이도 이렇

게까지 되리라고는 예상하지 못했을 수도 있었다. 그러나 반에서 늘 외톨이로 지내고 약간의 살기가 도는 얼굴의 그 아이는 서희가 늘 피해왔던 남자아이였다. 그리고 부모가 늘 싸우고 집이 가난했던 그 아이는 반에서도 남자 아이들과 어울리지 못하는 소년이었다.

서희는 그 아이에게 뭐라고 소리를 쳤고, 그 아이는 사과는커녕 서희에게 대들려고 하였으니 큰물이 진 후 푸르고 센 물살이 내려가는 강가에서 그 녀석이 자신을 해코지하여 물에 떠밀기라도 할까 봐서 서희는 그쯤에서 화를 삼켰다. 그날 서희는 머리도 계속 아팠지만, 그 녀석 때문에도 속상했고 살림이 어렵고 자매들이 많고 늘 집안일을 해야 하는 자신의 처지가 속상해서 많이 울었다. 그러나 푸르고 힘찬 물살은 서희의 아픈 마음과 상관없이 세차게 흘러 문중 제실 아래 나무들이 그늘진 덤 밑으로 흘러들어가 소에 이르러 휘휘 느리게 한 바퀴 돌면서 커다란 여울을 지우고는 다시 아래로 흘렀다. 깊이를 알 수 없는 소처럼 서희의 상심은 휘휘 도는 가운데 가라앉거나 부유하면서 강물처럼 아래로 흘러내려 갔다. 그것은 물이 빠진, 넓고 넓은 강변 돌밭에 뽀얗게 빛나는 돌들의 얼굴과는 대조를 이루었다.

버스는 석전동의 지방은행 본점 건물 맞은편에서 정차하여 서희를 내려주고는 다음 정류장을 향해 달렸다. 서희는 그냥 찻길에서 가깝고 주택가로 나 있는 골목길을 찾아서 걸어 들어갔다. 골목에는 포장이 안 되어 비교적 딱딱한 흙길이 나 있었다. 그 길을 걸을 때 차가운 겨울비가 서희의 코트 위에 방울져 내렸다. 우산을 받쳐 들고 겨울비 속에서도 서희는 마음속으로 오늘 내로 방 한 개만 얻게 해달라고 기도했다. 수중에 가진 돈이 한 달 동안 일한 어학원으로부터 받은 30만 원이 전부였다. 최소한 이것으로 작은 방 하나에 부엌이 달려있으면 된다. 방이 설사 작아도 책상과 책꽂이가 들어가고 여동생과 둘이서 누울 수 있는 자리면 된다.

이런 생각 속에서 바삐 걸음을 옮겼다. 의외로 방을 내놓는다는 종이가 붙은 곳은 드물었다. 그러나 서희는 개의치 않았다. 왜냐하면 마음의 바닥 깊이 가라앉아 있는, 서울에서 겪은 괴로웠던 일들이 서희를 감싸고 있었기 때문이었다. 서울에서의 불행한 기억들과 K와 침묵 속의 결별, 지금 일어나고 있는 꽃부리 언니의 첫아기 유산으로 인해 닥쳐오는 동거 불가능성에 대한 것들이 한 모타리로 되어 서희의 전 존재를 태질하고 있었다. 어쩌면 유산 사건은 앞의 두 가지 원인에 비하면 작은 파란에 지나지 않았다.

서희는 이 년 반 전에 T시를 떠나 대학원 진학을 위하여 지도교수의 추천장을 받아서 K대 대학원 연구생으로 들어갔다. 낯선 서울이라는 환경과 서울 언니네 집에서 더부살이하는 것과 공부의 내용이 만만치 않았음이 서희로 하여금 한시도 긴장의 끈을 놓지 못하게 했다. 입시를 위해 공부를 매일같이 하러 학교에 갔지만, 시험에 불합격될지도 모른다는 불안감과 초조함이 그녀를 옥죄고 있었다. 그러다가 다행히도 뜻한 K대 대학원이 아니라 서울에 올라와 지원학교를 한 군데 더 생각해 본 H대 대학원에 합격하였다. K대 대학원 지원에서 H대 대학원 입학으로 바뀌면서 여러 가지로 변화가 요구되었다.

그때 학부 지도교수의 은사가 있었던 K대에서는 은사가 고전문학이어서 고전문학 전공을 위한 토대가 아무것도 되어있지 않았던 서희에게는 쉬운 일은 아니었다. 그러나 같은 학교의 대학원에 다니는 고전문학 전공자 친구들의 따뜻한 배려가 있었다. 실력이 월등히 좋은 그녀들은 서희를 여러 가지로 많이 도와주었다.

서희는 지도교수가 일본에서 돌아올 즘 석사 논문을 제출할 생각으로 1년간 전공 공부를 충실히 하는 방향으로 가닥을 잡고 지친 심신을 추스르려고 하였다. 그리고 무엇보다 더 이상 부모에게 학비 부담을 줄 수가 없어서 지난겨울에 우연히 구직 광고를 보고 지원한 외국어 학원에서 초급자를 가르친 경력으로 기업체 강의를 해본 후에 이제는 외국어를 가르쳐서 연명해야겠다고 다짐하였다. 홀로서기는 경제적 독립을 전제로 하였다. 서희는 그렇게 대학교를 졸업하고 대학원에 들어가서 3학기를 다니면서 어느덧 20대 중반의 공부하는 아가씨가 되어 공부와 자신의 생계를 위해 발버둥을 쳐야 했다. 그녀의 동기들이 그렇게 발버둥을 쳤던 것처럼.

이런 상황에서 K의 결혼과 일본행은 하나의 가능성이었지만, 서희는 K가 미래를 제시했을 때 아무것도 잡지 못한 채 K는 K대로 서희는 서희대로 서로의 앞날에 걸림이 되어서는 안 된다고 생각했다. 이제 와서 생각해 보니 서희는 다 부질없는 것이라고도 생각했다. 교수직은 지방대 출신 서희에게 애초에 가당치도 않은 꿈이었다. 이상은 높아 학문을 위하여 낯설고 큼직한 서울에 올라왔다. 거대한 공허감과 겨울의 추위, 배고픔, 서울말과 무표정하고 냉랭해 보이는 서울 사람들, 전철, 버스, 학교, 인간관계 이런 것들이 모두 낯설고 적응하는 데도 꽤 걸렸다. 미군 부대가 4개나 있는 지방의 분지 도시보다 몇 배나 큰 서울의 낯선 환경은 서희에게 변화를 요구하였고 적응하기를 제우쳤다.

원래 변화에 둔감하고 안정적인 것에 익숙했던 서희, 아니 원래 시골 소녀였던 서희에게 도시는 무한한 자유와 꿈과 희망과 생동감을 주었다. 그 반면에 외로움과 자신을 작고 초라하게 만드는 힘을 지니고 있는 거대한 괴물, 눈에 보이거나 보이지 않거나 어디선가 자신을 지시하거나 감시하고 있다는 착각이 들곤 했다. 위축의 뒤에는 무거운 침묵이 찾아오고 침묵이 오래되어 가니 무표정해지거나 짙은 우울이 찾아왔다. 그런 가운데서도 서희 주위를 맴도는 사람들과 다가오는 사람들, 혹은 서희 쪽에서 다가가는 사람들 이런 인간관계 속에서 서희는 어떤 때는 거대한 밀림 속에서, 이 도시를 움직이는 거대한 공장의 컨베이어벨트 안에서 빠르거나 한없이 느려 권태스럽게 가동되는 기계 같다는 생각을 했다. 누가 이 거대한 도시를 작동하고 있을까, 그는 잠을 자지 않고 24시간을 제어하고 있을까, 당번을 정해서 불침번을 서고 있는 것일까 생각했다. K가 접근을 했을 무렵만 해도 대학 4년간 혼자 살다가 서울 언니네 집 식구들과 함께 사는 것도 쉽지만은 않을 무렵이었다.

서희는 그 무렵 성당을 일주일에 몇 번씩 나가면서 마음을 의지하였다. 성당의 같은 단체에서 단체장을 하던 한 형제가 서희에게 관심을 두었으나 서희는 마음에서 밀어내었다. 그 형제는 언젠가 서희에게 자매님은 나만 보면 왜 피해 다니느냐고 하면서 불만을 자신도 모르게 입 밖에 꺼낸 적도 있었다. 서희는 키가 작고 하얀 얼굴에 무엇 하나 부족함 없이 유순하면서도 유머가 있는 그 형제의 모습에서 이미 사회인이 되어 든든한 직장을 가지고 신부감을 고르는 중인 20대 후반의 남자에게 자신감이 없었다.

결혼은 분명히 그때의 서희로서는 감당할 수 있는 일이 아니었다. 그때까지만 해도 물론 지금도 아직 서희로서는 감당할 수 없었다. 다만 서희는 자신이 꿈꾸는 학문의 길, 창작의 길을 가는 것이 그녀에게 그 당시 가장 매료되면서도 해야 할 바였고 무한한 고통과 동시에 무한한 기쁨을 주고 그녀에게 자존감과 함께 존재 이유였다. 그래서 그 형제를 몰래 연모했던 고등학교를 졸업한 어여쁜 자매가 한 번은 서희에게 그 형제에게 마음이 없느냐고 살며시 물어왔었다. 그 대답을 몇 번이나 듣고자 했던 걸 보면 그 자매는 상당히 그 형제한테 관심이 있었고, 서희의 마음을 떠보려고 했던 것 같았다. 서희의 입에서 둘이 잘해보라는 말이 나왔을 때, 그녀는 고맙다고 하였고 나중에 둘이 결혼했다는 이야기를 들었을 때는 서희가 서울 언니네 집을 떠날 무렵이었다.

K가 여러 가지로 접근했어도, 심지어 K와 꽤 많은 이야기를 나누었음에도 정작 두 사람의 정서가 남녀 간의 정서로 흐르지는 못한 것도 서희의 태도와 학문의 길이 막고 있었다. 아마 K는 서희의 마음을 다 들여다보고 서서히 서희를 포기하고 늘 서희 곁에 맴돌다가 유학을 떠나기 한 달 전에 급하게 선을 보고 만난 여자와 결혼하여 일본에 갔다는 이야기를 나중에 일본으로 아주 들어간 M꼬양의 편지글에서 알 수 있었다. 물론 서희는 성당의

형제와 K가 싫었던 것이 아니었다. 사실 성당의 형제나 K는 능력을 갖춘 결혼 적령기의 남자들이었다.

성당 형제는 서울의 유명한 공대를 졸업하여 대기업에 취직해 있었고, 어느 모로 보나 우수한 인재였다. 그 자신감이 그의 얼굴에 늘 넘쳐나고 있었다. 모르긴 몰라도 회사 내에 또래의 여사원들로부터 선망의 신랑감이었을 듯했다. 다만 그가 천주교인이고 믿음의 자매와 결혼하고 싶어 하는 마음이 있어 성당에 다니면서 어려운 단체장을 맡아 이끌어 가고 있었고, 거기에 있었던 자매들도 그에 대하여 호감을 가진 이가 여럿 있었던 중에 스물네 살의 서희가 들어갔다. 그리고 K는 사관학교를 수석으로 졸업하고 K대학교에 편입하여 스스로도 자랑하였지만 1등을 하는 우수한 인재였다. 원래 K는 우수한 인재인데다 사관학교에서 장학금을 주어서 유학을 보내는 엘리트 장교였다. 오죽하였으면 K와 같은 고향 출신인 후배가 한 번은 서희에게 와서 그 형에 대해 진지하게 생각해 보라고, 훌륭한 형이라고 그가 보낸 것인지 아니면 두 사람을 보고 자발적으로 생각해서 그런 충고를 하러 온 것인지 서희로서는 고맙기도 하였지만, 한편으로는 부담스러웠다.

서희의 주위에 그런 훌륭한 청년이 있었지만, 서희의 마음은 그런 화려한 연애를 생각할 상황이 아니었다. 당장 공부 따라가기, 입시 준비, 서울 언니네 집에 적응하면서 언니와 관계 개선, 서울이라는 낯선 도시에 적응하기에도 서희의 마음에는 평온함이 없었다. 이러한 불편함들 속에서 마음은 깊이 상처가 나 피를 흘리고 있었고, 앞날에 대한 불안과 초조로 악몽을 자주 꾸고 잠자다가도 가위에 눌리는 정신의 강박을 견디기에도 힘이 들었다.

말할 수 없는 고통을 지닌 사람이 어떻게 한 남자를 사랑할 수 있겠는가 말이다. 게다가 대학에 다녔던 지방 도시에서 겪는 고통으로부터도 채 회복되지 못한 마음의 밭은 그나마 서울이라는 공간이동과 학문이 가져다주는 고문 같은 꿈과 희망이 그녀를 겨우 버티게 하고 있었다. 어쩌면 그 화려한 이력의 남자들에게 서희는 오히려 자신이 없었다고 하는 게 맞았다. 서희의 마음은 상처로 고름이 흘러나오고 있었고, 서울의 K대라는 학문의 배는 자신이 나온 지방대와는 비할 바가 아니었다. 그 수준 차이에서 겪는 위축과 자신감이 떨어지는 것도 부여잡기 힘들었다.

집에 가면 늘 서희를 다그치고 경멸하는 사람이 있었다. 오늘 하루도 악다구니 퍼붓는 서울 언니와 마주치고 싶지 않아서 언니가 깨지 않는 새벽에 일찍 나와 학교 도서관을 찾았고, 언니네 식구들이 자는 10시쯤 들어오기 위해서 9시쯤에 도서관을 나왔다. 언니와의 불협화음은 이렇게 서희를 서서히 바깥으로 방출하고 있었고, 서희도 감당하기 어려운 현실에서 어쩌면 도서관으로 피하고 있었는지도 모른다. 어떤 때는 그 속상함으로 책을 보다가 몰래 눈물을 흘린 적도 있었다. 왜 내가 이렇게 고통을 당해야 하나 하고 도서관에 앉아서 고전문학책을 보면서 현실과 이상의 처절한 괴리가 그녀를 소리 없이 마음으로 수십 번도 울게 하고 있었다. 왜 나한테 이렇게 괴롭히는가. 이런 생각을 서희는 하면서 목이 멘 적이 한두 번이 아니었고 자살 충동까지 일었다.

서울 언니는 갓 여대를 졸업하고 한창 가꾸어야 할 나이의 서희가 아침 일찍 나가서 저녁 늦게 학교에서 돌아오면 늘 지친 얼굴로 별말 없이 힘든 것을 참아 지내고 있는 서희의 모습이 싫었던 거였다. 차라리 좋은 남자를 만나서 행복한 결혼생활을 하길 바랐는지도 몰랐다. 서희도 언니처럼 마음 한구석에는 그런 생각도 하지 않았던 것은 아니지만, 그녀로서는 뭔가 남자에 대한 편견과 연애를 감당할 만큼 마음이 열리지가 않았고 그것이 고통스러우니까 학문으로 도서관으로 성당으로 빠져들거나 도피하였다. 물론 서희가 공부의 길로 접어들었던 것은 여러 가지 이유에서였다.

그 이유라는 것이 서희는 원래 영문학과에 지원하여 영문학을 공부하고 싶었다. 서희의 공부에 대한 뜻은 컸다. 그러나 그것을 받쳐주기에 시골에서 농사를 지어서 서희를 대학에 보내고 대학원까지 보내주었던 부모로서는 이루 말할 수 없는 희생을 하였다. 누구보다도 이것을 잘 아는 서희는 장학금을 타려고 노력했지만, 대학 시절에는 두 번의 장학금으로 그쳤다. 그러나 서희의 아버지는 딸을 자랑스러워하였고 대학원에 가고 싶다고 지원을 부탁하는 서희의 장문 편지에 아버지는 서희의 편을 들어주었다. 원래 서희의 부모는 서희가 대학에 가려고 했을 때 안 된다고 하였다. 형편이 어려워서 보낼 수 없다고만 하였다. 그런데 서희는 대학에 가지 않으면 자신의 꿈이 좌절되어 살 희망이 없다고 극단적으로 생각하였다. 그래서 거의 원서 접수 전날까지 식음을 전폐하고 드러누워서 울고만 있었다.

그때 서울에서 할머니의 제사 때문에 내려왔던 서희의 고모가 집안 사정을 둘러보고 서희의 아버지를 설득했고, 아버지는 서희에게 원서 쓰는 마지막 날 허락을 하셨다. 서희는 원서 접수 전수 시간을 남겨두고 담임을 만나 상담하고 원서를 작성하였다.

담임이 정해준 학과는 꿈에도 생각해 본 적이 없는 학과였다. 그런 원서를 들고 낯선 이웃 도시로 버스를 타고 초행길을 불안과 초조, 긴장으로 가득 찬 채 접수하였다. 오는 버스 안에서 먹은 것 없이 멀미가 나서 노란 물을 토하고 집에 와서는 일주일간의 단식투쟁과 생각지도 않은 학과에라도 원서 접수했다는 안도감에서 완전히 앓아눕는 상태가 되었던 기억이 있다.

삶의 절박한 순간에 신은 어디에 계신가 하고, 그 방만한 어둠이 서희의 영혼을 뒤흔들고 보란 듯이 신은 없다, 없는 신을 왜 믿느냐, 부모를 원망해라, 부당하다고 소리쳐라, 이렇게 외치는 의식의 한 곳에 창과 칼을 겨누면서 불쑥불쑥 모습을 드러내는 붉고 검은 정체를 대면하면서 이를 악물고 그 칼과 창을 피해가면서 살아왔던 서희였다. 부모가 뼛골 빠지는지도 모르고 대학 가려고 한다고, 언니는 부모를 고생시킨다는 동생의 비난 소리도 들어가면서 온 대학이었고 대학원이었다. 그런 서희에게 화려한 연애 따위는 그녀의 목표도 아니었고 그녀가 가야 할 바가 아니라고 생각했다, 그 당시의 서희로서는.

항상 자신에게 최면을 걸거나 각인시켰다. 너는 왜 서울 왔니? 공부하러. 이것이 서희의 내면 아이들이 한 대화였고 이 끊임없는 자아와 초자아의 속삭임이 서희에게 끊임없이 다짐하게 하였고, 그래서 너는 모든 것을 참아야 한다로 이드는 에고를 길들여 갔다. 여유가 없는 농부의 딸이 학문을 꿈꾸는 건 애초에 올려다봐서는 안 되었고 그걸 올려다본 서희에게 학문은 처절한 고통을 안겨주었다. 다만 서희가 언제까지 버틸지 먼 훗날의 추락은 시간의 문제였다. 꿈과 희망을 부추겨온 이상주의자들의 혀끝이 활자 속에서 수십 년 동안 서희를 가두어 둘 줄 그때의 서희는 도저히 알지 못하였다.

긴 골목을 걸어가는 중에 작지만 아담한 골목시장이 있었다. 서희는 여기에 골목시장이 있다면 장 보는 데 좋겠다고 생각했다. 눈에 들어오는 대로 건어물가게, 생선가게와 정육점, 야채가게, 그 옆에 노란 귤과 사과 그리고 배를 쌓아둔 과일가게가 있었다. 이만하면 충분히 음식을 조달하여 먹는 데는 지장이 없겠다고 생각했다. 그리고 넓은 골목의 양쪽으로가게가 자리한 골목시장은 슈퍼도 두 개쯤 지니고 있었고, 그릇가게나 가구점도 구비되어 있었다. 그리고 정겹게도 튀밥을 튀기는 아저씨도 부지런히 풀무를 돌리고 있었고 마치 똥통 같은 튀밥 튀기는 기계는 풀무가 부쳐낸 화기를 열심히 흡수하고 있었다.

그리고 그 옆 오렌지색 포장마차에는 오뎅을 꼬치에 꿰어 파와 무, 등딱지가 붉어진 게를 띄운 국물에 꽂아 두었다. 주인 여자는 연신 붕어빵 기계의 붕어 틀에 기름칠하면서 밀가루 후린 것을 부을 준비를 하였다. 그 빠른 손놀림과 그녀 앞에 놓인 돈통은 그녀가 얼마나 생업을 위해 자신의 힘을 기울이고 피를 쏟아붓고 있는지 짐작이 되었다. 다만 그들은 낯선 행색의 젊고 조그마한 여자가 여기저기를 살피듯이 조심스럽게 골목을 들어오는 데에 잠깐 눈길은 주었지만 이내 지나가는 통행인쯤으로 생각하고 먼저 밀가루를 부어둔 붕어 틀의 꼭지에 쇠꼬챙이를 꿰어 한 바퀴를 돌려 골고루 익게 하거나 눋지 않도록 하고 있었다.

하늘은 여전히 흐리고 계속 진눈깨비가 내리고 있었다. 시장 골목은 포장된 골목길이었다. 그 길을 끝까지 나가니 뒤쪽으로 철길이 나 있고 철길 너머에는 야산이 나지막하게 드리워져 있었다. 아마 철길이 나 있는 걸로 보아서 역이 바로 가까이에 있음을 알 수 있었다. 그 길에서 왼쪽으로 갔더니 그 길은 포장되지 않은 흙길이었다. 그 추위 속에서도 산이 가까이 있고 흙길이 나오니 시골 같은 느낌이었다. 은행의 본점 건물이 있었던 넓은 찻길에서 한 300미터 정도 들어온 지점일 거라고 서희는 짐작했다. 흙길도 꽤 넓었고 군데군데 파인 곳에는 진눈깨비가 녹은 빗물이 탁하게 괴어 있었다.

택시 하나가 지나가는데 그 흙탕물이 고인 곳으로 바퀴가 지나감에 따라 하마터면 서희는 흙탕물을 뒤집어쓸 뻔했다. 서희는 낮에 얼른 방을 구하고 저녁에 강의를 바로 가야 해서 이미 옷을 출근 복장으로 하고 나왔기 때문에 옷에 흙탕물을 튀기면 낭패였다. 그 길을 계속 걸어가니 점차로 집들이 뜸해지듯 하고 도시의 외곽으로 이어져 밭이나 논이 눈에 들어오는 걸로 보아 더는 집들이 없을 듯하여 서희는 온 길을 되짚어 나왔다. 그리고 집들이 밀집한 곳을 향하여 걷다가 어느 집 대문에 매달린 표찰이 눈에 들어왔다. 거기에는 보증금 10만 원 월세 7만 원이라고 쓰여 있었다. 서희는 마음속으로 옳거니 하고 그 집의 초인종을 눌렀다. 이윽고 젊은 여자가 나왔다. 서희는 그 여자에게 방을 구하러 왔다고 하자 들어오라고 해서 안으로 들어갔다.

주인 여자는 하얀 얼굴에 아직 새댁인 듯 아기들이 쓰는 기저귀가 거실에 널려 있고 아기용품들이 여기저기 놓여 있었다. 서희는 그 여주인의 호의적인 안내로 방과 부엌, 덤으로 얻는 듯한 작은 다락도 살펴보았다. 연탄보일러였고, 방은 좁았지만, 책상과 책꽂이, 작은 장 한쪽은 충분히 들어갈 수 있었다. 그리고 부엌도 좁았지만, 개수대도 있고 비교적 깨끗하였다. 방을 다 둘러보고 난 후 여주인이 가계약이라도 하고 가라고 하여 서희는 종이에다 가계약을 하고 서로 연락처를 알려주고는 내일 이사오겠다고 말하고 그 집을 나왔다.

삐삐를 보니 시간이 어느덧 5시가 가까워지고 있었다. 서희는 학원의 첫 번째 수업이 6시였기 때문에 서둘러 시장이 나 있는 골목길을 빠져나왔다. 마음속으로 이렇게 방을 구하고 가계약까지 한 줄은 형부도 언니도 모르고 여동생들이 모두 모른다고 생각하니 문득 혼자된 기분에 휩싸였다. '그래 나는 혼자다, 혼자야, 그래 늘 혼자였어. 혼자이기 때문에 외롭고 힘들었지만 자유롭고 많은 이들을 만났고 많은 이들이 나를 찾았어' 이런 생각을 하면서 버스 정류장에 와서 학원이 있는 시내의 중심가로 가는 버스를 알아보니 24번이었다. 그러고 보니 아까 아무 버스나 잡아탄 것이 24번이었다. 버스는 석전동을 거쳐서 길을 꺾어나가 시내 중심가 쪽으로 나갔다. 돌밭인 석전동을 지나면서 따뜻한 볕과 덕의 동네 양덕동陽德洞으로 가는 버스라니 문득 서희는 의미 있는 행로를 지나겠구나 생각했다.

서희는 버스를 기다리면서 오늘 학원에서 일이 끝나면 집에 들어가서 형부와 언니에게 어떻게 이야기할까 곰곰이 생각했다. 최대한 마음을 보이지 말자고 다짐하면서. 속으로 처절히 울지라도 두 사람 앞에서 눈물을 보이지 말고 웃으며 그냥 즐겁고 발랄하게 '형부 방 구했어요. 내일 이사 가야 해요. 계약 끝내고 왔어요.'

라고 말하자고. 아무것도 모르는 형부와 언니에게 그들의 동의나 언질도 없이 일사천리로 일을 해치운 듯한 자신을 이해할 수 있을까 생각하면서. 두 동생은 뭐라고 할 것인가 생각하니 고민이 되었다. 원래 이 도시에 머물 생각이 아니었기에 복잡해져 오긴 했지만, 서희는 커다란 미래에 대한 불안과 끝없이 밀려오는 어두운 기운 때문에 침묵 속에서 이렇게 자신을 다독이면서 어쩔 수 없이 번져 나오는 눈물을 훔쳤다. 그러나 살아있음은 그 누군가의 승리가 될 것이며 그것이 서희 자신의 승리가 되길 바라는 마음으로 학원으로 가는 버스에 올랐다.

너무 아팠던 시절의 가을 저녁

오후 내내 책상에 앉아 번역 일을 했던 은하는 피로하였다. 책을 접고 작업하던 문서를 저장하고는 컴퓨터 전원을 껐다. 화면에서 빛이 사라지니 컴퓨터는 죽은 듯이 침묵했다. 까만 화면에서는 빛이 사라지면서 여운이라도 남겨 놓지 못하고 잔영인 듯 형광등 불빛에 반사되어 흰 막 같은 것이 번들거렸다. 하나의 창이 닫히면 하나의 세계가 닫혔다.

이제 서서히 나가봐야 할 시간이 되었다. 인희와 대학교 정문에서 7시에 만나기로 약속이 되어 있었기 때문이었다. 의자에서 일어나니 어느덧 창문에는 어둠사리가 들고 있었으나 그래도 해가 있던 낮에 하얀빛이 화사하던 창밖의 풍경이 사라져 가고 있었다. 나가는 길에 은하는 거래하는 은행에 들러서 통장정리를 할 생각이어서 서랍에 넣어둔 통장을 꺼내고 닫았다. 그리고는 통장을 까만 외출 가방에 넣어두고 잠깐 화장실에 들어가 볼일을 보고 난 후 양치를 했다. 양치를 마치고 거울에 자신의 모습을 비춰 보았다. 가을이 되어 약간 해슬퍼진 은하의 얼굴은 까슬하면서도 메말라 보였다.

은하는 방으로 돌아와서 가방에서 콤팩트를 꺼내어 살짝 양볼을 두드리고 머리를 매만졌다. 방에 있는 거울은 상반신과 하반신 삼분의 일을 보여주어서 좋았다. 그리고는 아침에 입고 나갔다가 벽에 걸어둔 무릎까지 오는 갈색 코트를 꺼내 입고 다시 한번 거울에 비춰 보고는 집을 나가려고 방에서 부엌 겸 거실로 나왔다. 나오다 보니 옆방에는 희미하게 음악 소리가 나고 약간 열어둔 문 사이로 머리가 검고 긴 여학생과 남자 친구가 소곤소곤 이야기를 나누고 있었다. 그 애들은 사귄 지가 깨나 된 듯했고 가끔 남자 친구가 자고 가곤 했다. 여학생은 이웃 학교에 다니고 있었고 늘 길고 검으며 자다 일어난 듯한 부스스한 머리 모양을 하고 검은색 옷을 즐겨 입고 다녔다.

은하는 모르는 척하며 인기척을 내지 않고 살며시 현관문을 닫고 나왔다. 둘의 시간을 방해하고 싶지 않았다. 그래도 은하는 그들이 부럽기도 했다. 이렇다 할 연애 사건도 없이 이십 대 후반을 와버린 은하는 생활고를 겪으며 객지살이에 지친 쓸쓸함이 배어 나오는 자신의 감정을 어쩌지 못했기 때문이었다.

잘린 학교에 강의를 나갈 때 은하도 짧았지만, 친척 언니가 소개해서 한 달 정도 만나본 남자가 있었다. 그는 첫 만남을 가지고 난 뒤 그다음 날 연가를 내었는지 은하가 강의하는 학교로 차를 가지고 와서는 우산을 쓰고 강의가 끝나길 기다렸었다. 그날은 무르익은 봄비가 고즈넉하게 내리던 날이었다. 그와는 정확히 한 달 좀 넘어서 작별을 했다. 은하는 아직도 그와 헤어질 수밖에 없는 사연을 안은 채 가끔 그가 생각나곤 했다. 그와는 연애가 되지 않았고 그 앞까지 갔다가 은하가 받아들이지 못하여 끝이 나버린 관계였다. 그는 그 벽 앞에서 스스로 은하를 이상하다고 여겼는지 급속도로 애정의 열기는 식어버렸고 그쪽에서 그만 만나자고 했다. 그렇게 서둘러 다가오던 남자가 순식간에 이별을 고할 수 있었던 것은 상견례 때 남자는 자존심이 몹시 상한 듯했고, 은하의 태도도 마음에 들지 않았던 모양이었다.

은하는 그때 남자나 여자나 한 번 마음이 식어버리면 무대에 조명이 꺼지는 것처럼, 컴퓨터의 전원이 나가는 것처럼 까맣게 변하여 침묵만이 흰 막과 같은 빛으로 번들대나 보다고 생각했다. 있다가도 없는 것, 없다가도 있는 것, 그러고 보니 모든 게 있고 없는 하나의 차이에 지나지 않았다. "죽느냐 사느냐 그것이 문제로다."라고 햄릿이 외쳤던 것처럼 은하가 이십 대 후반까지 걸어온 길은 그 사이에서 방황과 흔들림의 연속인 가운데 질기게도 이어오고 있었다. 그럴 수 있었던 것은 은하 자신도 모르는 알 수 없는 거대한 힘이 그녀를 이끌고 가고 있다는 느낌이 막연하게나마 감지되고 있을 무렵이었다.

은하는 새벽에 나가서 시내에 있는 할부금융회사 직원들에게 외국어를 가르치고 들어와 룸메이트가 강의 들으러 가 있는 낮에 잠시 눈을 붙이고 점심 때쯤 일어나 간단하게 식빵과 우유를 마시고 휴식을 취한 뒤에 줄곧 책상에 앉아 있었다. 한 달에 하숙비가 30만 원이어서 룸메이트와 나누어서 내고 생활비로 최소한 20만 원은 있어야 했다. 하숙방 룸메이트를 구한다는 종이가 붙어 있길래 전화했더니 마침 학교 뒤에 있는 하숙집이었다. 룸메이트는 바로 하숙집 앞에 있는 대학교에 다니는 지방에서 올라온 여학생이었다.

그 애는 키가 1미터 70센티를 넘는 키 큰 아가씨였다. 아버지가 직업 군인으로 일하다가 크게 다쳐서 휠체어를 타고 다니는 상이군인이라고 했다. 아버지는 위관급 장교로 전역하여 나라에서 매달 연금이 꽤 나온다고 했다. 그러나 동생이 둘이 있고 장녀인 그녀는 다섯 식구가 살아가기에 그 돈은 빠듯하여 자신이 과외를 해서라도 생활비와 하숙비를 마련해야 한다고 했다. 아버지가 당한 불의의 사고로 그녀는 보훈 장학생으로 학교를 다녔다. 그녀는 열심히 공부했다. 그리고 일요일마다 교회에 나가곤 했다. 대학교 1학년이어서 새로 시작한 대학 생활과 서울 생활에 적응하느라 바쁜 나날을 보내고 있었다. 그리고 생활비를 벌기 위하여 과외를 두 명 정도 하면서 지냈다.

학비는 성적이 B학점 이상 나오면 나라에서 지급하고 생활비와 하숙비를 벌기 위하여 동분서주하고 있는 그녀는 고학생이었다. 은하도 강의가 잘려 어려웠고, 그녀도 형편이 넉넉지가 않아서 어려웠기에 둘이서 같은 방을 쓰게 되었다. 그동안 여동생과 같이 월세방을 얻어 자취했던 은하는 얼굴도 모르는 사람과 같이 한방을 쓰며 산다는 것이 신경 쓰였으나 여학생이 꽤나 열린 마음을 지니고 있었다. 서로가 불편하지 않게 하려고 애를 쓴 덕인지 며칠 지나면서 생활하기가 편해졌다.

그 집에는 할아버지와 할머니 부부가 살았다. 그녀들이 들어가 산 지 두어 달쯤 되었을 때, 아들 내외가 반지하 오른쪽 공실에 들어와 살았다. 2층과 반지하 그리고 1층의 작은 방에 하숙생들이 기거하고 있었다. 은하와 룸메이트가 사는 하숙방은 반지하 안쪽 방이었고 낮에도 전깃불을 켜고 있어야 했다. 다행히 방은 통풍이 제대로는 되고 습하지는 않았고 깨끗한 편이었다. 식사는 1층 거실에 늘 먹을만한 상이 차려져 있었는데 할머니는 찬모를 따로 두었다. 일하는 아주머니는 아침과 저녁을 해놓고 퇴근하곤 했다.

이번 학기는 강의가 잘려 속수무책으로 어쩔 수 없이 동화를 번역하면서 아침저녁으로 기업체 강의를 했다. 서울 생활을 유지하려면 최소한 30만 원은 있어야 했다. 방세 15만 원에다 기본으로 드는 생활비였으나 그것도 항상 모자란 상황이었다. 그나마 은하는 대학원 3학기를 마치고부터 강의로 생계를 이어가면서 버티었던 객지 생활은 은하로 하여금 지치게도 하였고 이루 말할 수 없는 생활의 질곡이 되기도 했다.

스물아홉 살 은하는 생계의 자립이라는 것이 쉽지가 않았다. 대학원 3학기까지 부모로부터 학비와 생활비를 받아 쓰고 있었던 은하는 생활력이 없었다. 그나마 대학원 기간 중에 고3 입시생 두 명에게 영어 과외를 했었던 것이 전부였다. 스스로 생계를 위하여 가르치는 일을 하게 된 은하는 이 직업이 자신에게 맞기는 한가라는 의문이 들 때도 있었으나 여전히 생계의 수단이었기에 묵묵히 하고 있었다. 그리고 늘 공부를 계속 이어가야 한다는 압박감도 있었으나 석사를 졸업한 후 박사과정을 들어가는 것도 요원하였다. 등록금 부담도 있었지만, 박사과정은 은근히 어느 정도 나이가 되어서 들어가는 것이라고 선배들이 이야기하는 것을 들어서 무턱대고 원서를 낼 수도 없는 상황이었다.

동화의 내용은 흥미로웠다. 한 편 한 편 한국어로 바꾸어 나가는 일이 마치 다시 한국어로 동화를 쓰는 착각이 들었다. 그리고 저녁에 나가는 회사는 남산이 뒤에 드리워져 있고 앞으로 서울역의 돔이 내려다보이는 힐튼호텔 옆에 있었다. 은하에게 배우는 사람들은 주로 과장과 부장 등의 간부이나 결혼을 앞둔 미혼의 여자 사원 한 명이었다. 하루의 일과를 마치고 저녁 시간을 활용하여 외국어를 공부하는 그들은 늘 지쳐 보이기도 했지만 배우려는 의지로 버티어내고 있었다.

수업이 끝나면 집으로 돌아가기에 바쁜 그들과는 따로 식사한 적이 한 번 정도 있었다. 그만큼 샐러리맨들의 일상은 바쁘게 돌아갔다. 회사 일과 가정의 가장 역할은 만만치가 않아 보였다. 그중에 지방의 공장에서 본사로 올라온 과장은 신도시에 살고 있었다. 그는 전철역이 입주한 아파트에서 멀어 퇴근할 때는 아내가 전철역까지 차를 가지고 나와서 태워간다고 했다. 그는 자신이 공장에서 본사로 온 것은 행운이고 자신의 능력을 회사로부터 인정받았다고 생각했는지 늘 미남형의 얼굴에 자신감으로 가득 차 있었다.

결혼을 앞둔 여자 사원은 자주 어디가 아픈듯했고 지쳐 보였다. 서울에서 명문 여대를 나와서 의사인 사람과 결혼할 거라고 했고, 그 여자 사원은 결혼 후에는 회사를 그만두고 가정생활을 할 예정이라고 했다. 아무리 봐도 더는 회사 생활을 할 수 있을 것으로 보이지는 않았다. 그러니까 회사 생활 말년인 여자 사원은 회사보다 미래의 결혼생활에 더 마음이 가 있고 회사 생활은 그녀에게는 빨리 끝나길 바라는 것에 지나지 않았다.

　수업을 마치고 난 뒤에 회사에서 나오면 회사의 빌딩 사이로 난 골목길이 있었다. 그렇게도 번쩍이고 높다란 건물에 가려 마치 큰 나무숲에 돋아난 작은 잡목들이나 풀처럼 낡고 오래된 단층이거나 겨우 2층 정도의 집들이 옹기종기 서로 엉겨 붙어 있듯이 자리하고 있었다. 남루한 옷을 걸치거나 웃통을 드러내거나 목이 늘어질 대로 늘어져 있고 누렇게 빛이 바랜 런닝 차림의 노인들은 멍하니 시선을 한 곳으로 둔 채 건드리면 재가 되어 삭아 내릴 듯이 그 골목의 풍경과 절묘하게 어울렸다. 가끔 어떤 여자가 나와 앉아서 호객행위를 하곤 했다.

　이 골목은 이 나라에서 거대한 재부를 이룬 그룹 계열회사의 본사와 힐튼호텔이 남산 아래 솟아올라 있고 서울역의 맞은편에 커다랗고 넓적한 컨테이너 박스 같은 대기업 본사가 있었다. 그러나 그 사이사이 골목길에 즐비한 집들은 남루하기 짝이 없이 그 옆으로 골목을 넘어 올라가면 쪽방촌이 다닥다닥 붙어 있는 옆 동네로 이어지는 그 옛날의 이력을 여실히 보여주고 있었다.

　낮에도 집 앞에 나와 의자에 앉아서 지나가는 남자를 불러들여서 몸을 팔아먹고 살아가고 있는 꾀죄죄한 여자는 눈빛을 반짝이면서 긴장의 끈을 놓지 않았다. 마치 거미처럼 거미줄을 쳐두고 먹잇감이 걸리기만을 바라는 심사로 죽은 듯이 거미줄에 다리를 걸고 납작하게 오므리고 있다가 먹이가 걸리면 덥석 물 채비하고 있는 것과 같았다. 이 풍경은 모순의 풍경이었다. 이 일대가 전에 사창가였다는 소문은 대기업의 하늘을 찌를듯한 본사 건물에 가려져 있었으나 거미 여자의 몸에서 풍겨 나오는 암내나 찌든 내가 그걸 말해주고 있었다.

은하는 그 골목길을 올라가거나 내려올 때마다 대학가에 사는 풍경과 달라서 낯설기 그지없었고, 남산을 무색하게 하고 하늘을 찌를 듯한 빌딩과 그 아래에 살아가는 인간 생태계의 모순을 바라보면서 늘 비감에 젖어 드는 것이었다. 이 골목에 사는 사람들과 하늘을 향해 찌를 듯이 높이 솟아있는 빌딩 안에서 하루의 노동에 지쳐가면서도 매달 월급에 자신의 시간과 힘을 소진하는 이들은 크게 차이가 나지는 않을 듯했다.

밥을 먹고 화장실을 가고 뭔가를 욕망하다가 종국에는 죽어가는 똑같은 인간일 뿐이었다. 그러나 대기업의 본사나 호텔에 들락거리는 사람들은 쪽방촌의 노인이나 보잘것없는 집에 살면서 몸을 파는 사람들과는 달랐다. 가난한 노인들은 이 거대한 공간으로부터 내몰려 숨죽이고 낮은 지붕 아래 살았다.

서울은 이렇게 화장한 얼굴로 인간의 생태를 감추고 있었다. 그들에게 마천루 같은 대기업의 본사 빌딩은 아무런 관계가 없었다. 그러나 사람들이 대기업이 만들어낸 물건을 소비하거나 호텔을 들락거리면서 사치스럽게 살아가고 있었다. 지붕으로 쏟아지는 한여름의 열기와 방이 좁아서 다리조차도 다 뻗치지 못해 구부려서 맥없이 낮잠을 자는 노인에게 호텔의 스위트룸은 가당치도 않았다. 은하는 늘 이 골목을 지날 때마다 롱테이크로 골목의 전경이 돌아가는 착각에 빠져 천천히 걸어 내려오곤 하였다.

은하는 지난 봄학기에 서울에서 새마을호로 3시간 거리에 있는 지방대학에서 강의하였으나 가을학기에는 강의가 일방적으로 잘렸다. 잘리고 나니 은하는 대학의 시간강사라는 것이 6개월 단위로 계약된다는 것도 알았고 그야말로 파리 목숨이라는 것도 알았다. 그리고 이 직업은 비정규직이어서 6개월마다 재계약 되며 사대보험도 퇴직금도 없는 일이었다. 심지어 언제 잘릴지를 몰랐다. 강의를 많이 받을 경우에는 학기 중에 생계 걱정은 없었으나 방학이 긴 대학에서는 방학 중에는 학기 중에 벌어둔 것으로 겨우 연명을 하든지 다른 아르바이트 자리를 찾아야 했다.

대학의 시간강사는 이런저런 지식을 팔러 다닌다고 항간에서는 보따리장사라고 했다. 무엇보다 강의를 적게 배당받으면 다른 학교의 강의 자리도 찾아야 하고 다음 학기 강의를 위해서 미리 전임교수들을 찾아뵙기도 해야 했다. 은하는 이런 황당한 직업도 있나 스스로 한탄할 지경이었다. 나가는 대학이 은하의 고향에 가까운 곳이고 지난번 학기에 나갔기 때문에 은하는 계속 거기에 나갈 수 있는 줄 알고 서울에서 자취 살림을 정리하여 여름방학 동안 고향집으로 짐을 옮겼다.

스무 살 때 대학 진학을 위해 고향과 부모와 동생들을 떠나온 후로 정말 오랜만의 귀향 같은 생각에 평안해지는 마음과 함께 기쁨으로 설레었던 감정은 오랜만에 느껴보는 것이었다. 여동생과 함께 부모님 곁에서 일하며 같이 산다는 것은 생각만 해도 오랜만에 느끼는 평화와 안정감이었다. 객지에서 느낄 수 없었던 안식과 같았다. 그러나 그 감정은 오래지 않아 끝이 나버렸다. 그것은 봄학기에 나갔던 학교로부터 강의 의뢰를 기다리고 있었으나 끝내 연락이 오지 않아서 은하 쪽에서 교학과에 전화해 보니 사실상 봄학기 분으로 해고된 상태였다. 그 어떤 해고 통지와 사유도 없었다.

짐 정리가 끝나면서 공부도 하고 가을학기를 기다리면서 학생들을 가르칠 마음의 준비를 하고 있었다. 고향집 사랑방 뒷방에다 서울에서 가져간 책을 책꽂이에 가지런히 정렬하고 방바닥에는 돗자리를 깔고 창문이 나 있는 곳에 책상을 놓았다. 그리고 서울에 있을 때 어느 조금만 도장회사에 아르바이트로 통역과 번역 일을 나갔을 때 사장으로부터 선물로 받은 시골 풍경이 그려진 그림을 벽에 걸었다. 좋아하던 차 도구도 가지런히 선반에 늘어놓고 카세트도 받침 위에 올려놓으니 방은 제법 운치를 더하여 시를 쓰면서 대학에 나가는 은하에게 어울렸다. 20대 후반의 은하에게 자신이 꾸민 방은 평안을 주었다. 대학원 진학을 위해 T시를 떠나 서울에 올라오면서 시를 습작하기 시작했던 은하에게 창작의 마음은 열정으로 불타올랐다.

은하가 시골집에 가고 방을 꾸미고 겨우 평안을 누리려고 했을 때 어느 여름밤의 일이었다. 들일을 하고 돌아온 부모님이 고단하셨던지 일찍 잠자리에 들고 은하와 여동생도 잠자리에 들려고 전깃불을 끄고 막 자리에 드러누워 있었던 열 시쯤이었다. 고요를 깨고 어둠 속에서 전화가 천둥처럼 울렸다. 은하는 벌떡 자리에서 일어나 놀라면서도 황급히 사랑방 문갑 위에 놓여 있는 전화기의 수화기를 들었더니 여자의 다급한 목소리였다.

"나예요, 언니. 도와줘요. 이 사람이 시키는 대로만 하면 나를 풀어주겠다고 해요!"

"너 인희지? 뭔 일이니? 뭘 하면 풀어주는데 말해봐."

은하도 여자의 음성 때문에 불안해하면서 되물었다. 그러나 인희가 맞느냐는 질문에 여자는 대답하지 않았다. 알 듯 말 듯한 그 목소리의 주인공은 은하의 짐작으로 나가는 교회의 같은 모임에 나오는 인희가 맞았다. 분명히 늘 차분하고 조신하던 치위생사 인희였다. 분명히 인희의 불안스러운 목소리였다. 아니, 첫마디의 음성에서는 인희라는 걸 얼른 인식하지는 못했으나 계속 들으니 인희의 음성이 맞았고 소리를 낮추고 옆에서 지시하는 남자의 목소리가 들릴 때 불안에 떠는 음성은 평소 인희의 목소리를 벗어나고 있었다고 해야 맞았다. 그러나 수화기 저 너머에서 여자의 음성은 다급하고 불안한 목소리였고, 자신을 명백히 밝히지 않으면서 도와달라고 하였다.

그 여자는 어떤 남자의 꼬임에 빠졌는지 아니면 납치당했는지 밀폐된 듯한 공간에서 둘만 있는 듯했다. 잘못하면 낯선 남자에게 감금되어 남자는 여자를 성폭행할지도 몰랐다. 남자의 요구는 인희인 듯한 여자 대신에 전화를 받은 여자(은하)가 전화로 그놈을 만족시켜주면 인희인 듯한 여자를 건드리지 않겠다는 내용이었다. 한 마디로 그놈은 변태 성욕자로 전화방에서 말해주는 여자를 통해 관음하는 남자이고, 여자는 그런 놈에게 어떻게 유혹되어 밀폐된 둘만의 공간까지 가서 꼼짝없이 당할 상황에 놓여 있는 듯했다.

인희인 듯한 여자는 수화기를 남자에게 넘겼다. 은하는 할 수 없이 그 더러운 자식임에도 인희인 듯한 여자를 구해내기 위해 전화방에서 지껄이는 여자들이 하는 립서비스를 흉내 내어 보았지만, 그것이 너무 더러운 탓에 입에 담을 수가 없었다. 여태껏 남자친구를 만나거나 남자와 손 한 번 잡아 본 적이 없는 처녀인 은하는 그런 말을 입에 담는 것조차 괴로운 일이었다.

그러나 분명히 그 여자의 목소리는 인희의 목소리 같았다. 그녀는 은하에게 살려 달라면서 남자를 바꿀 테니 남자에게 전화방 여자처럼 해주면 자신을 건드리지 않는다고 했다. 은하는 무섭고도 더러웠지만 인희인 듯한 여자를 도와준다는 생각에 입에 담고 싶지도 않은 말을 꾸며댔다. 그러나 역시나 전화방 여자가 아닌 은하가 말한 립서비스는 남자의 마음에 들지 않았고, 남자는 퉁명스럽고 화난 목소리로 못 한다면서 전화를 거칠게 내려놓는 듯했다. 처음에 좀 들던 변태 남자는 원하는 대로 안 된다고 소리를 지르면서 전화를 거칠게 끊고는 인희인 듯한 여자에게 어떤 행동을 하는 듯했고 수화기 저편에서 아악하는 여자의 날카로운 비명 소리와 함께 전화는 완전히 끊겼다. 전화 소리가 끊기자 은하는 의식이 깜깜해졌다. 여자의 날카로운 비명이 귓가에 남아서 이윽고 은하의 가슴을 깊이 찌르고 들어왔다. 순간 은하는 공포에 떨어야 했다. 그리고 머릿속에 변태 남자가 인희인듯한 여자를 강제로 쓰러뜨리고 그녀의 옷을 거칠게 벗겨내는 상상이 들어서 어둠과 함께 끔찍했다. 은하는 너무 무서워서 전화기를 놓은 손이 떨리고 가슴이 방망이질 쳤다. 그리고는 뭔가 블랙홀로 빠져 들어 가는 느낌이 들었다.

다음 순간 어두운 방에서 은하의 말소리에 잠이 깬 어머니는 왜 그러느냐고 했고, 은하는 괜히 잠을 자던 어머니가 깨신 것 같아 방망이질하는 가슴을 진정시키면서 별일 아니라고 어머니를 안심시키면서 목소리의 주인공을 생각해 보았다. 그리고 자신이 구할 수 없었던 상황과 남자의 폭력에 몸서리가 쳐졌다. 은하는 인희인 듯한 여자를 구하지 못한 자신에 대해 낭패감이 들었다. 인희를 위기의 순간에 구하지 못했다는 자책감이 밀려오는 가운데 은하는 이부자리로 돌아와 옆에 누워있는 여동생에게 경위를 이야기했다. 여동생도 한밤중에 아닌 홍두깨라고 이런 끔찍한 일이 있느냐면서 그 여자가 만약 인희라면 어떡하느냐고 걱정했다. 은하는 그 전화로 인해 잠을 잘 수가 없었고 그 여자가 정말 인희라면 아무 도움도 되어주지 못해 미안하기 그지없었다. 은하와 여동생은 그날 밤에 마음이 불편한 가운데 인희인 듯한 여자를 걱정하다가 세 시도 넘은 시각에 피곤하여 겨우 잠들었다.

인희를 알게 된 것은 은하가 다니던 교회의 어느 그룹에서였다. 인희는 2년제를 나와 치위생사를 하고 있었다. 그 모임은 신심과 봉사단체를 겸하고 있어서 모임의 단원들은 일주일에 한 번씩 조를 짜서 돌아가면서 가까운 대학병원에 환자를 방문하고 그들의 고충을 들어주고 기도해주곤 하였다. 그러나 인희는 그 활동을 나가지 않았다. 매일 근무하는 인희로서는 힘들었던 모양이고 매주 모임에는 비교적 빠짐없이 나오지만, 같이 봉사활동을 나가지 않아서인지 모임에 나와도 손님 같은 느낌이긴 했었다.

그 당시에 은하는 시간강사, 은하의 여동생은 편입한 대학생일 때였다. 여동생은 그 무렵 사귀던 남학생과 결별을 하였다. 그렇게도 사랑한다고 사랑한다고 백 통의 편지와 여자가 감동할만한 꽃다발과 무릎을 꿇고 사귀는 걸 허락해 달라던 근처 대학교에 다니던 남학생은, 열렬했던 만큼 군대를 다녀오더니 마음이 달라졌다. 그리고는 이별을 고하는 한 통의 편지를 은하와 여동생이 살던 자취방의 열린 창문에 던져넣고는 떠나갔다. 여동생은 슬피 울었다. 한동안 마음을 잡지 못하였다. 그러나 학교를 가고 영화를 보거나 쇼핑을 하면서 은하와 산책과 약간의 여행을 하면서 견뎌내고 있었다.

인희는 직장인이어서 사회인 티가 났다. 사귀는 사람이 없던 인희는 늘 누군가를 그리는 표정을 하고 있었다. 그리고 전라도의 시골에서 올라온 인희는 오빠와 여동생과 함께 살고 있다고 했다. 그러니까 오빠에게도 여동생에게도 엄마 노릇도 하는 어엿한 사회인이었다. 쌍꺼풀이 진 눈이 아름답던 인희는 제 짝이 없어 외로워하던 이십 대 중반의 아가씨였다. 그런 인희가 은하에게 연락해왔던 것은 전화 사건 이후 두어 달만이 아니었나 생각되었다. 인희 쪽의 일방적인 연락 두절로 이미 같은 모임에서 탈회한 후의 일이었다.

고향에 오랜만에 돌아와서 천천히 정착하면서 고향의 근처 대학에 강의를 나가면 되겠다고 생각했던 것이 모두 물거품이 될 줄은 몰랐다. 그 평안은 얼마 가지 못했다. 기다려도 학교에서는 연락이 없어서 은하는 교무처에 전화를 해보니 가을학기에 은하가 가르쳤던 과목은 재단의 소개로 새로 임용된 외국유학파 전임교수가 신설학과여서 학생이 없어 은하가 가르쳤던 시간으로 강의 시수를 채워야 해서 재임용이 어렵게 되었다고 알려주었다. 은하는 이런 경우도 있는지는 몰랐다.

은하는 시간강사라는 직업에 대해 잘 모르고 있었다. 시간강사를 한 지 얼마 안 되는 은하는 충격을 받았고 어쩔 수 없이 자신의 고향에서 3시간 거리에 있는 모교에 가서 은사를 만나고 강의 자리를 부탁하였다. 그러나 은사는 어려울 것 같다고 하여 은하는 실망하고 아예 마음을 접고 일을 찾아 다시 서울로 짐을 옮겨서 돌아왔다. 불과 한 달 정도의 평안은 그렇게 끝이 나버렸다. 나중에 모교의 은사는 강의 자리가 났다고 고향집으로 전화가 왔으나 은하가 떠난 뒤였다.

고향집에서 한밤중에 그 일을 겪고 계속 찜찜한 가운데 강의가 잘린 걸 알고 다시 서울로 올라오기까지 정신이 없었다. 서울에 올라오고 학교 뒤쪽에 아는 분의 집에 하숙집을 구하여 임시방편을 마련하기까지 생활은 은하로 하여금 만만치가 않았다. 그런 중에도 그 끔찍한 밤에 들려온 여자의 비명이 자꾸 귓가에 맴도는 것이었다.

서울에 왔지만 이미 가을학기의 강의는 모두 정해져 강의는 어렵게 되었고 늦게라도 강의 자리는 들어오지 않았다. 그 체념의 시간은 점점 긴장하게 만들었고 한 단계 한 단계 마음은 자꾸만 계단을 거꾸로 내려가듯이 아래로 추락하고 있었다. 그리고 그 마음이 죽음의 물에 빠지는 것을 두려워하여 미연에 방지하기 위해 은하는 외국인 친구가 보내온 어른과 아이를 위한 동화책을 읽고 또 읽었다. 동화는 자신의 마음을 위로해 주는 것 같아 그 책을 번역하기로 마음먹고 마음에서 강의 자리를 떨쳐내었다. 그러기까지 얼마나 마음은 너덜광이가 되었던지, 얼마나 자신이 비참했던지 말로 다 할 수 없었다. 어쩌면 자신이 경솔했다고도 은하는 생각했다.

은하의 고향은 군 단위의 행정구역으로 산으로 둘러싸여 있고 교육기관은 국민학교와 중고등학교밖에 없었다. 교사자격증이 없는 은하로서는 초중고등학교의 교육기관에서는 가르치는 일을

할 수가 없었다. 그런 고향은 다시 은하를 도회지로 떠나게 하였
다. 강사에서 잘려 그 직을 잃었다는 상실감은 은하의 마음에 공
허감을 드리웠다. 그 공허감을 무언가로 채우지 않으면 이십 대
후반의 그녀를 견딜 수 없게 하였다. 그렇다고 은하는 그 무언
가도 붙잡을 수 있는 것이 없었다. 그 나이의 동창생들은 결혼하
여 남편과 아이들을 지닌 어엿한 기혼여성이 되어 가정을 가지고
있었다. 그러나 은하는 그 나이 되도록 홀로 쓸쓸히 언젠가 짝
을 만나겠지 하며 현실에서는 밀어두고 공부하며 일하고 시를 쓰
면서 지내고 있었다. 남자를 만난다는 것부터가 안정감이 없었던
은하였다.

아침저녁으로 쌀쌀해져 오는 만추의 저녁에 이제 태양은 서녘
으로 기울어 겨우 사람들의 얼굴을 알아볼 수 있겠으나 그들의
얼굴에는 짙은 황혼이 묻어있었다. 강의가 끝난 학생들은 삼삼오
오 대학가 앞 술집으로 맥주나 막걸리를 마시러 나갔다. 혼자인
학생들은 바삐 걸음을 서둘러 집으로 돌아가거나 과외를 가거나
약속 시간에 늦지 않기 위하여 부지런히 전철역을 향하여 걸어가
고 있었다.

대학의 정문 앞에서 약속한 은하는 먼저 나왔기에 인희를 기다
려야 했다. 그래서 은하는 얼른 횡단보도를 학생들과 함께 건넜
다. 학교 맞은편에 있는 은행 365일 캐시로비에 가서 통장정리를
했다. 거기에는 강의를 소개해주는 에이전시 이름과 289,000이라
는 숫자가 찍혀 있었다.

11,000원가량이 세금으로 빠져나갔다는 것을 알 수 있었다. 매
달 에이전시는 일정액의 강의료를 회사로부터 받고 은하와 에이

전시가 나누어 갖는 것이었다. 에이전시는 거의 반을 가지고 갔다. 그것은 나중에 은하에게 배우는 재무담당 과장으로부터 알아낸 사실이었다. 과장은 은하에게 사실을 알려주었다. 주 5일을 매일 저녁 6시에 외국어를 가르치는 은하의 노동은 임금의 반을 에이전시가 가져갔다. 그러나 개인이 기업체 강의를 뚫을 수는 없었다. 에이전시가 반을 가져가는 것을 알고도 속수무책인 것은 나가던 대학에서 강의가 잘려 기업체 강의라도 해야 생활을 할 수가 있었다. 통장을 코트의 주머니에 넣고 은하는 다시 길을 건너서 정문 앞으로 오니 인희가 와있었다.

학교 정문 차도에서 신호등이 바뀌어 학생들이 오가는 가운데 서 있었던 인희를 먼저 발견한 것은 은하였다. 은하는 인희를 만나 보니 어쩐지 그 전의 인희가 아니었다. 뭔가 주위를 살피고 정서가 안정되어 보이지 않는 인희는 어둡고 불안한 표정에다 목소리가 편하지 않았다. 그래서 은하는 속으로 이상하다고 생각했다. 분명히 예전의 인희가 아니었다. 가끔 깜짝깜짝 놀라는 듯도 하였다. 둘은 학교 앞 식당에 가서 저녁을 먹으면서 이야기를 했으나 여전히 인희는 뭔가에 시달리는 듯하였고 피로해 보였다.

저녁 식사를 마친 후 둘은 학교 앞의 커피숍에 들어갔다. 커피숍은 아늑하게 인테리어가 되어있었다. 은하와 인희는 둥근 테이블이 놓여 있고 둥근 모양의 소파가 있는 곳으로 가서 자리를 잡았다. 인희는 커피를 시켰고 은하는 따뜻한 모과차를 시켰다. 계절이 늦가을로 들어오면서 은하는 목이 갈라지곤 하여 저녁에는 늘 따뜻한 차를 마셨다. 아침과 저녁에 하는 기업체 강의는 은하 목을 자주 약하게 하여 목소리가 갈라지곤 하였다. 공기가 건조해지고 싸늘해지면서 목을 쓰는 일을 하는 은하는 나름대로 목소리에 신경 쓰지 않을 수가 없었다.

인희는 소파에 앉아서도 이상하게도 주위를 불안스런 눈으로 둘러보았다. 그러고는 안심하듯이 하면서 커피를 한 모금 마셨다. 그날의 근무로 피곤해지는 저녁이기도 하였지만, 인희는 확실히 매주 주회를 나오던 때보다 많이 지쳐보였고 어설퍼 보였다. 그리고 왠지 모를 황폐감과 황량함이 그녀의 눈빛과 얼굴에서 풍겨 나오고 있었다. 그 전에 인희는 이십 대 중반의 자칭 전문직을 가진 어엿한 사회인이었고 매달 월급이 들어오는 샐러리우먼이었다. 그때만 해도 인희는 당당하고도 오빠와 여동생을 지원하는 장녀로서의 넉넉하고 어머니 같은 면모를 지니고 있었다. 그리고 눈이 예쁘고 피부가 약간 가무잡잡하던 인희는 깨나 매력을 지닌 아가씨기도 했었다. 그런 인희는 모습은 이제 없었다. 초췌하고 불안해하거나 초조해 보이는 그녀는 지쳐 보이고 황량함이 배어 나오고 있었다.

만약에 고향집에 잠깐 머물렀던 여름의 한밤중에 걸려온 전화의 주인공이 인희라면 분명히 은하 자신의 앞에 앉아 있는 인희는 이미 예전의 인희가 될 수가 없었다. 그녀에게서 배어 나오는 이 모든 느낌은 그녀가 끔찍한 일을 겪고 난 뒤의 그 모습을 말하고 있었다. 그러나 인희는 자신의 그 고통스런 기억을 말하지 않았다. 아니 인희로서는 말하고 싶지도 않고 은폐를 하고 싶은 마음이 더 강해질 수밖에 없지 않았을까. 심리적으로 외상 후 스트레스는 불안, 초조 그리고 은폐를 통해서 이루어진다. 더구나 여성의 성이 유린된 이 끔찍한 일은 인희로 하여금 아무에게도 말하고 싶지 않는 자신의 상처였다.

나이로는 위인 은하는 찻잔 속을 한없이 들여다보는 인희에게 말을 먼저 걸었다.

"인희야, 모임 그만두고 이렇게 두 달 만에 만나니까 반가워. 그동안 잘 지냈니?"

"예, 언니. 그냥 직장 일하고 오빠랑 여동생이랑 같이 지내고 있어요."

그 대답을 하면서 인희는 여전히 찻잔 속에 시선을 박은 채였다.

"그런데 인희야 좀 지쳐 보이고 불안한 느낌이 드는구나. 너 전에는 안 그랬는데, 무슨 일이 있었던 건 아니지?"

순간 인희는 잠깐 얼굴을 찌푸리다가 예의 평안한 얼굴로 다시 돌아와서 주위를 잠깐 힐끗 보더니 말을 이었다.

"별일은 없어요. 그냥 가을이 되니까 기분이 좀 그렇네요."

"혹시 남자 친구는 생겼어?"

은하는 약간 장난스럽게 인희에게 물었다.

"아니요."

인희는 부끄러운 듯이 말을 얼버무렸다. 그 말에는 힘이 없었고 그날 밤의 다급할 때 큰 목소리였던 인희와는 정반대였다. 그러면서 은하는 자신이 두 달 전에 여름에 고향집에 갔을 때 겪었던 이상한 전화에 관해서 이야기해 주었다. 인희는 가만히 듣고만 있었다. 은하는 아직도 그 전화를 걸어온 여자가 알듯도 하고 말듯도 한 목소리라고 말을 덧붙였다. 인희는 여전히 은하의 눈을 바라보지 않은 채 이야기를 들었고 마치 어떤 한 곳으로 정신이 다 몰려간 사람처럼 멍하니 듣는 둥 마는 둥 하기도 했다. 은하는 그때의 목소리가 꼭 인희의 목소리 같기도 했다고 말했으나 그때도 인희는 흔들림 없이 "아, 그랬어요. 저는 아니에요, 언니." 라고만 대답했다. 그러면서 은하의 이야기가 다 끝나갈 무렵 긴 한숨을 쉬었다. 그리고는 인희는 피곤하다면서 다음에 또 만나자고 하면서 자리에서 일어나는 것이었다. 은하는 괜히 그런 이야기를 꺼냈나 하는 후회감이 뒤늦게 들었다. 그 전화 속의 여자가 인희가 맞다면 인희에게 이 이야기는 듣고 싶지 않은 이야기였다.

은하는 인희를 따라 커피숍에서 나와서 헤어졌다. 학교 앞 네거리의 인도에서 둘은 서서 잠깐 작별인사를 했다. 은하는 전철역으로 내려가는 인희의 뒷모습을 물끄러미 바라보면서 그 느낌은 앞으로 인희는 절대로 은하를 만나러 오지 않을 거라는 예감이 들었다. 그리고 인도를 따라 천천히 전철역으로 내려가는 그녀는 여전히 고개를 숙이고 마치 허깨비처럼 휘적휘적 걸어 내려가는 모습이 영혼이 나간 여자처럼 보였다. 이제까지 은하가 보아왔던 인희와는 다른 낯설고 어느샌가 늙은 듯한 여자가 빈 바람처럼 무연하게 걸어가는 듯했다.

그야말로 인희는 정서 불안과 초조, 고통스런 기억을 은폐하면서 폭행의 상처로 날개가 찢어진 가여운 작은 새가 되어 이 거대한 도시의 한켠에서 살아가고 있었다. 자신의 삶 속에서 그토록 지독한 기억을 안간힘으로 지우려 발버둥 치면서 겨우 버티어가고 있었다. 은하는 인희의 뒷모습을 오래오래 전별했다. 인희가 다시는 이 동네에 찾아오지 않을 것 같다는 예감에. 그러나 인희가 아픔을 딛고 예전의 인희로 다시 돌아오길 간절히 바라면서 은하는 오래오래 네거리의 인도에 서 있었다.

은하에게도 그 끔찍하고도 찝찝한 기억은 이제 인희가 은하와
는 다시 만나지 않을 이 이별의 시간 속에서 동시에 사라져줄 것
을 기대하면서… 모든 것이 페이드아웃이 되어 은하와 인희의 삶
에서 강사 잘린 것도 인희의 성폭행 피해도 죄다 빠져나가서 검
게 칠해져 그냥 침묵 속에 머물기를 바라면서… 언젠가 멀리까지
물이 흘러가서 대해에 이르러 지나온 모든 것이 가라앉고 가라앉
은 것처럼 되어, 거기에서 새로운 빛이 섬모처럼 물결에 흔들리면
서 춤추고 다시 수면 위로 떠올라서 헹구어진 맑은 얼굴빛으로
그윽한 눈길로 그때의 자신을 바라볼 수 있기를 은하는 가슴 속
한켠에 떨리는 손으로 촛불을 붙였다.

시간의 금에 물드는 가을빛

사람마다 인생에서 하나쯤은 후회스런 일이 있을 법하지만, 그 후회스런 일이 가벼운 것이 아니고 긴 시간 동안 영향을 주는 것이라면 후회라고 하기에는 너무 가볍지 않을까 싶다. 백희(白熙)는 그때 자신의 선택으로 그르친 인생의 순간을 되돌아보곤 하는데 아무리 생각해 봐도 인생의 한 사건을 계기로 거기에 관련된 이들과 그들의 삶의 방향이 달라지는 것은 어쩔 수 없는 일이 아닌가 생각했다. 만약 백희가 그때 여동생이 아니라 자신이 교통사고 난 아버지를 간병하고 보상문제와 보험처리 문제를 모두 떠안고 거기에 매진했다면 그와의 결혼은 피할 수 있었을지도 몰랐다. 그러니까 그와 결혼하고 싶지 않아서 피할 곳을 찾기도 하였으나 아무리 하여도 피할 곳이 없었을 때, 아버지의 교통사고는 백희에게 피할 곳을 마련해 주는 계기였을지도 모른다는 생각이 들곤 했다.

병원에서 6주간을 아버지와 함께 지내면서 백희는 충분히 그와의 결혼을 냉철하게 생각해 볼 수도 있었겠고 효심 어린 백희가 아버지를 생각해서라도 불행한 결혼 계획으로부터 빠져나올 수 있지 않았겠나 가루 늦게 생각해 보곤 했다. 결혼을 위해 신혼집을 얻어 두었더라도 자신은 아버지를 간병하러 T시의 병원으로 내려가고, 여동생은 두 달가량 그 집에서 학교 다니다가 일찍 동생네로 내려오면 되지 않았을까 하는 생각이었다.

물론 자신도 아버지 간병 후에 T시에서 강의 자리를 얻으면서 삶의 터전을 마련할 수 있지 않았을까도 생각했다. 그리고 얻어 둔 신혼집도 백희와 여동생이 나오고 서울에 올라오지 않으면 자연히 그도 결혼할 마음을 포기하고 집의 전세 계약을 파기하면 되었다. 물론 그와 그의 가족들이 무척 괴로울 테지만 백희의 결혼 거절에 대해 이해도 할 수 있었을지도 모른다. 그의 병으로 인해 그의 가족들은 결혼생활이 무리라는 걸 막연히 알고 있었을 테니까. 그러니까 백희가 그와 결혼하고 싶지 않았다면 백희는 여동생을 대신 간병하러 보내는 게 아니라 자신이 서울에서 하던 강의를 그만두고 내려가서 아버지를 간병하고 그 후에 T시에서 강의 자리를 알아봤어야 옳았다. 그러나 그때는 냉철하게 생각할 만큼 상황이 백희를 놓아두지 않았다.

백희는 수년에 걸친 객지 생활에서 오는 피로와 경제적인 궁핍, 오랜 학업으로 인한 스산함, 도시 생활의 외로움 등으로 지쳐 있었다. 그래도 그와 그의 가족들이 자신을 도와줄 것이라는 막연한 기대를 한 때문인지도 몰랐다. 그의 질병과 무직을 받아들인 것은 그의 가족들이 자신을 도와주리라는 기대와 자신의 젊음과 능력을 믿고 어떻게든 생계를 꾸려갈 수 있을 거라는 섣부른 생각이 그 불행이 예고된 결혼으로 이끌지 않았을까, 아니면 상당히 진척된 그와의 관계로 그의 여자가 될 수밖에 없다는 자포자기 때문은 아니었던가?

그때가 9월의 어느 날이었으니 아직은 반 팔을 입었지만 2학기 개강을 하고 얼마 안 될 때였다. 기억하니 그랬다. 아침 일찍 바로 밑의 여동생이 전화가 왔었다. 아버지가 교통사고를 당하셨다고. 다행히 그날은 학교 강의가 없었던 날이라 백희는 편입하여 4학년 마지막 학기를 다니고 있는 막내 여동생에게 A시에 아버지가 입원해 계신 병원에 다녀오겠다고 하고서는 하늘색의 폭이 넓은 바지와 흰 불망으로 된 윗도리를 입고 나섰다. 늘 강의 갈 때 들고 다니던 강의 가방을 든 채였다. 막내 여동생은 영문과 4학년 2학기를 다니고 있었다. 경황이 없었지만, 다행히 사는 곳이 청량리역에서 가까웠기 때문에 일찍 아침을 대충 먹고 집을 나섰다. 동생에게 올 동안 문단속 잘하고 있으라고 당부를 하였다.

백희는 12월이면 결혼을 하기로 되어있었다. 결혼하기 전에 백희는 그 사람에게 집을 얻어줬으면 부탁하였다. 그동안 막내 여동생은 수녀원에서 운영하는 여학생 기숙사에서 한 달에 25만 원 정도를 내면서 살고 있었고, 백희는 백희대로 학교 뒤에 있는 같은 성당의 여자 회장을 하는 어르신의 집 반지하에서 하숙했다. 하숙이라고 해도 백희는 바로 집 앞에 강의 나가는 학교의 다른 과 여학생과 함께 살았다. 그러다가 사는 게 편치를 않고 여동생도 기숙사에서 사는 것이 힘이 드는지 가끔 와서 길게 이야기하면서 울고 가곤 했다. 할 수 없이 백희는 동생과 둘만의 새로운 거처를 찾아야 할 상황에 이르러 있었는데 마침 견진성사 받을 때 대모였던 교우가 중학생인 딸의 영어공부를 도와주면서 2층 옥상 방에 거처하라고 하여 그리로 옮겨갔다.

함께 하숙했던 서반아어과 여학생은 키가 백칠십이 넘고 뚱뚱한 것은 아니었지만 살집이 있는 학생이었다. 아버지가 군인 시절 장교였는데 사고로 하반신이 마비가 와서 국가유공자가 되어 나라에서 연금을 매달 받고 있고 자신도 보훈 장학생으로 학교에 다니고 있다고 했는데 마음이 열려있고 공부도 열심히 하며 교회에 열심히 나가는 학생이었다.

그 여학생은 자신이 키가 크기 때문에 모델을 할 수 있다면서 모델을 꿈꾸곤 하였다. 그러나 그녀의 장딴지는 굵었으며 모델을 하기에는 신체에 살이 쪄있었고 얼굴이 전혀 모델을 할 수 있는 얼굴은 아니었다. 못생긴 얼굴은 아니지만, 지적인 분위기와 기독교를 믿어온 사람의 얼굴에서 풍기는 경건한 분위기는 전혀 모델 세계의 분위기와 어울리지 않아 백희는 말리고 싶었다. 그녀는 눈 쌍꺼풀을 달고 메이크업에 관심을 가지더니 어느 날 모델 콘테스트에 나간다고 같이 가주라고 부탁하여 백희는 따라가 준 적이 있었다. 그때 여자 심사위원이 아주 까칠하고 약간 성이 난 듯한 음성으로 그녀에게 그 얼굴과 몸매가 이 직업에 맞다고 생각하세요라는 모욕적인 말을 내뱉어서, 그녀는 환하게 비치는 조명 아래에서 부끄러워 어쩔 줄 몰라 했다.

심사위원이란 여자도 인신공격을 한 것이었다. 자기가 그런 생각이 들면 그냥 실기 점수를 낮게 주면 그만일 걸 그런 식으로 흥분해서 꼭 심장을 쪼개야 했었는지 하여간 그 여자심사위원의

비수 같은 말로 그녀는 모델에 대한 꿈을 접었다. 학교에서 장학
생이고 열심히 공부하는 학생이 자기한테 맞지 않는 곳에 가서
그런 모욕적인 말을 들을 필요는 없었다. 그녀는 그 대회에 한 번
이라도 나가고 싶어 나간 거였지만 수상은커녕 창피를 당했다.
그녀는 신체를 통해 살아가는 것보다 머리로 살아가는 직업을
구하는 게 맞았다.

그날 그녀는 울고불고하여 처음으로 입에 대지도 않던 소주를
마셨는데, 백희는 대작해 주면서 달래느라 애먹었던 기억이 있다.
그 옆 방에는 늘 머리를 길게 풀어헤치고 얼굴에는 20대 초반의
아가씨답지 않게 수심을 가득히 드리운 채 방 안에 드러누워 있
다가 나가곤 하는 여학생이 혼자 살고 있었다. 늘 만났던 멋쟁이
남자 친구 대신에 어느 날 새로운 얼굴의 남자 친구가 오면서 그
여학생은 부스스하던 머리도 푸석푸석하던 얼굴도 윤기가 나고
생기가 돌았다.

그리고 그 옆 방에는 파라과이에 이민 갔다가 아버지와 이혼
하여 홀로 된 어머니와 한국으로 귀국하여 둘이 사는 까만 피부
의 여학생이 살았다. 피부가 가무잡잡한 두 모녀는 담배를 피우
면서 남미의 생활양식이 배어있는지 그 어머니는 늘 한국 사회에
대해 냉소적이었다. 남미의 가톨릭교회에 익숙한 신자였던 그 어
머니는 한국 교회의 미사는 너무 딱딱하고 평화의 인사도 눈인
사만 하거나 형식적인 인사를 하여 냉랭한 느낌이 든다고 푸념이
었다.

백희는 그런 곳에서 한 육 개월을 살다가 대모님 집에 들어가
서 한 일 년 간을 살았다. 처음에는 여동생도 백희도 거기에 사

는 것에 대해서 불만이 없었다. 오히려 감사했다. 백희도 대모님의 중학생 딸에게 영어공부도 충실히 가르쳐 주었고 대모님도 정성껏 식사를 준비해 주시곤 하였다.

그러나 어느 날 동생은 목소리를 낮추어 말했다. 대모님네 식단이 늘 푸성귀여서 고기가 먹고 싶다고. 아주 가끔 대모님은 돼지불고기를 해주시기도 했으나 동생에게는 양이 차지 않았다. 동생은 2년제 전문대에서 식품영양학과를 졸업하고 영양사로 6개월간 근무하다가 그만두고 서울로 올라와 어느 여자대학교 영문과로 편입하여 4학년 이 학기가 되었다. 식단에 관한 동생의 경험은 대모님의 식단을 만족할 수 없게 했다. 지난 봄에 동생은 고기가 너무 먹고 싶었던지 8시경에 둘이서 공부하고 있었는데 언니 고기가 먹고 싶다고 안토니오 형제님께 전화해서 고기 좀 구워달라고 부탁하자, 전에 고기를 먹고 싶으면 전화하라고 하셨잖아. 이러는 거였다. 백희는 안토니오와 사귀고는 있었지만 그런 걸 부탁할 만큼 사이는 아니라고 생각했지만, 동생이 자꾸 조르는 바람에 어쩔 수 없이 전화하여 둘이 고기를 얻어먹으러 갔다.

그 봄날 밤에는 다른 독신으로 사는 한 형제와 넷이서 쇠고기 등심을 구워 먹었다. 정육점을 했던 그의 가족이 지방에서 올라와 전세를 살면서 어렵게 가게를 꾸려가고 있었다. 동생이 온다고 꽃등심을 내준다고 다른 형제의 놀리는 말에 그는 부끄러워했고, 그날 밤 여동생은 먹어보기도 힘든 꽃등심이라는 쇠고기의 부위를 포식하고 왔다.

그 후 그와 백희는 마음을 열고 더욱 가까워져 12월 초에 결혼을 약속해둔 상태였다. 백희는 그의 매달리는 듯한 구애에도 결혼은 하지 않으려고 이리저리 구실을 들어 피하려 했으나 그의 행패에 가까운 구애에 대해 승낙을 하고 난 후 백희 쪽에서 신혼 집을 미리 얻어달라고 부탁하였다. 그 이유는 대모님의 군대에 가 있었던 아들이 돌아오기 때문에 자매는 대모님 집에서 나와야 했다. 대모님의 군대 간 아들 방을 잠시 하숙으로 백희 자매에게 빌려주었다. 백희도 강아지가 싫었던 것은 아니었지만 식탁에서 밥을 먹을 때마다 발로 종아리를 긁어댈 때는 정말 싫었다. 긁힌 상처가 나거나 스타킹을 신어 스타킹 고가 나가 버렸을 때는 언짢은 기분이 드는 건 어쩔 수 없었다. 그리고 그의 구애도 행패에 가까워지면서 대모님 집까지 와서 대문을 두드릴 때는 창피해서 살 수가 없었다.

결국 대모님 집에서 나왔다. 무직이고 자기 돈이 없던 그가 자기 가족들에게 부탁하여 다가구 1층 방 2개짜리 전세방을 구해주어서 동생과 먼저 들어갔다. 거처 문제가 겨우 해결이 되고 나서 한숨을 돌리는데 아버지의 사고 소식이 두 자매에게 전해왔다. 아버지는 자전거를 타고 가시다가 뒤에서 차가 박아서 자전거에서 떨어진 모양이었다. 운전자 쪽에서는 클랙슨을 눌렀느니 뭐니 하는데 아버지는 6·25전쟁 때 포탄 소리로 가는 귀를 먹은 지 오래였다. 그래도 아버지가 차가 신경질적으로 눌리는 클랙슨 소리를 못 들었을 리는 없다는 생각이었다. 운전자 측은 아버지를 탓했다. 좌우간 백희는 병원에 누워계신 아버지를 문병하고 사건 경위를 알아야 했다. 지방에 사는 동생의 말에 의하면 아버지는 의료원에 입원했고 그 병원 간호사의 동생이 사고를 낸 운전자라고 했다. 그리고 경찰이 와서 현장감식도 마친 모양이었다.

백희는 건강하던 아버지가 병원에 누워계시다니 눈앞이 캄캄하였다. 위로 언니들이 셋이나 있지만, 아버지가 사고로 누워계시다는 소식은 백희에게 비보였다. 늘 잘 드시고 건강하여 그 나이까지 한 번도 병원에 입원하신 적이 없으셨다. 6·25 전쟁 때 국군통합병원에서 동상과 팔에 입은 관통상으로 치료를 받은 적은 있었다고 아버지가 말씀해주신 적이 있다. 군 복무 중에 전쟁이 터져 한국군으로 신의주나 북녘의 변방까지 올라갔던 아버지는 발이 꽁꽁 얼어서 동상이 심각하여 발을 잘라야 한다고 군의에게 들었지만 병신이 되기 싫어 거부했다고 했다. 그래서 의료진의 정성된 치료로 겨우 나아서 발을 자르는 일은 면했다고 했다. 포탄 소리에 가는 귀를 먹은 아버지는 백희의 소곤대는 듯한 목소리에 늘 왼쪽 귀를 기울이시는 버릇이 있었다.

답답한 백희의 마음과는 달리 구월의 화창한 가을 날씨는 덥지도 않았다. 백희는 어떻게 날씨는 이렇게 좋은가 싶었다. 아버지의 사고 소식에 애를 태우면서 집 앞 버스정류장에서 청량리역으로 가는 버스를 기다렸더니 버스는 다행히 빨리 와서 120번에 몸을 실었다. 차장으로 지나는 학교와 상점들, 평일이어서 변함없이 학교 앞에는 학생들로 북적였고 학교 앞 가게들은 학생들이 밥을 먹으러 간다든지 뭘 사러 간다든지 붐비고 있었다. K대로 들어가는 길목을 지나니 그곳에도 학생들의 등교로 인도가 복잡했다. 그리고 버스는 시조사를 지나서 청량리역에 백희를 내려주고 시내로 들어갔다.

백희는 청량리역 시계탑이 9시가 가까워져 오는 것을 바라보면서 서둘러 역사로 들어갔다. 기차가 막 도착하였는지 역대합실 출구 쪽에는 한 무리의 사람들이 정면에 시선을 둔 채 쏟아져 나왔다. 나이 든 할아버지, 가방을 든 아주머니, 서울 근교에서 서울로 통학하는 대학생 같은 젊은이들, 그러나 교복을 입은 중고생은 보이지 않았다.

벌써 학교에 도착해 1교시가 시작될 시간이었다. 그리고 군복을 입고 새벽차를 타고 강원도 어느 곳에서 휴가를 받아 나온 듯한 군인은 약간 피로해 보였지만 모처럼 벗어나는 병영에서 자유의 공기를 마시면서도 얼굴에는 긴장감으로 굳은 느낌의 엄한 군율의 그림자가 비쳐 보였다. 머리가 허옇게 세었으나 그래도 단정하게 빗어 은비녀를 꽂은 할머니는 하얀 모시옷을 입어서 뜨거운 여름을 지난 구월의 신선한 아침 햇살에 흰 머리와 하얀 모시옷이 햇살이 비치어 더욱 하얗게 빛이 났다. 약간 구부러진 허리로 어정어정 걸어오면서 백희에게 버스 정류장이 어디냐고 물어서 백희는 친절하게 가르쳐 주었다. 할머니는 고맙다는 인사를 남기고 등에 가방을 지고 양손에는 보따리를 들고 역사를 걸어 나갔다.

백희는 얼른 표를 사는 창구에 가서 안동행 제일 빠른 기차표를 샀다. 9시 10분발 무궁화였다. 청량리에서 4시간은 족히 걸리는 거리라 한 시반경에 도착 예정이었다. 다행히 시간을 많이 지체하지 않고 기차가 바로 있었다. 백희는 기차를 타기 전에 얼른 화장실을 다녀왔다. 화장실에는 어제의 쓰레기가 치워지고 물로 청소를 하였는지 바닥에 물기가 있었지만 깨끗하였다. 볼일을 본 후에 백희는 옷매무새를 고치고 머리를 쓸어올리고는 가방을 들고 화장실을 나와서 플랫폼으로 내려가는 계단으로 갔다. 계단을 내려가다 보니 벌써 안동행 무궁화 열차는 선로에 정차하여 각 호차의 출입문을 열어둔 채 손님을 기다리고 있었다. 백희는 열차 호실과 좌석번호를 다시 확인하고 2호차 23번에 올랐다. 다행히 창가 좌석이어서 혼자 여행하는 백희에게 더없이 좋았다. 아침 햇살이 창가에 쏟아져 들어오기에 눈이 부셨다. 이제 몇 달 후면 새신부가 될 백희는 아침 햇살을 받아서 눈부셨다.

서른한 살의 백희는 그의 일을 생각하면 전도가 불안하였지만 내색하지 않았다. 그의 병도 걱정이었지만 극복할 수 있으리라 생각했다. 그의 병은 큰언니와 여동생은 알고 있었다. 여동생은 나중에는 그의 병을 알고는 결혼을 반대했으나 전셋집을 얻고 둘이서 먼저 들어와 살면서 더 이상 그런 이야기는 하지 않았다. 어쩌면 그 집에 동생과 둘이만 오래 산다면 더 좋지 않을까도 생각했지만, 그 집은 분명히 그의 가족들이 그와 결혼해준다는 생각에 미리 구해준 것이었다. 엄연히 백희와 그의 결혼을 염두에 두고 먼저 구해준 것이었다. 언젠가 그의 여동생을 만났을 때 자기네도 여유가 있어서 집을 구해주는 건 아니라고 했다. 그때의 표정이 무겁고 심각했던 그의 여동생을 잊을 수 없었다. 백희는 신혼집에 그와 여동생과 셋이서 같이 산다고 하니 기쁘기도 했다. 여동생이 대학을 졸업하고 취직을 하여 독립해 나갈 때까지 줄곧 같이 살 생각이었다.

기차는 9시 10분에 출발하였다. 백희는 차창으로 다가오는 아파트나 건물들을 멍하니 바라보다가 구리를 지나고 양평이 가까워져 오자 건물은 뜸하고 대신 산과 들이 펼쳐지고 양수리 호수가 나오자 가슴이 시원해졌다. 언제나 고향을 내려갈 때면 팔당 댐 양수리를 지나는데 그때마다 호수 위에 난 철교를 지나는 기차는 마치 물 위를 떠가는 배가 되어 미끄러지듯 달려가곤 했다.

물 위를 걷는 사람처럼 기차는 평일 탓인지 드문드문 좌석이 빈 채 사람들을 태우고 달려가고 있었다. 양수리가 지나면 우뚝 솟은 산들과 숲이 멀리 보이고 들이나 논이 이어졌다. 한여름의 뙤약볕에 열매들은 곧 익을 채비를 하고 무성한 고구마 줄기에 단 잎사귀들, 시냇가에 서 있는 나무들, 하늘을 향해 쭉쭉 뻗은 모습이 싱그럽기 그지없었다. 이제 얼마 안 있으면 추석도 다가오기 때문에 벼들은 익어 약간 고개를 숙이고 있었다. 물을 가둔 논에 줄지은 벼들은 포기가 벌어 논바닥이 보이지 않은 채 녹빛 물감을 풀어놓은 듯했다. 이 싱싱한 식물들의 생장이 서른한 살의 백희에게 현실의 궁핍과 불안감, 그리고 아버지의 교통사고 걱정도 상쇄시켜 주는 것 같았다.

백희는 조마조마한 가슴을 참으면서 얼른 아버지가 계신 병원에 도착하길 바랐다. 긴 터널을 지나면서 학업을 위해 고향에서 대구로, 대구에서 서울로 옮겨온 자신의 저물어가는 이십 대의 삶을 반추하면서 멀고도 먼 여행을 계속하고 있다는 생각이었다. 이제 그와 결혼하면 당분간은 강의를 나가면서 학업은 좀 쉬면서 가정생활을 해야 할 상황이 도래한다고 생각하니 백희는 여러 가지 감회에 젖으면서도 머릿속에는 아버지는 어디가 어떻게 다치신 걸까 걱정되어 견딜 수가 없었다. 아버지의 상태를 봐야 한다는 백희의 절박한 마음은 단조로운 선로를 구르는 열차의 바퀴 소리에 끊임없이 잠재워지듯 하면서 먼 길을 달리고 있었다.

답답한 터널 속을 달리면서 그의 병이 일어났던 지난 봄날을 생각해 보니 회한이 몰려들었다.

그는 한 마디로 33살의 노총각이었다. 그는 어머니와 정육점을 어렵게 꾸려가고 있었는데, 그의 형은 서울 시내 어떤 사립국민학교의 교사였고, 그의 여동생은 대기업을 다니고 있었다. 아버지는 공사판에서 일하는 노동자였고 그의 말에 의하면 집을 세 채를 샀는데 아버지의 병으로 한 채를 팔았고, 자녀들의 대학 교육 때문에 한 채를 팔고, 이제 한 채만 지방에 남아 가족들이 다 서울로 올라온 채 빈 집에는 냉장고만 홀로 돌아간다고 했다.

그와 백희는 같은 성당에서 만났다. 두 사람이 어떤 단체의 단원이었으나 단장이 결혼하면서 그가 단장이 되고 백희가 부단장이 되면서 그 단체를 이끌어 가는 듯했으나 그의 발병으로 단체는 와해가 되기 시작했다. 그는 발병하여 돌아치다가 결국에는 정신병원에 입원했고 거기에서 상한 김밥을 먹고 세균 감염이 되어 신촌의 큰 대학병원에 입원했고 그때만 해도 백희는 그와 결별하고 다시는 만나지 않으려고 했다. 그의 발병으로 이상행동도 보였고 평소와 다른 모습이 백희에게 아주 낯설었기 때문이었다. 그의 발병으로 충격과 실망으로 가득 찼던 백희는 그를 원망하였다. 멀리 떠날까도 생각했으나 동생을 두고 아무 데도 떠날 수 없는 몸이 되어있었던 자신의 처지가 답답하고 운명이라고 생각했다. 결국 부단장이었던 백희는 단장인 그의 문병을 가지 않을 수가 없어 가고 싶지 않은 발걸음을 했던 게 그를 다시 보니 연민의 마음이 일었다.

그의 어머니가 며칠 간병으로 지쳐 그날 그를 간병해 줄 수가 있겠느냐고 백희에게 말했을 때, 백희는 일언지하에 거절했다. 백희는 그의 어머니가 욕심 많은 사람이라고 생각했다. 그의 어머니는 백희에게 그가 백희만은 자신을 배반하지 않을 거라고 말하더라고 두어 번을 되풀이해 들으라는 듯이 말했다. 그것도 나중에 생각해 보니 그의 어머니의 계략이 아니었나 생각했다. 그리고 그가 병을 일으키고 정신없이 여기저기 돌아다닐 때 백희가 가게로 그의 어머니를 찾아갔을 때 나을 수 있는 병이고 더는 발병하지 않는다고 백희를 안심시켰던 것도. 백희는 그의 어머니의 말을 믿었다. 정신 질병에 대해 아무런 상식이 없던 백희로서는 전문가의 의견을 구하기보다 그의 어머니의 의견을 들었으니 정확하게 알기엔 이미 틀렸었다. 그때 그의 어머니의 가게에는 작은 방이 하나 딸려 있었는데 한구석에는 보잘것없는 작은 서랍 위에 성모상이 놓여 있었다. 머리에는 먼지를 이고 하얀 몸체가 누렇게 되어 병을 앓는 그로 인해 시름하는 어머니의 고통과 한숨이 배어 나왔다.

이제 기차는 깜깜한 터널을 나와 구름 한 점 없는 가을 하늘의 빛나는 태양과 대면하였다. 눈이 부셔서 기차는 찡그리고 있는 걸까 백희는 생각하면서 끝없이 기차를 따라오는 산의 능선들을 무연히 바라보았다. 그것은 하늘이 맞닿은 곳에 이르면 뿌옇게 되어 사라지는 듯했다. 가까운 곳에서 보이는 웅장한 산은 몇 겹의 주름을 이루다가 하늘가 어디에서 새가 되어 날아간 것인지 빈 하늘만 이어졌다. 잡목들이 숲을 이룬 산에는 아직은 푸른 잎사귀를 달고 초가을의 대기 속에 지난여름의 염천을 잊은 듯했다. 활엽수림과 침엽수림이 섞여 있고 우거진 잡목들의 숲은 기차가 달려가는 단조로운 음률을 말없이 감상하면서도 하늘을 향해 손을 뻗치고 있었다. 그 뻗치고 있는 잎을 단 가지들은 저마다 함성을 지르는 것 같았다. 그 소리는 백희의 귓가에 들려오는 듯했고 어쩌면 백희의 내면에서 뿜어져 나오는 압력을 이길 수 없는 심적 괴로움이 폭발하는 소리라고 생각했다.

분명 그와의 결혼은 백희에게 행복이 열린 것이 아니라 그의 질병으로 인해 불행의 그림자가 들어서고 있었다. 백희는 서울에서 단칸방을 구할 형편도 되지 않았고 여동생은 낯모르는 여학생과 2인 1실의 규칙으로 룸메이트를 이루어 살아가야 하는 여대생 기숙사가 편치가 않다고 힘들어했다. 그리고 그 기숙사비를 감당해야 하는 부모도 힘겨워했다. 등록금에다 기숙사비, 생활비까지 시골에서 보내야 했다.

백희의 상황도 그 전해 가을학기에 지방대에서 일방적으로 강의가 잘렸다. 아니 백희만 몰랐지 애초에 6개월 단위로 계약되는 시간강사의 불안정한 생활은 그녀를 고달프게 했다. 백희는 언제 강의가 잘릴지도 모르는 불안감에 휩싸여 일에서나 거처에서나 모두 불안정한 생활에 염증을 내고 있었다. 잠시나마 대모님의 집에서 산 것이 백희에게는 편했는데 그것마저도 대모님의 군대 간 아들이 제대하여 방을 비워주고 나와야 했던 거처가 없는 떠돌이, 그게 백희의 처지였다.

겨우 석사를 끝내고 지방 도시에서 일어 가르치는 것을 하면서 입에 풀칠하던 그녀였다. 서울에 여동생과 다시 올라와 거처도 몇 번을 옮기고 난 후 겨우 그가 얻어준 전세방이었다. 결혼 이후의 불행한 삶의 그림자를 머리에 생각할 틈도 없이 거처가 없던 백희의 사정은 딱하였다. 어딘가 편하게 내 쉴 곳이라고 발 뻗고 잘 수 있는 곳, 이른 아침이면 창문을 열고 새벽공기를 불러들여 코로 머리로 피부로 온몸으로 느낄 수 있는 곳, 산이 보이거나 정원이 바라다보이는 전망을 지닌 방, 집까지는 꿈꾸지도 못하는 단칸방이어도 여름이면 창으로 시원한 바람이 불어와 낮의 무더위를 식혀주고 밤에 하늘을 올려다보면 깜깜한 하늘에 총총히 박힌 별과 남북으로 길게 흘러가는 듯한 은하수의 별들이 쏟아져 내리는 방, 겨울에는 따뜻하게 난방이 들어오고 눈 내리는 날 〈뚜 뚜레아노 페기 스 옥토(기차는 8시에 떠나네)〉를 들을 수 있는 방, 그런 방은 애초에 백희에게 주어지지 않았다.

가을이면 귀뚜라미 소리를 들으며 패티 김의 시원하고 울림이 좋은 목소리에 담긴 가을을 남기고 사랑은 그런 방에 사는 사람들에게는 부재했다. 낭만을 안고 떠나는 기차여행이 아니라 혁명을 위해 사랑하는 연인을 사지로 떠나보내는 여인의 피맺힌 절규가 낭만의 노래로 흐르는 이 나라에서 청춘들은 방이 없어 전전하며 빵을 얻기 위해 발버둥 치고 더이상 부모의 원조를 받지 못하게 되는 이십 대 후반의 고통의 아우성을 기차는 실어 나른다. 저임금과 지옥 같은 노동환경에 들고 일어난 4월의 사북 광부들의 처절한 항쟁와 오월의 학살을 88올림픽 메이크업으로 감추고 괴물 교육공화국은 교육보험을 팔아 63빌딩을 하늘 높이 지어 교육대국의 마천루를 건설할 때 청춘들은 공장 아니면 학교로 들어갔다.

그가 백희의 인생에 들어온 것은 그런 생활의 끝자락에서였다. 그것이 그 당시에는 그녀의 인생에 좋은 것도 나쁜 것도 아니었다. 스무 살 후반이 되어도 이렇다 할 남자 친구도 없었고 연애다운 연애도 해보지 못한 백희였다. 체구가 작고 마른 데다가 얼굴이 뭇 남자들의 시선을 끌 만한 매력과 성숙미가 보이지 않았던 백희였다. 서울에 와서 학교에서 대학원 입시 때문에 밤 9시까지 도서관에서 매일 공부를 하다가 귀가한 그녀에게 어떤 오십 대 중년의 남자가 자기는 의사라면서 이십만 원 줄 테니까 두 시간만 이야기하고 놀아달라고 동네 길을 지나다가 제안받은 적도 있었다. 물론 백희는 일언지하에 거절하고 빠른 걸음으로 지나쳤던 기억이 있다.

지방 도시에 있었을 때 자취방 주위에 사는 어느 스토커가 있었다. 고향에서 돌아와 어머니에게 잘 도착했다고 공중전화를 쓰다가 부스 위에 열쇠를 두고 뒤돌아 나오는데 뒤에서 기다리던 남자가 열쇠를 주워 주고는 차 한잔하자고 한 적도 있었다. 그 남자는 미남인 데다 키도 보기 좋게 크고 젊고 진지해 보이는 군인이었다. 항상 학생 신분이라는 것 때문에 거기에 충실하려 했던 그녀였다. 외관은 마음에 들었으나 객지에 나간 지 얼마 안 되어 아직도 낯선 세계에 대한 경계심으로 가득하고 매사에 고향에 있었을 때처럼 편할 수 없었던 그녀는 이성의 접근이 불편했던 기억이 있다. 이제 백희는 그와의 운명을 물리칠 힘이 없었고 여름날 큰언니를 찾아가서 결혼을 이야기하고 자신의 처지에 대해 이해를 구할 때 언니는 말렸지만, 백희는 언니의 동의를 구하고자 옥신각신한 기억을 가지고 있다.

기차는 오후 1시가 가까워져서야 종착역에 도착했다. 백희는 배가 고팠지만 참고 얼른 역 구내를 빠져나왔다. 시내 지리를 몰라서 그냥 역광장 앞에 줄을 지어 서 있는 택시 중에 맨 앞에 서 있는 택시의 문을 열고 탔다. 그러면서 아저씨한테 안동의료원으로 가자고 했다. 택시 기사는 경쾌한 목소리로 대답하고는 핸들을 잡았다.

역에서 그리 멀지 않은 곳에 의료원이 있었다. 아버지는 2층의 한 4인용 병실에 누워있었다. 생각했던 것보다 아버지의 표정은 밝았다. 아버지는 병상에서도 백희가 와서 반가워하셨다. 백희가 봐도 아버지는 별로 다친 데도 없어 보였지만 허리를 잘 움직이지는 못하셨다. 그러나 본인이 괜찮다고 자꾸 말씀하신 것은 딸에게 걱정을 끼치기 싫어서였다. 아버지의 이런저런 이야기를 들어주고 1시간 정도 지나자 병실의 문이 열리고 큰언니와 형부가 들어왔다. 한국전쟁 때 육군병원에서 입원하셨던 기억 외에는 병원이라고는 처음이신 아버지였다. 아버지는 큰언니와 형부께도 반갑게 대하셨다. 큰언니도 형부도 아버지와 몇 마디 나누어 보더니 아버지가 가벼운 사고였던 것 같다고 하면서 많이 편찮으신 게 아니니까 좀 있다가 다시 집으로 돌아가야겠다고 했다. 그러면서 백희에게 점심을 먹자고 하여 같이 잠깐 점심을 먹으러 나왔다. 저녁이 되기 전에 큰언니와 형부는 집으로 돌아갔고 백희는 병상의 아버지를 지켰다.

그날 밤부터 아버지는 괴로운 신음을 내셨다. 여쭈어보니 허리가 너무 아프다고 하시면서 허리를 움직일 수 없다고 하셨다. 어쩔 수 없이 소변을 소변 통에 받아내야 하는 상황이 되었다. 그리고 열도 오르고 있었다. 백희는 그 순간이 두려웠지만 어쩔 수 없었다. 아무래도 아버지는 허리에 많이 다치신 것 같았다. 밤새 끙

끙 앓으시는 아버지 곁에서 백희는 자는 둥 마는 둥 보조 침대에 누워있었다. 아무래도 안 될 것 같았다. 좀 더 큰 병원에 가서 제대로 검사를 받아봐야 할 것 같았다.

그다음 날 오전에 담당 의사는 회진을 왔다.

"할아버지 어디가 아프세요?"

"허리도 아프고 여기저기 아파요."

아버지는 어제와 달리 찡그리고 부은 듯한 얼굴로 대답했다.

"어디 한 번 봅시다. 여긴 어때요?"

하면서 의사는 아버지의 허리 부분을 만졌다.

"아, 거기 많이 아파요. 여기저기 아프네요."

"겨우 2주 진단이 나왔는데 이렇게 다 아프다고 하시면 어떡해요!"

의사는 다소 짜증 섞인 목소리로 말했다.

옆에서 그 말을 들은 백희는 '환자가 아프니까 아프다고 하지 안 아픈데 아프다고 하겠나요!'라고 속으로 의사를 향하여 외쳤다. 백희는 이미 들은 정보로 사고를 낸 사람은 이 병원에서 근무하는 간호사의 동생이라고 했다. 백희는 문득 잘도 논다 생각했다. 나이가 많고 가는 귀를 먹은 데다 어딘가 심하게 부러지거나 다친 것 같지도 않은 교통사고 환자니까 적당히 하여 넘어가려는 심사가 아닌가 생각되었다. 안 그래도 문진을 하면서 의사는 성의가 없었고 아버지가 의사의 작은 목소리를 잘 듣지 못하자 의사는 짜증을 내었고, 아버지가 여기저기 다 아프다고 한다고 없는 병을 더 부풀려서 말한다고 생각했는지 그런 아버지를 책망하였다. 곁에 있으면서 그 회진의 순간을 지켜본 백희는 의사의 아버지를 대하는 태도도 마음에 들지 않았고 아무래도 간호사가 의사에게 부탁하여 대충 넘어가려는 수작이 아닌가 자꾸 생각되어 T시의 큰 병원에 모시고 가서 정밀한 검사를 받아야겠다고 생각했다.

아버지는 아예 허리를 움직이지 못하시고 있었다. 의료원에는 정밀한 자기공명영상촬영 기계가 없었고, 엑스레이와 CT만을 찍어둔 모양이었다. 판독 결과 2주 진단이 나온다고 했다. 그러니 곧 퇴원해도 된다고 했다. 그러나 그날 밤도 아버지의 병세는 더욱 나쁜 것 같았고, 백희는 집으로 돌아간 큰언니에게 이야기하여 아버지가 많이 아픈 것 같아서 T시의 큰 병원으로 모셔가야겠다고 했다. 아버지가 멀쩡한 듯이 밝은 표정을 지었던 사고 난 날의 낮에만 봐서 의아하게 생각했지만, 큰언니는 "그런 상태라면 그래야겠구나."라고만 말했다.

그다음 날 백희는 회진 온 의사에게 T시의 P병원으로 갈 거라고 말했다. 의사가 앰뷸런스가 필요하냐고 하여 앰뷸런스를 불러주면 고맙겠다고 했다. 그러면서 여전히 백희의 마음속에서는 의사의 안이함과 환자를 대하는 태도에 불만이었지만 겉으로 내색하지 않았다. 오히려 의사에게 친절하게 대하면서 음료수 한 박스를 인사로 내밀었다. 엑스레이와 CT사진을 받고 앰뷸런스도 불러주길 바라는 마음으로 겉으로는 그렇게 처신을 하였다. 이 상태에서 의사에게 대들어 봐야 자신이나 아픈 아버지만 식은 밥 신세가 될 것 같다는 판단에서였다. 의사는 백희의 태도에 밝은 표정으로 가서 정밀한 검사를 받아보라고 하면서 사진을 건네주었다.

아픈 아버지를 앰뷸런스의 딱딱한 침대에 눕히고 그 곁에 앉아서 흔들리는 차의 요동을 견디는 것은 쉬운 일이 아니었다. 아버지는 끙끙 앓았다. 아마 허리 다친 데가 더욱 아파오는 모양이었다. 백희는 그 절박함 속에서 아버지를 위로하고 마음으로 무사히 P병원으로 잘 도착하도록 기도했다. 전화로 T시에 사는 여동생과 제부에게 P병원으로 간다고 해두었다. 여동생은 둘째 조카를 출산한 지 얼마 안 되어 집에서 산후조리를 하고 있었고 제부는 저녁에 퇴근하고 병원으로 오겠다고 했다.

백희는 그때만큼 제부에게 마음으로 의지한 적이 없었다. 물론 큰 형부나 둘째 형부, 셋째 형부도 있었지만 아무래도 병원이 가까운 곳에 살고 평소에 부모님께 다정했던 제부에게 의지하지 않을 수 없었다. 교통사고여서 보험 관련 처리도 공부와 학교 일밖에 모르던 백희가 감당하기에는 역부족이었다. 그 문제가 더욱 백희를 제부에게 의지하게 하였다. 동생 부부는 언니가 자기네들한테 아버지를 맡기는 것 같은 생각도 들었을 법했다. 그러나 백희는 그런 걸 감당할 만큼 마음이 크지 못했다. 아무래도 보험 관련이나 사고 낸 가해자와의 보상문제도 남자인 제부가 더 잘할 수 있지 않을까 생각했다.

백희는 여동생을 데리고 있고 대학원을 졸업하고 대학생들을 가르치고 있지만 아직 그런 일을 감당할 자신은 없었다. 집안에 오빠가 있었으면 이럴 때 참 좋겠다고 백희는 생각했다. 결혼한 언니들과 여동생 둘, 아직 고등학생인 남동생이 있는 집에서 이제 겨우 백희는 12월 초에 결혼하기로 되어있었다. 결혼도 신경이 안 쓰이는 건 아니었지만 교통사고로 다친 아버지는 허리를 움직일 수 없었다. 큰 병원에서는 의료원에서 들고 간 사진은 아무 소용 없었다. 아버지가 들어가자마자 여기서 정밀한 검사를 어차피 하니 그건 별 소용이 없다고 했고, 백희가 요구한 자기공명단층촬영을 바로 하였다. 백희가 P병원에다 전화하여 미리 이야기해 두었고 M시에 있던 윤 수녀에게 전화를 드려 사정을 이야기하고 도움을 요청해 둔 까닭이었다.

M시의 P병원에 있던 윤 수녀는 T시 P병원의 수녀들과 같은 수녀회였다. 그 수녀회는 T시와 M시의 P병원을 운영했다. 백희와 윤 수녀와의 인연은 백희가 M시에 불시착했을 때 먹고 살기 위해 나간 어학원에서였다. M시의 P병원에서 소임을 맡았던 윤 수녀는 늘 퇴근해서 학원에 오면 백희의 외국어 강의가 10분 정도 시작되고 나서였다. 병원 소임 수녀들이 입는 흰 수도복을 입고 뒷문에서 들어오는 윤 수녀는 그야말로 현재의 고생과 미래의 불확실성에 서 있는 백희에게 하나의 구원의 징표였다. 윤 수녀가 하얀 수도복과 하얀 베일을 쓰고 점잖게 들어오는 모습은 예수 그리스도가 수도녀의 모습으로 백희에게 와서 천사처럼 '힘을 내요, 걱정 말아요.'라고 속삭여 주는 것 같았다. 한동안 M시에서 사회에 첫발을 딛고 있었던 백희에게 그런 구원자가 없었다. 그 후에 결혼을 앞두고 아버지의 교통사고를 맞이하고 이렇게 윤 수녀에게 도움을 청한 것은 미리 예비하신다는 그분의 손길인가도 백희는 생각했다.

아버지는 촬영 후 깨끗하고 널찍한 4인 병실에 입원하셨다. 그 다음 날 의사가 회진할 때 들은 건 아버지는 2주 정도 치료로 되는 게 아니고 6주간 누워 계셔야 하며 당분간 움직이면 안 되므로 대소변을 받아내어야 한다고 했다. 허리뼈에 금이 가서 그렇게 아픈 것이라고 친절하게 설명해주었다. 결국 아버지를 간병할 사람이 문제였는데, 백희는 서울로 올라와서 여동생에게 그 일을 맡겼다. 여동생은 왜 자기가 희생해야 하느냐고 울며 소리쳤다. 백희는 죄인이 된 기분이었다. 간병은 막내 여동생에게, 아버지의 보험처리와 보상처리는 제부에게, 영양 부분은 산후조리 중인 여동생에게 본의 아니게 맡기게 된 자신의 처지가 한없이 나약하고 작아 보였다.

형제들의 몫을 빼앗아 많이 배웠어도 아무것도 할 수 없는 자신의 처지에 대해 백희는 답답하고 어쩔 수 없었듯이 언니들이나 형부들이 아버지의 교통사고와 관련하여 문병 정도로 그쳤어도 원망할 수가 없었다. 자신 역시도 동생들과 제부에게 맡길 수밖에 없었지 않았는가 하면서. 그렇게 내려간 막내 여동생은 아버지의 퇴원 후에 여동생네 집에 살게 되었고 제부는 여동생을 잘 다독여 T시에서 취직할 수 있게 도와주었다. 백희는 아버지의 아들이 아닌 제부에게 그렇게 고마울 수가 없어 한때 여동생을 아끼는 마음에 제부와 사귀는 걸 반대한 자신이 부끄러웠다. 그분은 사람의 겉모습을 보지 않고 그 사람의 마음을 본다고 하신 그 말씀이 가슴 깊이 찔린 것은 백희 역시도 어쩔 수 없는 속물이 아니었나 그때를 생각하면서 씁쓸해했다.

병원을 옮기고 2주쯤 되었을 때 아버지와 간병하는 여동생을 보러 갔던 백희는 돌아오는 상행열차 안에서 여동생들과 제부에게 미안하고 답답한 마음에 말없이 차창 밖 풍경을 내다보았다. 거기에는 산과 산이 손을 마주 잡고 춤추듯이 지나가고 나무들은 큰 나무와 작은 나무, 잎이 넓은 나무와 잎이 좁은 나무들이 하늘을 향해 팔을 펼치고 있었다. 그 위에서 파란 가을 하늘이 백희의 마음을 자꾸만 먼 데로 데려갔다. 하늘은 모든 걸 거기에 던져 버리고 마음을 비워두라고 말해주었다. 시간의 금도 아버지의 허리뼈에 간 금도 가을빛이 짙어지면 곧 아물거라고. 백희는 모든 상황을 받아들이고 매일 병원 경당에 가서 조용히 기도하면서 아버지를 간병하고 있던 막내 여동생의 지친 얼굴이 떠오르자 눈물이 배어 나왔지만 말없이 손으로 훔쳤다.

운명의 보랏빛

내가 그때 그 신호등을 건너지만 않았어도 이렇게 살지 않았으리라. 운명의 신호등, 맞다, 이 표현이 정확할지 모른다. 그러나 신호등을 나는 무시할 수 없었던가? 거기까지 가놓고는 끝내 내가 녹색등이 켜진 신호등을 무시하고 돌아섰다면 내 삶은 어땠을까? 그러나 나는 신호등을 거부할 힘이 없었다. 운명이 눈사태처럼 덮쳐오고 조그만 나는 운명의 거센 물살에 휘말리고 말았다. 운명이 작은 몸을 그냥 삼켜서 꿀꺽하는 큰 짐승처럼, 그 당시에 큰 아가리를 벌리고 맹수처럼 흰 이빨을 번쩍이며 들어내고 나를 물어뜯고 삼켜버렸다. 동물 같은 운명, 맹수 같은 운명, 사나운 운명의 장난이라고 예부터 진부하게 얘기해왔던가? 운명의 장난이 과연 있을까? 없다고 생각한다. 다만 나의 냉철하지 못함이, 나의 불철저함의 헐렁한 틈으로 운명은 맹수로 돌변하지 않고도 스멀스멀 잠입해 들어왔다. 나와 그 사이에 운명은 마치 밀물처럼, 아니면 큰비가 내려 새어 들어오거나 역류된 물처럼, 내고요한 영혼의 방을 고요히 쥐도 새도 모르게 밀고 들어왔다.

운명의 군단, 저 막을 길 없는 이 군대들은 어디에서 온 것인가? 어디에서 생겨나서 어떻게 훈련을 받고 조직화 되어 저런 강력한 힘을 축적하고 그 힘으로 맹위를 떨치는가? 지구상의 수많은 사람 개개인의 인생에 관여하면서 붙어 다니면서 농간질을 하는가 말이다. 이 운명의 실체는 무엇인가, 운명은 두 가지이다. 성공으로 나아가는 운명이 있는가 하면 실패와 멸망에 이르는 운명이 있다. 어떤 사람이 성공의 가도를 달리다가 운명이 그 사람한테 붙어서 나락으로 떨어지게 하여 종국에는 멸망시키고야 만다. 그러나 어떤 경우에는 운명이 그 사람한테 붙어서 실패와 멸망에 이르게 하다가도 그 사람의 의지로 운명과 시공간을 두고 오래 싸우다가 운명을 바꾸어 버린다. 이것이 운명이다. 운명은 그 자체로 좋은 것도 나쁜 것도, 성공도 실패도 아니다. 다만 그것에 동의하는 인간의 몫일 뿐이다. 그러니 인간이 함부로 운명의 장난이니, 사나운 운명이니 운운하는 것은 인간들 나름대로의 자기 표현할 대로 판단하는 것에 지나지 않는다는 말이다.

나는 그때 그 신호등을 건너지 말아야 했다고 수없이 생각했다. 그러면서 나의 어리석음을 두고 가슴을 몇 번이나 쳤다. 바보처럼. 이 말이 내가 나 자신에게 소리치고 문책하며 나를 들볶은 말이었다. 그러면서 '너는 바보다.'라고 계속해서 나를 못살게 굴고 비하하고 책망하였다. 내가 나를 들볶고 공격해대면서 마음은 하루도 편치를 않았다. 이게 나였다. 내 슈퍼에고의 강한 비판과 비난을 들은 나의 자아는 스스로 위축되어 버렸다. 나는 깡통처럼 쭈그러들었다. 그래서 자신감도 잃어버렸다. 나의 슈퍼에고는 나를 독방에다 가두어 두고 아침저녁으로 비난을 하고 맛있는 음식도 주지 않았다. 나를 죄인 취급하고 거기에 맞게 대했다. 나의 쭈그러들고 유폐된 자아는 감옥에 갇혀서 어둡고 축축한 시간을 지냈다. 어둠 속에서 운명은 한 번씩 나를 비난하고 가곤 했다. 나에게 속삭이는 부정적인 말들은 모두 운명의 심복들이거나 하수인들이었다.

그들은 나의 몸을 올라타고 지그시 눌렀다. 그럴 때면 나의 정신도 함께 눌렸다. 내 영혼도 찌그러졌다. 악몽을 꾸다가 일어나 심장이 멎는 것 같거나 두근대거나 하는 깜깜한 밤에 홀로 어두커니 앉아 어둠의 틈입을 노려보고 시선으로 쪼개려 했으나 철통같은 어둠의 수비를 뚫을 수가 없었다. 겨우 가쁜 숨을 몰아쉬고 천천히 한숨을 길게 쉬다 보면 메마른 밤이 바삭바삭 소리를 내곤 했다. 이 갈증에 마를 것 같은 입안에는 단내가 나고 혀는 심장의 열을 감당하느라고 늘 허옇게 힘을 잃고 있었다. 나는 이 어둡고 침침한 운명의 방에 갇혀 있고 싶지 않았다. 이 감옥의 문을 부수고 운명이 채운 차꼬를 풀고 달아나고 싶었다. 오랜 세월 운명은 그런 나를 요리조리 요리하였다.

나는 그때 녹색의 신호등을 건너는 바람에 지금처럼 이야기에 들어가지 못하고 서성이고 있다. 몇 번의 신호등이 바뀌었다. 빨간 불과 녹색 불이 나를 앞에 두고 계속 바뀌었다. 저걸 건너면 길 건너에 있는 육중한 병원으로 들어간다. 저 병원에는 무엇이 있을까? 내가 거부하고 싶은 사람이 침대에 누워있다. 아무리 그가 침대에 누워 미몽으로나마 나의 사랑을 구걸하려고 간절히 자신의 신에게 기도하고 부르짖더라도 나는 가고 싶지 않았다.

어차피 여기까지 밀려온 것도 엄밀히 말해서 나의 자유로운 의사
는 아니었으니까.

그 일이 있고 그가 조울증세를 보인 것은 정확히 3주 전의 일
이었다. 그 일이란 나의 처녀가 없어진 날을 말한다. 그를 만나기
전에 나는 지방의 어느 한 대학교에 강의를 한 학기 동안 1박 2
일간 나가면서 한 남자를 먼 친척 언니로부터 소개를 받았다. 그
남자와 사랑에 빠지고 내가 미적미적할 때 그 남자는 밀물이었고
내가 마음을 열고 사랑을 느낄 때 그 남자는 썰물처럼 빠져나가
고 있었다. 공부밖에는 아는 것이 없고 할 것도 없고 해본 것도
없는 내가 석사를 졸업하고 몇 년간의 강사 생활을 하다가 대학
원 동기로부터 그 학교를 소개받아 가게 되었다. 수도에서 계속
강사 생활을 하던 나로서는 지방에 그것도 3, 4시간 거리를 기차
를 타고 다니면서 가는 게 쉽지는 않았지만, 기차여행을 좋아했
던 나로서는 마냥 거부할 일도 아니어서 집에서 가까운 역에서
중앙선을 타고 Y시까지 갔다.

새벽에 일어나 전날 챙겨둔 강의 가방과 옷을 얼른 끼어 입고
대충 화장하고는 바람처럼 기차 시간을 맞추기 위해 오는 잠을
꾹꾹 눌러 가슴에 넣으면서 삶에서 인내를 혹독히 배웠던 때였
다. 기차를 타고 오면서 가면서 나는 차창 밖으로 변화하는 봄의
생명력과 함께 수도에서 경험할 수 없었던 것을 경험했다.

그때 나의 나이는 이제 갓 30살에 들어섰다. 20대 말의 어려운
고비를 지나고 안정기에 접어 들었던 것 같다. 20대는 그럴싸한
연애 한 번도 없이 흘러갔다. 그냥 내가 일방적으로 좋아했던 두
명의 남자는 있었지만 데이트다운 데이트도 못 했다. 다만 늘 도

서관과 강의실에서 수업을 듣고 지내면서 주일에는 성당에 나가서 미사를 드리거나, 교회 활동으로 어느 조그만 장애인 복지시설에서 평생을 누워지내는 두 명의 여 교우를 위해 옷을 갈아입히고 미사 준비를 도와주고 휠체어를 끌어 성당에 올 수 있게 하는 일, 미사 참례를 도와주는 봉사를 했다. 그리고 미사가 끝나면 휠체어를 끌고 거기까지 데려다주는데 같은 조 형제가 그 여 교우들을 휠체어에서 안아다가 방에 데려다 놓으면 나는 방에 들어가서 옷을 갈아입히고 자리를 정리해주고 점심이 나오면 점심을 떠먹여 주면서 일주일 동안 하고 싶었던 말을 들어주는 일이었다. 간혹 책꽂이나 다락 같은 곳에 놓아둔 물건을 내려달라고 요청하면 내려주고 책을 좀 읽어달라고 하면 읽어주면 되었다. 그녀들은 누워서 들었고 그러다 보니 오랜 시간을 듣는 것은 어려워했다. 쉬이 피곤해지기 때문이었다.

먼 친척 언니는 애인도 없고 나이가 든 나에게 어떤 남자를 소개해 주겠다고 만나보라고 했다. 그러면서 중매인 노릇을 한 언니는 내가 그 남자와 만나고 그다음 날 손목에 금팔찌를 감고 있었다. 그쪽에서 중매해준 값으로 해준 패물이었다. 나로서는 참으로 괴상하게 느껴졌다. 이 지방의 관례가 그런가 보다라고 생각했다. 남자 여자가 만나는데 누군가가 끼어 소개비를 받는다니 참 이상스러웠다. 그 도시의 분위기가 70년대 80년대인 것처럼 사람들도 그렇게 살고 있었다.

그 남자는 처음으로 만난 그다음 날 우산을 쓰고 와서는 내가 강의 마칠 때까지 강의동 건물 로비에서 기다리고 있었다. 나쁘진 않았지만 그때까지 그런 일이 없었던 나로서는 여간 신경 쓰이는 일이 아니었다. 처음 만난 날 나쁘진 않았는데 그렇다고 내 마음에 아주 드는 남자도 아니었다. 얘기를 잘하고 전혀 부끄러워하지도 않으면서 여자를 잘 유도하는 노련한 남자일 것이라는 생각이 들었을 뿐이었다. 좌우간 그 남자와 몇 번을 만나면서 나는 서서히 남자에게 끌려갔다. 그렇게 만나면서 무슨 얘기를 했는지는 생각이 나질 않는다. 다만 머리가 약간 대머리이고 검은 테 안경을 쓴 전형적인 한국 남자 스타일이었다. 진중한 말투와 부드러운 느낌은 나쁘지는 않았다. 자신은 서울의 K대를 졸업했고 현재의 직장을 얻어서 산에서 주로 근무한다고 했다. 나보다 세 살쯤 위였다.

매주 내려가면서 강의 후에 남자를 만났는데 처음으로 입술을 허락해봤고 내 몸을 보여주었다. 그러나 아무런 느낌이 없었다. 남자는 나를 탐하는데 마치 짐승처럼 들이댔다. 나쁘진 않았지만 그렇다고 좋지는 않아서 나는 처음 자려고 했던 밤에 내 몸이 돌처럼 굳어서 남자는 내가 긴장했다고 생각한 것 같았다. 나는 그야말로 그냥 돌이 되었다. 남자는 부풀어 오른 그것을 넣어보려고 시도했는데 나는 더 돌이 되어갔다. 게다가 남자는 애무도 하지 않아 전혀 나의 긴장감을 해소해주지 못하고 나는 오히려 더 돌처럼 굳어갔다. 내 입에서는 결혼도 안 했는데 이럴 수 없다고 말했다. 남자는 황당해했다. 그래도 나로서는 어쩔 수 없었다. 그다음 번에도 그 남자는 침대에서 나를 빨고 핥고 그것을 들이대고 난리를 부렸지만 그래도 안 되니까 나한테 자기 것을 빨아달라고 요구해서 싫었지만, 시늉이라도 해주다가 나는 구역질이 나서 휴지통에다 대고 토했다. 역겹고 구역질이 나서 참을 수가 없었다.

나는 마음과 몸이 열릴 때까지 남자한테 나를 기다려 달라고 했건만 남자는 기다리지 못하고 술집 여자를 만나듯이 나를 만나려고 했다. 결혼하겠다고 나를 묶겠다고 그는 자꾸 양가 부모 상면을 주장했고 결혼을 서둘러 댔다. 할 수 없이 만난 지 한 달쯤 되기 전 3주째에 양가 어머니들끼리 만났다.

내 쪽도 서울에서 언니가 내려오고 시골에서 어머니가 오셨고, 그쪽은 홀어머니가 나왔다. 거기에다가 언니는 이 남자한테 나와 학력 차이도 나고 내가 계속 박사과정도 진학할 텐데 이해할 수 있겠느냐고 하여 그 남자는 그 길로 자존심이 망가졌는지 아니면 자신을 품어주지 못하는 나의 이상한 반응이 불쾌했는지 그 무렵부터 나에 대한 마음이 썰물처럼 빠져나갔다. 나는 온통 봉변을 당한 느낌이었다. 나의 남녀상열지사는 왜 이렇게 참혹할까 생각했었다. 나는 그 남자가 언니로부터 들은 말 때문에 기분 나빠하고 나를 제 것으로 하려고 이리저리 노력해도 안 되어서 결국 마음을 접은 것이라고 생각했다.

사랑한다고? 사랑이 아니라 맹수같이 자기가 먹고 싶은 먹잇감을 빨리 먹어치우고 싶은 남자의 전형을 보았고 나는 환멸을 느꼈다. 순수하지도 무조건적이지도 않는 이것이 과연 사랑인가 거래지 하는 생각과 자기가 좋은 게 있을 때는 먹으려고 달려들고 필요치 않을 때는 수없이 입으로 했던 사랑한다는 말을 쓰레기처럼 만들어 버리는 인간이었다. 거기에는 사랑을 말할 수 없었다. 사랑이 아니라 더러운 욕망이 번들거리는 밤거리의 니나노였다. 좌우간 나는 심히 상처를 받았다. 그래서 나는 우울해진 데다가 학교마저 한 학기만 하게 되었다.

　재단 이사장의 친척인 신임교수가 수업시수가 모자라서 나 대신에 가르치게 되었다는 후문이었다. 정말 웃기는 일이라고 생각했지만, 그쪽에서는 아무런 문제가 없었다. 시간강사는 6개월 단위로 계약이 되기 때문에 노동법상으로 문제가 없는 일이었다. 그러나 나중에 알았지만 그 계약이야말로 노동법의 정신에 위배되면서도 시간강사라는 직업이나 그 일을 하는 사람의 노동인권을 짓밟는 대학의 횡포라는 것을 알게 되었다. 나는 한국 남자와 한국 사회에 질려 버렸다.

　그 무렵에 나는 성당에서 그를 만났다. 전혀 내 타입이 아닌 그를 단원들은 단장으로 앉히고 나를 부단장으로 추대했다. 내가 보기에 그 사람은 단장감이 아니었다. 나는 분명히 부정적으로 말했는데도 단원들은 그를 단장에 앉혔다. 나보다 나이가 어린 단원들의 판단 실수였다. 그는 전에 만난 남자와 반대로 무척 수줍어했고 말 한마디도 나한테 거는 걸 힘들어했다. 그런데 나와 집이 같은 방향이어서 주회를 마치고 어느 순간부터인가 같이 가게 되었다. 그리고 내가 겪고 있는 고통스런 사랑 이야기를 그에게 하기 시작했는데, 내 생각에는 줄곧 내 얘기만 6개월을 한 것 같고 그는 아무 말 없이 오로지 듣기만 했다.

　나중에 생각하니 이 자체도 정상이 아니었다. 어느 한쪽이 일방적으로 말하고 어느 한쪽이 일방적으로 듣는다는 것은 이상한 만남과 대화일 뿐이었다. 어두운 찻길 옆의 인도를 그런 이야기를 하면서 30살의 여자와 32살의 남자가 나란히 6개월을 걸어서 이야기하고 들으면서 각자의 집으로 가곤 했다. 그러다가 마음속의 고통이 다 사라진 어느 날 끝없이 듣고 있는 그의 존재가 내 눈에 들어왔다. 그 순간 일방적으로 그 많은 시간 동안 내 이야기만 하고 들어준 그에게 미안한 마음이 처음으로 들었다.

나는 드디어 Y시의 남자로부터 벗어 나는 순간이었다. 한 번 마음을 주면 정리하는 데 시간이 걸리는 나의, 어쩔 수 없이 치러 내야 하는 고통이었다. 나는 너무나 미련하였다. 그 또한 너무나 나를 오래 기다리고 있었다. 그는 32살이 되었지만 특별한 직업 없이 어머니가 하는 작은 정육점에서 잠깐씩 가게를 보거나 하면서 하릴없이 배회하는 인생이었다.

그에게 약간의 관심을 둘 무렵의 어느 날이었다. 당시 나는 하숙을 여동생과 하고 있었다. 세 명의 자녀를 키우면서 집 앞 대학의 관리부서에 근무했던 바깥주인은 중류층 가정에 2층 양옥의 주택에 살았다. 안주인은 중년여성으로서 작은 애완동물을 키우면서 가족을 돌보고 종교 생활을 하면서 지냈다. 그들의 고향이 우리 자매와 비슷한 데여서 말씨도 같았고 정서적으로 수도 사람들에게서 느낄 수 없는 정감이 먼저 다가왔다.

어느 날 밤 여동생은 밤에 공부하다가 저녁이 좀 부족했는지 배가 고프고 고기가 먹고 싶다고 졸랐다. 그리고는 프란치스코 형제님 가게에 가서 고기 좀 구워달라고 부탁하면 안 되겠느냐고 말했다. 나는 난처하였다. 나의 심리적 거리가 그 형제에게 고기를 구워 달라고 부탁할 만큼 친한 게 아니었기 때문이었다. 그러나 여동생은 젖 달라는 아기처럼 졸라대었다. 나는 할 수 없이 그 형제에게 전화했다. 마침 교우 한 분이 와서 고기를 같이 구워 먹는 찰나라면서 흔쾌히 와도 된다고 그쪽에서 대답을 주었다.

두 형제가 나보다 나이도 많아 어려운 데다 밤에 고기를 구워 먹으며 술을 마시고 있을 남자들의 자리에 가는 게 싫었지만, 내키지 않는 마음을 추슬러서 여동생과 그의 가게에 갔다. 가게는 적당한 크기였지만 워낙 옛날 집 같아서 나의 인상을 불쾌하게 하였고 가게에 달린 작은 방에 두 형제가 고기를 구워 먹으면서 소주 한잔을 하고 있었다. 나는 그때만 해도 그런 분위기를 싫어했다. 술 마시고 떠들썩한 걸 별로 좋아하지 않았기 때문이었다. 그 나이 되도록 짝을 만나 결혼도 하지 못하고 사귀는 여자도 없이 쓸쓸하게 지내는 두 형제였고, 여동생과 나는 20대 중후반의 아가씨들이었다.

우리가 들어서자 반갑게 맞아주면서도 그는 수줍어하였다. 다른 한 형제는 프란치스코는 자매들 둘이 오니까 꽃등심을 내놓는다고 놀렸다. 나는 그때만 해도 육고기를 잘 먹지 않았기 때문에 꽃등심이 뭔지도 몰랐다. 시골에서 자라서 고기를 구경하기 힘들었고 주로 육고기보다는 생선을 자주 먹었던 탓인지 불판에다 고기를 구워 먹는 모습은 그렇게 익숙하지는 않았다. 나의 집안은 주로 자매들이 있다 보니 술을 마시는 분위기에는 익숙지가 않았다. 남들이 보면 재미없어 보이지만 여성들이 많았던 우리 집은 깨끗하고 조용한 집안 분위기와 전통적인 농가의 분위기가 어우러진 집이었다. 농사철에는 바쁘고 겨울에는 조용한 그런 집이었다.

그 날밤 그들과 즐거운 한때를 지내고 나서부터 프란치스코와 나는 자주 만나게 되었고, 대학교의 정원에서도 만났던 어느 날 나는 그와 첫 입맞춤을 했다. 그것도 그가 요구해서 한 것이었는데 감미로웠기에 그에 대해 좋은 생각을 지니게 되었다. 그러던 것이 이후에 그의 고향이기도 했던 지방에서 강의를 마치고 역에서 만나기로 한 날이 왔다. 역에서 그를 만나보니 먼저 와서 막차 기차표를 구입해 놓겠다던 그는 약속을 어겼고, 나는 그런 그를 무척 비난했다. 갑자기 머리가 뽀얗게 되는 순간이었다. 그 머릿속에는 기차 아니면 버스라도 타면 될 거라는 생각은 자리할 수도 없이 마치 운명의 소용돌이 가까이에 와 있는 듯했다. 질타하는 나에게 가련한 눈빛을 보내면서 한 번만 같이 있어 주라고 그는 애원하고 있었다. 나는 그의 눈빛을 외면할 수가 없었다. 마치 온 마음을 다하여 자신의 바람을 가련하게 눈빛에 담아서 나에게 호소하고 있었다. 그 눈빛에는 나의 고집과 아집, 바른길만 가려는 올곧음도 흔들렸다. 그 눈빛만 아니었어도 그날 밤 그와 맺어지지는 않았다.

막차도 떠나고 버스를 타고 돌아올 결심도 못 하던 나는 그와 함께 그의 고향 친구들과 저녁 식사와 술을 한잔하고 친구들이 돌아간 다음 둘이서 그의 고향집에 들어갔다. 좁은 마당과 작은 단층 슬래브집이 옹색한 그의 고향집이었다. 사람이 살지 않은 채 냉장고는 돌아갔다. 가족들이 전부 수도로 이전하여 작은 전셋집에 살고 고향집은 살림을 둔 채 오가곤 했던 모양이었다. 마당도 손바닥만 해 초라한 그의 고향집과 불결하기 그지없는 화장실, 내가 꿈꾸던 결혼 배우자의 집안과는 너무나 먼 풍경이었다. 그곳에서 나는 그와 맺어져 선혈이 흐르는 몸으로 바깥에 있는 불결한 화장실을 써야 했다. 그런 끔찍한 풍경과 나의 처녀

혈은 화장실에서 절망으로 울부짖고 있었다. 마치 뜨거운 불판에서 선홍색 꽃등심이 점점 적갈색으로 익어가는 것처럼 나의 연애에 대한 환상도 무참하게 죽어갔다. 그와의 맺어짐은 그렇게 조각난 거울처럼 나의 인생을 망가뜨리고 있었다.

그러고 나서부터 그는 이상해지기 시작했다. 말을 이상하게 많이 하고 밤에도 계속 전화해대고 낮에도 불러내고 내가 정상적으로 생활하기 힘들 정도로 나를 찾았다. 그러고는 돈도 나한테서 5만 원을 빌려달라고 했다. 어디에다가 쓰는지도 몰랐다. 그의 고향에서 올라오면서 나는 기차 안에서 들떠서 혼잣말로 떠들어 대거나 그가 보여준 이상행동에서 그가 정신병증을 가진 비밀을 안은 채 우리 단체에 와서 활동했다는 것을 알았다. 정신이상이 재발한 그는 예전의 부드럽고 선한 눈빛 대신에 불안과 초조, 광기 어린 눈빛을 순간순간 드러내었다. 나의 반응에 민감하면서 내가 부정적인 소리를 하면 날 공격하거나 윽박지르기도 하더니 급기야 소리를 지르기도 하였다. 할 수 없이 그의 심기를 건드리지 않기 위해서 그에게 듣기 좋은 말만 하고 그에게 미소와 부드러운 얼굴로 대하거나 부드러운 말씨를 건네야 했다. 그런 나의 내면은 그런 그를 대하고 있는 것도 불안하고 공포스럽거나 두렵기조차 하였지만 애써 감추면서 그를 부드럽게 대해야 했다. 나는 마치 미치광이에게 먹힌 것 같은 생각이 들었다.

결국 증세가 심해져서 가족들은 다시 그를 정신병원에 강제로 입원시킬 수밖에 없었다. 병원에 들어가면 그로부터 보름 동안은 가족과의 면회도 단절되었다. 담당 의사의 허락이 있기 전에는 면회가 되지 않는 것은 환자의 심리적 안정을 위해서였고 어느 정도 증세가 호전되면 면회가 허락되었다. 그러다가 정신병원에서 먹은 김밥으로 인해 감염되어 육신의 병을 얻어 대학병원에 옮겨서 입원하게 되었다.

나는 그가 입원한 후 지독한 정신적 충격 속에서 머리가 마치 넋이 나간 사람이 되었고 지끈지끈 아팠다. 심한 두통과 가슴 통증이 오고 그와 기차를 타고 그의 고향을 떠나오면서 그가 보였던 이상행동으로 공포와 두려움, 충격과 절망 속에서 헤매고 있었다. 꿈에는 그가 나타나서 나를 괴롭혔다. 그가 정신이상 환자였다니 충격과 절망은 나를 앓게 했다. 그러면서 그를 피하여 멀리 떠날까도 생각하였지만, 여동생과 함께 어디를 갈 수도 없다. 이 동네를 떠나서 다른 곳에서 살면서 그와는 단절하는 것이 방법일 것이라고 몇 번이나 생각이 미쳤지만, 쉬이 떠날 수가 없이 나의 몸은 이 상황에 이 동네에 이 일터 주변에 몸져눕듯이 꼼짝달싹할 수가 없었다.

언젠가 정신이상이 된 그가 나에게 전철 안에서 윽박지르거나 겁을 주기도 하며 신문을 갈기갈기 찢던 행동은 다른 사람들에게도 창피하였고 공포심을 불러일으켰다. 그가 병원에 들어가고 그의 광기로부터 벗어나서 자유로워졌을 때도 나의 머릿속은 여전히 괴로움으로 가득 찼다. 세상이 뒤집혀 있었던 나의 정신상태는 무력하고 짙은 우울과 공포, 두려움, 불안으로 가득하였다. 하루하루 버티기도 힘들었다. 그런 가운데 여동생이 어느 날 나에게 그를 면회 가야 하는 게 아니냐고 말했다. 나는 그를 다시는 보고 싶지 않았기에 둘이서 사랑해서 형제가 저렇게 정신이상을 일으킨 것인가도 생각되는 자책감과 쓸쓸함, 도망치려는 비겁함,

두려움이 엄습하는 가운데 착한 여자 콤플렉스는 끊임없이 나를 나락으로 빠뜨리려고 함몰시키고 있었다.

내가 왜 가야 하느냐고 냉정히 말했지만 찔리는 양심은 나를 착한 여자로 몰아가고 있었다. 분명히 그를 다시 만나게 되면 나의 헤어질 모진 결심을 무너뜨릴 것이라고 생각하니 내키지 않았다. 그는 우리 단체의 단장이라고, 부단장으로서 가보라고 여동생은 권했다. 나는 그 말에 등이 떠밀려 전철을 타고 소음에 시달리면서 마음은 무거운 것에 짓눌리면서 대학 앞 병원으로 건너가는 신호등 앞에 선 것이었다.

신호등은 나를 자꾸 건너오라고 했다. 그것도 빨리 건너오길 신호등은 녹색을 켜놓고 기다리고 있었다. 그날만은 온종일 빨간 신호등이 켜져서 건너오지 말길 간절히 바랐다. 그러나 고장 나지 않은 신호등은 정상적으로 기계적으로 빨간색과 녹색으로 자꾸 바뀌고 있었고 버스나 택시, 자가용과 간혹 보이는 용달차들이 정지 신호에서는 잠깐 서 있다가 녹색으로 바뀌면 물처럼 흘러갔다. 대학생들이 신호등에 녹색이 들어오면 학교를 향하여 부지런히 걸어서 건너갔다. 나는 마음으로 하염없이 울었다. 건너기 싫은 것을 건너야 한다는 생각과 그냥 다시 돌아갈까도 여러 번 마음은 갈팡질팡하였다. 분명히 건너고 나면 나는 그에 대해 모질게 먹은 마음을 무너뜨릴 것 같았기 때문이었다.

내 인생에 그가 들어오고 그의 광기의 인생에 내가 들어가고 있었기 때문이다. 이 이상 더 전진하지 않는다면 모든 것은 여기에서 끝이 난다고 생각했다. 그를 피하고 시기를 봐서 그가 병원에서 퇴원하기 전에 아예 사는 동네를 떠나자고 여러 번 생각했다. 그러나 그 무엇도 헤쳐나가기에는 나에게 역부족이었다.

몇 번의 망설임 끝에 신호등을 건너 내키지 않은 발걸음으로 그의 병실을 찾아갔다. 그의 병실은 6층에 있었다. 널따란 캠퍼스 옆에 거대한 건물로 우뚝 솟은 병원은 마치 짐승의 아가리 같았다. 나는 마치 요나가 큰 고래에 잡아먹혀 그 내장으로 들어가는 것처럼 운명의 배 안으로 들어가고 있었다. 요나는 사흘 동안 삶과 죽음의 운명을 고래의 위 속에서 지냈다. 그러고는 내뱉어져서 요나는 니네베로 갔다. 요나는 자신을 태운 배가 사나운 풍랑에 마주하여 모두들 죽을 위기에 처했을 때 자신이 신의 명령을 거역하기 때문이라는 것을 알고 어쩔 수 없이 자신을 제물로 바다에 던지라고 뱃사람들에게 말해야만 했다. 자신 때문에 죄 없는 그들을 죽게 할 수는 없었다. 이방인에게 회개를 선포하는 것이 싫었던 요나였다. 더구나 제 민족을 괴롭힌 니네베에 신의 심판 대신 구원을 가져다주긴 싫었던 요나였다. 요나를 던져넣은 바다는 잠잠했었지만 내 운명의 바다는 그때부터 더욱 거칠게 파도치기 시작했다.

병실을 찾아 들어가니 2인 병실의 정문 벽 쪽 침대에서 벽에 기대어 앉아 있던 그는 마지막 봤을 때의 광기와 지칠 대로 지친 얼굴 모습은 어디로 가고 온화하고 피로가 걷혀 하얗게 반짝이는 이제까지 본 적이 없는 평온한 얼굴로 환자복을 입고 있었다. 그리고 침대 가에는 그의 어머니가 병간호하고 있었고, 그의 누이동생이 그의 곁을 지키고 있었다. 두 모녀는 아픈 아들과 오빠를 위해서 밤을 지새운 모양인지 피곤에 지쳐 있었다. 그는 나를 보면서 반갑게 웃었지만 이내 눈물을 흘리면서 와주어서 고맙다고 했다. 그의 어머니는 애가 아가씨는 꼭 돌아올 거라고 몇 번이나 말하곤 했다고 내게 말했다. 그러면서도 그의 어머니는 나에게 그를 병간호 해주었으면 하는 마음을 내비쳤는데 나는 곧 가야 한다고 말했다. 결혼도 하지 않을 사람에 대해 내가 병간호를 해야 할 이유가 없다고 마음에서 소리쳤다. 그냥 부단장으로서 단장님을 면회 온 것이라고 그의 어머니에게 일러주었다. 그의 어머니는 실망하는 표정이었다. 나는 그나 그의 어머니나 욕심이 많은 사람이라고 생각했다.

그가 정신이상을 일으켜 병원에 강제 입원당한 후 나는 그의 어머니가 하는 정육점에 찾아가 그에 대해 이것저것을 물었을 때 그의 어머니는 사실대로 다 말해주지는 않았다. 나중에 그와 불행한 결혼을 하고 난 뒤 그가 자기 입으로 이야기한 바에 의하면 그는 이미 중학교 시절에 정신병원에 한 달을 입원한 적이 있었고, 그 후 완치된 것 같아 대학교에 입학하고 군대도 갔단다. 그러나 군대 제대 말년에 위의 부사관에게 바둑판으로 머리를 맞고는 쓰러져 국군통합병원에 입원했는데 정신이상을 그때도 일으켰고 결국엔 의가사 제대를 하게 되었다. 하사관에게 맞은 이유는 취사병이었던 그가 식사 시간 이외에 음식물을 반출했기 때문이었다. 배가 고프다고 밥을 달라고 청한 장교에 대해 명령을 거부할 수도 없었다고 한 게 그의 항변이었다. 나중에 그의 친구에게 들은 것인데 군대에서 머리를 다친 이후 그는 자주 정신이상을 일으켰다고 하였다.

그런 그는 정상과 비정상을 오가며 살았다. 죽음을 생각하고 자살도 몇 번이나 생각했으나 실행을 할 수 없었다고 한다. 그의 어머니는 이런 사실을 나에게 말해주지 않았다. 그는 한 마디로 삶과 죽음 사이에서 괴로워하면서 어머니가 입교하자 자신도 입교하여 고향 성당에서 영세를 받았고 수도에 와서는 우리 단체에 들어왔다. 그는 결혼할 수도 없는 사람이었고 결혼해서도 안 되는 사람이었다.

그와의 짧은 면회를 마치고 나오니 마지막 남은 힘마저도 빠진 것 같았다. 바깥으로 나오니 벤치가 있어서 잠시 앉았다가 일어나 다시 신호등 앞에 섰을 때 고집스런 나의 마음이 미세한 균열이 나는 걸 알았다. 그 후 나는 한 번 더 그에게 면회 갔다. 가서 과일을 주고 휠체어에 그를 태운 채 병원 정원을 잠깐 산책하였다. 그와 나눈 대화는 부드러웠고 예전의 그로 다시 돌아와 있어서 안심이었고 다시 그에게 다정했던 마음으로 돌아온 나를 발견하였다.

일생 동안 병원에 들락거리면서 정상과 비정상을 오가며 경계 지점에서 살아가야 하는 그의 운명을 보면서 나는 그와의 결혼은 하지 말 것이며 더는 만나서는 안 된다고 수없이 마음속으로 소리쳤다. 그의 상냥한 말소리를 귓가에 이는 바람 소리처럼 들으면서.

그때 병원 정원에는 그와 나의 고단한 인생에 흐르는 강을 붉게 물들일 영산홍이 흐드러지게 피어 봄바람에 조용히 흔들리고 있었다. 요나가 뒤늦게 신의 자비에 가슴을 치며 눈물 흘렸듯이 나는 그와 10년간 산 후 헤어졌을 때, 신의 품에 안겨 그를 더 이상 사랑해줄 수가 없어졌다고 거짓 없는 내면의 깊은 고백을 하면서 슬피 울어야 했다.

행복한 여자들

어머니들이 모두 바깥 외출을 나간 날이었다. 채희(娸熙)는 그 날 아들을 학교에 보내고 몸이 좋지 않아 어머니들과 함께할 수 없었다. 마음의 괴로움이 몸의 병을 가져왔다. 늘 우울하면서도 내면으로부터 오르는 분노를 조절하기가 힘들었다. 그런 상황이 라서 어디를 간다는 것이 쉽지가 않았다. 불안이 마음을 위태위태 하게 하였다. 앞날에 대한 걱정이 앞섰다. 그녀가 이 집에 들어오 고 어느덧 석 달이 지나가고 있었다. 어느 정도 시설 생활에 적응 은 되었지만, 마음이 여전히 편할 수 없는 것은 이곳에 계속 있을 수 없다는 것이다. 기본적으로 6개월 정도 나라의 지원을 받으며 보호를 받다가 이 안에서는 웬만하면 자립하여 나가기를 바라고 있었다. 그러니까 이 집은 잠시 머무는 공간이다. 채희는 세수하 고 제 방에 들어와 스킨과 로션을 발랐다.

어느 순간부턴가 거울을 다시 보게 되었다. 처음 이곳에 들어 올 때만 해도 거울을 바라보지 못했다. 자신의 몰골이 스스로도 끔찍해서 거울을 피했다. 세면장 벽에 붙어 있는 거울을 마음 없이 쓱 지나가듯이 본 것이 다였다. 그녀는 거울을 마주하기가 두려웠다. 거울을 보면서 자신의 얼굴을 직시할 수 없었고 오히려 두려웠다고 하는 편이 맞았다. 며칠 전 문득 거울에 비친 그녀의 얼굴에 대해 깨닫게 되었을 때 '저것이 내 얼굴이구나' 했고 거기에는 한없이 낯설고 지친 어떤 여자가 무표정하게 이쪽을 내다보고 있었다.

그러니까 지난겨울 그 끔찍한 일을 겪으면서 마음의 상태가 복잡하고 불안과 공포로 휩싸이기 시작해서 거울을 들여다볼 정도로 찬찬히 뭔가에 집중할 수가 없었다고 하는 것이 옳았다. 그러나 오늘 아침은 웬일인지 채희는 세면장의 거울도 보았고 지금 방 안에 홀로 있으면서 조그마한 거울을 꺼내어 자신의 얼굴을 보면서 기초화장을 했다. 얼굴색은 지쳐 보이면서 생기가 없었다. 그리고 윤기가 없이 푸석푸석한 느낌의 한 여자가 거울 밖 현실의 채희를 무표정하게 바라보고 있었다. 채희는 느른하고 무거우며 기운이 빠지는 몸을 추스르며 기초화장을 마무리했다. 그리고 벽에 기대어 놓은 작은 상 위에 놓아둔 물컵을 손으로 잡고 마셨다. 물은 차가운 것도 아니고 그렇다고 미지근하지도 않았다. 인후를 타고 내려가는 물길이 목 안에서 자꾸 막히는 것 같아서 목에 뭔가 걸리는가 생각했다. 물도 목에 걸리다니 기가 막혔다. 왜 물마저도 목에 걸린단 말인가. 그녀의 속은 그야말로 불 앞에 풀어둔 화약이었다. 그 화기가 자꾸 내장의 곳곳에 숨어 있다가 목으로 올라오곤 했다. 채희는 그 불쾌감을 견디고 있었다. 그리고 생각난 듯 늘 복용하고 있는 혈압약을 꺼내고는 약포를 찢었다.

약을 먹고 난 뒤 채희는 지난 석 달의 일을 생각해 보기 위해 접어둔 일기장을 폈다. 이제 일기장은 몇 장 남지 않았다. 여기를 들어오고 난 후 모든 일을 그만두게 된 채희에게 남아도는 것이 시간이었으나 이 시간에 대해 완전히 주인이 될 수가 없었다. 이 유는 갑자기 개강한 지 한 달 반도 채 안 되는 학교 강의를 모두 그만두고 여기에 숨어들어온 이후 주체할 수 없는 시간이 그녀를 무기력하게 만들었다. 그리고 공식적인 모든 일을 접고 폐쇄된 이곳에 오니 아무런 의욕이 나지 않았다. 그동안 빡빡하게 살아온 일상이 한꺼번에 와르르 무너져 내렸다.

원장이 하는 행사나 이곳의 계획에 따른 바깥 외출 이외에 원장의 허락 없이는 아무도 외출을 할 수 없었다. 혼자 겉돌아서도 안 되지만 정확히 식사하는 시간, 잠자는 시간과 외출에서 돌아오는 시간만은 엄수하기를 원장은 어머니들에게 자주 말하곤 했다. 원장은 이곳이 가정폭력에 시달리다가 나온 어머니들의 임시 피신처이며 보호하는 시설이라고 하였고 자신은 시설장의 입장에 있으므로 따라주길 바란다고 누누이 말했다.

원장은 사회복지사로 호봉 수가 높은 경력 여성이었다. 그리고 그녀의 밑에 두 사람을 두었는데 그중에 한 사람은 남편과 이혼하고 아들을 혼자 키운 여자로 이곳 시설에 들어와 살다가 자립했고 한 사람은 미혼의 독신 여성이었다. 원장은 이곳에서 어머니들에게 작은 신이었다. 그러나 그녀는 이미 갱년기를 지난 여자로 큰 키에다 살집이 붙어있었다. 스스로 대학을 나온 엘리트입네 했고, 자신의 친정 집안은 자녀가 많으면서 배경이 좋고 형제들이 모두 대학을 나왔다고 했다.

이곳 어머니들의 입장에서는 원장의 사회적 가정적 배경만으로 도 기가 눌렸다. 원장은 남편의 폭력을 견디다 더 견딜 수 없는 여성들을 그들의 폭력으로부터 지키는 파수꾼 노릇을 하였다. 그 러면서도 어머니들이 데리고 나온 어린 자녀들과 함께 지내는 그 좁고 폐쇄된 공간에서 군림하였다. 목소리가 크고 영을 세울 때 는 아주 엄하게 매까지 드는 그녀는 약한 처지에 놓인, 가정폭력 에 시달리다 결국 피를 흘리면서 숨어들어온 여자들에게 두려운 존재였고 시종일관 그녀의 눈치를 보고 있었다.

만약 원장에게 잘못 보이면 불시에 그곳에서 퇴소당할 수도 있었고, 그곳에 머무르더라도 여러 가지 불이익과 다른 어머니들 로부터 괄시를 받을 수도 있었다. 무리로부터 멸시와 천대를 받 는 것만큼 두려운 일은 없을 것이기 때문이었다. 어머니들은 원장 의 심기를 거스르지 않기 위해서 말이나 행동에서 조심하였고 늘 원장님 원장님 하면서 추켜세우거나 원장을 대신하여 공장에서처 럼 작업반장 행세를 하려는 여자도 있었다. 은근히 잘해주는 척 하면서 원장 다음으로 어머니들에게 이래라저래라 하면서 지시하 거나 행세하려고 했다.

원장과 한 조가 되거나 그 여자와 한 조가 되거나 빌붙은 여 자들은 가지각색의 놀음을 했다. 같은 여자인 원장의 무릎에 앉 아서 아양 떨거나 같이 누워있거나 그녀의 결린 어깨나 다리를 주물러 주는 여자도 있었다. 원장을 대신하여 어머니들이나 아이 들에게 영을 세우거나 집 안의 청소나 정리, 식사 당번을 짜고 식 사 준비하는 동안도 어머니들의 옆에서 이것저것 지시하기도 했 다. 어머니들로서는 원장과 반장 노릇을 하는 여자에게 잘하려고 애썼다. 그녀들의 심기를 건드리지 않으려고 애썼다.

2009년 5월 2일

이곳에 오고 한 달이 조금 더 지났는데 아들이 아직도 이곳 생활에 적응이 안 되는지 여기를 나가자, 다른 곳으로 이사 가자고 조르고 있다. 아이는 그것이 안 되자 나를 원망하는 마음이 많아진 것인지 나에게나 다른 어머니들에게나 선생님들께도 불만스러운 태도로 대하는 것 같다. 아이가 현실을 받아들이고 적응해 나가길 바라는 것은 어른의 폭력적인 생각일까. 늘 이곳을 나가자고 입버릇처럼 말하는 아이를 보면서 나의 마음은 답답해진다. 그러나 나는 아이와 다르게 안정을 점점 되찾아 가고 있다. 앞으로 한 달이나 한 달 반 이후에 남편과의 문제를 해결하도록 해야겠다.

지금도 그는 정신병원에 입원해 있는지도 모르겠다. 그리고 설사 일시적으로 안정이 되어 퇴원한다고 해도 혼자 지내는 것도 나와 아들이 없는 것으로 인해 또 질병을 재발시킬 가능성이 높다. 아니면 입원 시에 나의 면회가 없으므로 내가 더는 같이 살 의사가 없다는 것을 알고 충격을 받아서 병이 더 심해져 입원 기간이 길어지든지 아니면 자신의 마음을 추스르고 나를 포기함으로써 가장이라는 무거운 짐을 벗고 평안을 찾게 될지 여러 가지 상황을 생각해 볼 수 있다.

한때 나에게 희망을 두었고 인생을 걸었던 사람. 그러나 그의 꿈은 이제 깨어지려고 하고 있다. 나의 배신이라고 그는 생각하겠지. 나는 그 사람을 감당하기에 역부족이었다. 나가려는 며느리에게 시어머니가 한 말은 결국 참아내지 못하고 나가려고 한다고 핀잔을 주었다. 희망이 없고 병들게 하는 긴 시간을 참아야 할 이유가 없다고 생각했다. 그 누구나 결혼생활에서 희망 없는 암울한 결혼을 원하지 않는다. 알코올과 정신질환으로 아이와 나를 괴롭히는 것까지 참고 살아야 할 이유가 없었다. 그것은 참고 살아야 할 것의 삶이 아니었다. 탈출해야 할 삶에 지나지 않았다.

남편과 분리되어 쉼터에 와 있으면서 지난 한 달 동안 그의 존재를 잊어버리고 지내니 너무 좋았다. 몸도 마음도 편해진 것이다. 남편이 나를 놔주지 않으면 소송이라는 방법도 생각해야 하는데 나는 남편이 이제는 나를 놔주었으면 좋겠다. 지난 십 년은 남편에게도 나에게도 고통스런 시간이었다. 거기에서 그 사람도 나도 편해져야 한다. 어차피 결혼하지 않는 게 좋을 사람이 무리하게 결혼하여 자식을 낳고 자신을 비롯하여 아내와 아이까지 불행하게 만드는 결혼을 그는 왜 하려고 했는지 모르겠다. 그리고 왜 내가 결혼은 최소한 1년을 두고 생각해 보자고 하였을 때, 막무가내 밀어붙이려고 밤마다 하숙집에 찾아와서 난리를 피웠는지 모르겠다.

가장으로서 아무 책임도 질 수 없는 사람이 왜 무리하게 결혼을 해서 한 여자를 묶으려고 했을까 싶다. 그래도 그 사람은 이 여자라면 다시는 자신을 떠나지 않고 잘 살아줄 거라고 믿었겠고 믿고 싶었겠지. 그것은 그의 어리석음이라고 생각한다. 그냥 육체관계로 맺어지고 양가의 친척들과 함께 신의 앞에서 그를 평생 사랑하겠노라고 맹세하고 자식을 낳으면 어떻게든 여자는 가정에 파묻혀 줄 거라고 너무나 안이한 생각을 한 것이다. 그런 결혼에 대한 안이한 생각은 남편만이 아니라 나 역시 젊음과 나의 일, 남편을 사랑하는 자비심을 생각하면서 충분히 유지될 것으로 생각했다. 그러나 두 사람의 안이함은 아이의 발달 장애, 남편의 정신질환, 경제적 파산으로 서서히 붕괴했다.

채희가 1366에 전화하여 아들과 자신의 생존을 의탁했을 정도의 절박함이 있었던 날은 경찰 부르는 일이 있고 이틀 정도 후에 그러는 와중에서도 아버지의 병원 진료를 마치고 난 후였다. 그것이 정확히 3월 11일에 남편 몰래 집을 옮기고 4월 중순이었으니 한 달 정도 옮긴 반지하 거처에서 살다가 이곳 시설로 들어왔다.

개강을 하고 한 달이 되었을 때 정신질환으로 정신없는 지아비를 피해서 시설로 들어와서는 학과장을 만나 강의가 어렵겠다고 알리고 지방의 학교에는 그쪽에 소개해준 해당 학과 교수에게 전화해서 강의가 불가능한 상태가 되었음을 알렸다. 그곳은 보호 시설이므로 머물러 있어야 했고 바깥출입이 자유롭지 못한 것은 배우자로부터 2차 피해를 막기 위한 것과 나올 무렵 어머니들의 정신 상태가 불안과 공포와 트라우마 속에 있어서 안정을 기하기 위한 목적이었다.

이곳에 들어오던 날도 아들은 학교에서 수업을 끝내고 왔고, 채희도 강의를 마치고 집에 돌아와서 대충 당장 필요한 것들과 옷가지를 싸서 두 개의 가방에다 아무렇게나 넣어서 들고는 남편을 만날까 봐 두려운 마음을 견디면서 아들과 택시를 잡아타고 H대 앞까지 왔다. 학교 정문에 내려서 기다리고 있으니 마르고 왜소한 어떤 여자가 나왔다. 아들과 채희는 그 여자를 따라서 길을 건너 약간의 언덕 진 곳에 있는 빌라 숲이 시작되는 초입에 있는 지은 지 15년쯤 되어 보이는 빌라로 들어갔다. 그 건물은 외관에는 그 무엇도 쓰여있지 않았다. 그 이유는 이 시설이 가정폭력에 시달리다 집을 나온 여성들의 쉼터로 아무도 알 수 없는 비밀 은신처였기 때문이었다.

이곳에 들어오는 여자들은 대개가 들어올 때 온몸에 멍이 들거나 군데군데 멍이 들어있었고 여기저기 상처가 나 있었다. 그리고 제대로 눕거나 몸을 일으키기 힘들 정도로 남편에게 맞아서 들어온 여성도 있었다. 온몸에 멍이 들어서 보기에도 민망하고 끔찍한 폭력의 참상은 고스란히 육체에 새겨져 그런 자신을 바라보고 남편과의 이혼을 결심하거나 남편이나 시댁과 타협하면서 돌아갔다가는 다시 시설로 돌아오는 경우도 있었는데, 대개는 거의 이혼하기에 이르렀다. 다만 이혼하여 남편과 정리하더라도 아내들이 더 이상 폭력에 노출되지 않고 심지어는 살해의 위험에까지 노출되지 않도록 보호해주는 시설이었다. 이혼하더라도 안전한 상태에서 이혼이 되어야 할 것이 아닌가.

어떤 여자는 들어올 때 청바지에다 녹색 티셔츠를 입고 중간 정도 크기의 기내 가방을 가지고 자신의 오빠와 들어왔다. 그녀의 오빠는 교수 생활을 하면서도 여동생에 대해 가해지는 매제의 폭력에는 속수무책이었다. 여동생을 일단 안전한 곳으로 숨겨놓고 그녀를 위해 집을 얻는 대로 다시 데리러 오마 하고 나가서는 이틀 만에 다시 와서 데리고 나가기도 했다. 물론 그 말쑥하고 지적인 분위기를 풍기는 정장 차림의 남자가 그녀의 말대로 친오빠라하였지만 아닐 수도 있었다. 친오빠를 가장한 남편 몰래 만나는 외간 남자, 내연의 남자일 수도 있겠지만 어머니들이나 원장과 선생들은 그 누구도 그녀의 말을 의심하지 않았다. 그녀의 말 그대로 믿었다.

그녀는 몸을 일으키는 데도 잡아줘야 할 정도로 심한 폭력에 육신이 망가져 있었다. 그리고 남편의 의처증이 결국은 그녀를 산으로 끌고 가서 다른 남자와 잤다고 말하라고 무차별 손찌검과 발길질 끝에 목을 조르기 시작했는데, 그녀는 죽음의 두려움에서 있지도 않은 사실을 오직 남편의 손아귀로부터 살아남기 위해 거짓 자백을 했다. 외간 남자와 잔 적도 없는 사람에게 의처증으로 잤다고 자백하라고 폭력적으로 강요하던 남편은 그제야 손을 놔주더라고 허탈해하면서 들어온 경위를 이야기한 여자는 차라리 담담했다.

그 틈에 재빨리 도망을 쳐서 자신의 오빠에게 연락하여 이곳으로 피신해온 것이었다. 그 누구도 알 수 없는 비정상 가정의 비정상적인 아비들에 의해 벌어지는 물리적인 폭력은 대학을 나오고 집안도 괜찮은 그녀의 자존감을 짓밟고 나락으로 떨어지게 했다. 그것이 결국 대학 시절 사귀었던 같은 과 남자 친구가 남편과 같은 동창이라 고교동창회에서 술 마시며 이야기한 추억담 때문에 의처증이 와서 그렇게 파국으로 치닫게 했다. 심지어 그녀의 이야기에 따르면 남편은 하루도 빠짐없이 그녀를 탐했는데 처음에는 남편이 자신을 무척 좋아해서 그렇구나 생각한 것이 나중에 보니 그 도가 지나쳤다. 그녀의 아래가 거의 상처가 날 정도가 되었을 때도 집착하는 병적 증세를 보인 때문에 그곳에 들어왔을 때, 그녀의 아랫도리는 상처투성이가 되어 제대로 걷지도 못하는 상태였다. 그 고통을 어떻게 친오빠한테 이야기할 수 있었겠는가? 그래도 그녀는 배경이 좋은 집안에서 태어난 탓인지 아니면 선천적으로 낙천주의자인지 이제 여기에 들어와 보호받고 오빠가 자신을 위해 집을 마련해주고 그런 난폭한 남편과 안 살아도 되니 해방이라고 기뻐하였다.

아직 초등학교에 들어가지 않은 어린 딸을 데리고 온 어머니는 첫 남편으로부터 폭력에 시달리다 못해 이혼하고 재혼하였는데 그 사이에서 여자아이를 낳았지만, 두 번째 남편도 역시 그녀를 때리기 시작했고 결국은 딸까지 손찌검하더라는 것이었다. 그 어머니가 딸과 여기에 들어왔을 때 어머니의 이마에는 피가 흘러내리고 겉옷에는 여기저기 핏자국이 낭자했다고 한다. 얼마나 끔찍스러운 남편이었나를 짐작하는데 어렵지 않았다. 그 어머니의 어린 딸은 스케치북에 여자 남자를 그릴 때면 음모를 그리곤 하였는데 어느 날 채희의 아들이 그걸 무심히 볼 때 채희는 그 그림을 치워버리고 싶은 충동이 일었다. 그 아이와 아들이 어울려 노는 게 마음이 놓이질 않았다.

한 번은 바깥이 소란하여 나가 보았더니 이 집과 마주 보는 건너편 빌라에 사는 60대 중반의 여자가 아들과 금옥(錦玉) 씨 딸에게 야단을 치고 있었다. 금옥 씨의 딸이 그 집 쓰레기봉투 속에 든 장난감을 아들에게 시켜서 빼내 달라고 했던 모양이었다. 아들은 남의 집 물건에 손대는 걸 모르는 아이여서 주저주저하다가 금옥 씨의 딸이 집요하게 강요하여 할 수 없이 쓰레기 주머니를 풀고 그 안에 들어있던 플라스틱으로 만든 소녀 인형을 고사리손으로 꺼내다가 마침 집에서 나오던 여자가 그것을 보고 아이들에게 야단을 쳤다. 그땐 채희도 금옥 씨의 딸에게 다음부터는 아들에게 그런 거 시키지 말라고 다짐을 해두지 않을 수 없었다. 오빠 오빠 하면서 따라다니며 아들을 피곤하게 할 때도 있었으나 둘은 매일 아침을 먹으면 같이 시설을 나가서 근처 초등학교로 향하곤 했다. 봄비가 오던 날 두 아이는 장화를 신고 우산을 받쳐 들고 나란히 등을 보이며 학교로 갔다. 그 어떤 비극적인 가정사를 겪지도 않은 아이들처럼 유쾌하게 재잘대며 걸어가는 모습이 우중충한 하늘을 맑게 했다. 채희는 다행이라 해야 할지 착잡한 마음으로 아이들을 오래오래 현관에서 배웅하면서 모퉁이를 돌아 보이지 않을 때까지 바라보았다.

지상에 내려온 하늘의 천사는 가엽게도 고난을 당하였지만, 날개를 다시 추스르고 아무렇지도 않게 날아가고 있었다. 형제가 없었던 아들에게는 그런 처지의 여동생이 생긴 것도 다행이었다. 아들 역시 아버지에게 몹쓸 짓을 당한 처지라 쉼터에 와서 알게 된 어린 소녀와 동병상련의 상처를 말하지 않고도 서로 놀면서 치유해가는 모습이 오래오래 채희의 가슴을 매이게 했다. 둘이 모퉁이를 돌아 자취를 감추듯이 상처 입은 아이들은 거기에 없었지만 채희의 마음에는 길 가운데 패인 아스팔트 길의 작은 상처 속에 괸 물처럼 눈물을 애처로이 머금고 있었다.

정육점을 하던 젊고 미모인 여자는 처녀로 전처의 아이 남매가 딸린 남자에게 시집을 갔다. 그 사이에서 아들을 낳았으나 남편의 폭력은 급기야 정육점의 고기 냉동고에까지 자신을 가두고 정육점의 고깃덩어리처럼 얼려 죽이겠다고 냉동고 문을 열어주지 않더라는 것이었다. 그 속에서 폐쇄공포와 점점 차가워져 오는 체온을 느끼면서, 남편에게 아무런 잘못도 없으면서 잘못했다고 살려만 달라고 울부짖자, 정육점에 온 손님에 의해 발견되어 그녀는 구사일생으로 살아서 남편의 손아귀로부터 도망을 쳤다.

그녀는 긴 파마머리와 잘록한 허리를 가졌는데 손에는 늘 천주교 교인들이 기도할 때 쓰는 묵주를 들고 있었다. 곱고 하얀 얼굴의 그녀는 도저히 남편에게 그런 폭력을 당했다고는 할 수 없을 정도로 우아한 사십 대 초반의 여자였다. 그녀는 원장을 그림자처럼 따라다니며 시중을 들었다. 네 살짜리 어린 딸을 데리고 온 젊은 삼십 대의 엄마는 늘 시어머니의 편을 드는 남편과 살면서 의견이 충돌하면 자신의 옷을 다 찢고 때리는 남편의 이상 행동을 더 견디지 못하여 나왔다고 했다. 어쨌든 원장은 이런 처지의 여자들에게 보호해주고 있는 시설의 시설장이었다. 식재료도 늘 어머니들의 건강을 위해서 신경을 써주고 있긴 했다. 그리고 영화치료라든가 미술치료 등을 통해서 어머니들의 다친 마음을 치유하고자 애를 썼다. 사실 채희가 이 속에 들어왔을 때 채희는 다른 여자들과 달리 정신이 온전치 못했고 같이 온 아들도 정서적으로 불안정했다. 제 또래의 아이들보다 발달이 늦는 아들과 남편의 광기로 공포와 불안, 두려움 속에서 정신적으로 지쳐 있었다.

2009년 5월 16일

　오늘은 종일 비가 오려나 보다. 어제 이곳에서 껄끄러웠던 여자 한 명과 다투고 난 후 내 기분은 또 우울해졌다. 자질구레한 일로 이러는 내 자신이 문득 싫어진다. 어느새 새 식구가 옆방에 왔는데 두 아이를 데리고 온 일하는 엄마였다. 보험설계사인데 그분의 상황이 나와 많은 면 일치하는 부분이 있었다. 그 어머니는 여러모로 건강하게 보였다.

　처음 내가 여기 온 날 내 눈 앞에 펼쳐진 광경은 세 개의 밥상을 붙여 놓고 10명이 넘는 사람들이 식사하는 때였는데 낯설기 그지없는 광경이었다. 나는 내 감정을 주체할 수 없어서 큰 방에 가서 한바탕 울고 나서 밥을 먹어야 한다는 강박으로 먹었던 듯하다. 그들의 눈에 비친 나는 울기나 하는 나약한 여자로 보았을지도 모르겠다. 아니면 정신이 정상이 아니라던가.

　어제는 스승의 날이라 엄마들이 음식을 하여 원장과 선생님들에게 대접하는 것이었다. 나는 아침에 원장과 두 분 선생님께 약소하지만 선물을 드렸다. 문제는 점심 준비하면서 잡채를 만드는 과정에서 일어난 일이었다. 반장 언니와 M씨는 겨자채 만드느라 분주했고, 나와 솔꽃 언니는 잡채 준비를 했다. 당면을 삶아서 물에 헹구어 플라스틱 다라이에 넣어두었다. 식으면 꾸들꾸들해지므로 나는 참기름, 깨, 간장을 넣어서 간을 해두려고 진간장이 어디에 있는지 모르겠다고 혼잣말로 중얼거렸다. 그들은 신경을 쓰지 않고 바로 옆에 앉아 일하면서도 모른 채 한 건지, 내 소리를 못 들은 건지 가만히 있었다. 할 수 없이 손에 잡히는 대로 국간장으로라도 간을 해놓았다.

M씨가 그걸 보고는 대뜸 비싼 국간장으로 엉뚱하게 간을 했다고 음성을 높이면서 시어머니가 며느리에게 꾸중하듯이 나에게 대들었다. 그 자세는 대들었다고 해도 될 것이다. 이 사람은 3세의 여아를 데리고 온 사람인데 39살로 나보다는 세 살 어린 사람이었다. 어제는 정말 이쪽의 꼬투리를 잡아서 단단히 이야기하여 자신이 위에 서겠다는 심사인 것 같았다.

그전에도 두 번 정도 부딪친 적이 있었다. 내 느낌으로는 위아래를 모르는 막된 젊은 여자로 보일 뿐이었다. 그리고 늘 고기를 먹지 않아 내가 오고 나서 한동안은 소고깃국에 소고기 조금 넣는 것 외에 반찬으로 고기 요리가 없었다. 그 여자 때문인 건지. 고기 먹고 싶을 때도 그 여자를 의식해야 되니 원. 나도 화가 나서 음성을 높여 말다툼하는데 반장이 싸우려면 큰 방에 가서 싸우라길래 그렇게 하려는데 손으로 나를 밀려고 하길래 기가 막혔다. 내 몸에 손대지 말라고 경고를 주고 너 같은 사람과는 다투고 싶지 않다고 했다. 음식 만드는 것이고 뭐고 그만두고 내 방으로 건너와 누워버렸다. 난 이미 화가 너무 나서 혈압이 오르고 가슴이 두근대고 머리가 아프고 온몸에 힘이 빠져나가 자리를 펴고 눕지 않을 수 없었다. 누워있자니 반장이 와서 나이 어린 사람 감싸고 넘어가고 건너가서 밥 먹자고 했다. 내가 버티니까 그럼 너 때려준다 하길래 그 누구도 나를 때릴 권리가 없다고 잘라 말했다. 그리고 아무도 보고 싶지 않아서 몸이 힘드니 그냥 내버려 두고 건너가라고 했더니 언짢은 기분으로 돌아갔다.

내가 이곳에 와서 따뜻함을 느꼈던 사람은 민 선생님과 반장 언니였다. 나머지 사람들에 대해서는 솔직히 그렇게 좋은 인상은 아니었다. 점차로 솔꽃 언니, 아영의 어머니 금옥 씨나 김 원장님과 조 선생님에 대해 조금씩 마음을 열어 갔는데 M씨에 대해서는 늘 편치 않았다. 그게 결국 어제 터진 것이다. 나에게 물어보지 않고 마음대로 했다고, 물론 나도 그들에게 알아듣게 진간장이 있느냐고 이야기했어야 했다. 그러나 남의 잘못을 그렇게도 크게 이야기해야 하는지. 그리고 음식을 망친 것은 더더욱 아니었다.

그 여자도 내가 불편한 것 같았다. 한 번은 그 여자가 식사 당번을 할 때 내가 컵을 집으려고 선반으로 손을 가져갔는데, 그 여자는 싱크대에서 컵을 씻어서 컵을 선반에 올리는 중이었다. 내가 다가가서 컵을 집는 순간 여자가 부자연스럽게 컵을 깨뜨리는 것이었다. 내가 불편해서 그랬는지 멈칫하면서 손에서 컵을 떨어뜨리는 것이었다.

오늘 아침에도 식사를 마치고 아들과 아영이를 학교에 데려다주고 그쪽 문을 열었더니 M씨의 딸이 알아들을 수 없는 발음으로 뭐라는데 그게 '이모가 계란을 깼어요'라는 말이었다. 계란을 얼마나 깼는지 저쪽 여자들 중 M씨, 금옥 씨와 반장 언니가 치우느라 애먹는 중이었다. 깨뜨린 계란을 쓸어 담은 것을 보니 한 판은 족히 그대로 깬 듯했다. 나중에 들은 얘기지만 M씨의 딸과 반장이 냉장고 문을 열다가 계란이 든 포켓을 건드린 것인지 계란 포켓이 그대로 떨어져 내리면서 계란이 와르르 깨졌다고 했다. 난 그네들의 일이라 그냥 오려 했으나 모두 정신이 없길래 포켓과 그릇 몇 개를 씻어주고 왔더니 손에서 계란 비린내가 몹시 나서 비위가 상해 버렸다. 그들은 원장님이 오기 전에 다 치워놔야 한다면서 서두르고 있었다. 분명히 원장이 돌아와서 그걸 본다면 한 소리 들을 것 같았기 때문이었다.

내 방으로 와서 비누로 손을 씻고 크림 바르고 나니 괜찮아졌다. 금옥 씨가 비디오 보러 온다길래 오전에 혼자 좀 있게 해주시고 오후에 보시라고 했다. 투덜대면서 갔지만 나도 할 말은 하고 살아야겠다고 생각했다. 밟히면 더 밟는 것이 인간이고 양보하면 더욱 양보하길 바라는 게 인간의 그릇된 일면이니까. 이 논리가 여러 사람이 사는 공간에도 통용되고 있는 듯하니까. 오늘 있었던 계란 사건을 원장에게 일러바쳐서 M씨와 반장을 곤혹스럽게 해버릴까? 아니다, 괜히 우리 모두 원장에게 잡도리 당하면 어쩌지? M씨나 반장에게 복수하고 싶지만 접어야겠다. 실수로 깬 계란 사건을 가지고 원장에게 일러바칠 만큼 나는 저열하지는 못하지 않는가?

일기를 거기까지 생각나는 대로 쓰는데 문을 두드리는 소리가 났다. 누굴까 하면서 볼펜을 놓고 있자니 이윽고 낯익은 원장의 목소리가 들려왔다.

"채희 씨, 들어가도 돼요?"

"예, 들어오세요."

순간 채희는 의아했다. 비교적 이른 시간에 무슨 일로 원장이 채희의 방을 찾아온 것일까 하고. 여기에 들어오고 아직 한 번도 원장이 직접 채희와 아들이 기거했던 방에는 들어온 적이 없었다. 주로 그녀의 아랫사람인 두 선생이 번갈아 가면서 입소 절차나 그때그때의 전달 사항이나 기분, 불편한 점 등이 있는지 알아보러 오곤 했다. 원장의 목소리는 가라앉아 있었다. 방에 들어와 앉자 그녀의 큰 몸집이 작은 방을 다 차지하고 있었다.

채희는 앉은 채 원장을 물끄러미 바라보았다. 원장은 낯빛도 안 좋은 데다 전혀 웃지를 않았다. 그러면서도 여느 때와 같이 어머니들을 통솔하거나 밑에 직원들에게 길게 잔소리할 때처럼 신경이 곤두서서 짜증 섞인 소리를 낼 것 같지도 않았다. 게다가 약간 저자세가 되어 원장은 뭔가 체념하거나 어려운 이야기를 꺼내러 온 사람처럼 조심스럽게 채희를 살피면서 말을 꺼냈다.

"어디 불편한 데는 없어요?"

"예, 없어요. 마음이 좀 안정되긴 했어요."

"다행이군요. 일전에 주신 쌀은 감사했어요."

"아, 예에…"

2주일 전 아이의 아버지가 정신병원에 들어간 사이에 쉼터 근처에 보증금 300만 원에 월세 30만 원 하는 두 칸짜리 방을 구해놓고 짐을 옮겨올 때 가져온 쌀자루를 준 생각이 났다. 그 쌀은 채희에게는 젖줄처럼 고향의 아버지가 농사지어 늘 보내주셨던 것이었다. 귀한 거였지만 채희는 어머니들이 많아 쌀도 많이 필요해 보이고 아들과 둘이서 쉼터의 신세를 지는 것 같아 내놓은 거였다.

원장은 정작 꺼내야 할 이야기를 하기 위해 먼저 이것저것 이야기를 깔아놓았다. 그러더니 그녀는 결심한 듯이 낮은 목소리로 말했다.

"오늘은 내가 채희 씨한테 할 얘기가 있어서 왔어요. 마침 어머님들도 모두 바깥 외출하셨으니요."

"아, 예. 무슨 얘기신지…"

채희는 의아해하면서도 원장 쪽에서 그렇게 말하므로 들어주어야겠다는 생각으로 느른해져 오는 심신을 추슬렀다.

그날 채희가 원장에게 들은 이야기는 가히 충격적이었다. 원장은 대학 시절에 친구의 소개로 현재의 남편을 만났다고 한다. 그러나 둘 사이에는 자녀가 없었다. 그 이유는 둘 사이에 첫아기가 생겼으나 유산을 하게 되었고, 그 이후로 아이는 다시 생기는 일이 없었다고 한다. 그러면서 문제는 그 후 남편은 그때까지 하던 회사 생활을 접고서는 그냥 여기저기 시민사회 단체 활동이랍시고 다니더니 수채 일을 하지 않고 원장이 벌어온 것으로만 살아가려고 했단다. 그래서 둘 사이에 금이 가기 시작하고 다투는 일이 잦아진 가운데 한 번은 다툼 끝에 원장은 남편으로부터 목이 졸렸다 한다. 그래서 이혼을 하였으나 현재 다시 결합하여 산지 3년째가 되는데 여전히 일하지 않고 여기저기 다니면서 지내고 있다고 했다. 이번에는 혼인신고를 하지 않고 그냥 합쳐서 살고 있다고 했다. 원장은 자신이 그런 남편과 계속 살고 있는 것도 남편과 헤어져 혼자 살아가는 것이 두렵고 힘들기도 하고 분리 불안이 심하여 결단을 내리지 못하노라고 했다.

이야기가 끝날 무렵 원장은 눈물을 보였다. 그간의 결혼생활에서 오는 지침과 스산함이 얼굴에 떠오르고 무겁게 가라앉았으며 공허감이 배어 나오고 있었다. 채희의 앞에는 보통 때 어머니들을 통솔하는 목소리가 큰 원장 대신에 자신의 삶을 바꾸어야 할 이제는 육십 대 중반을 넘어선 상처 입은 한 여인이 가엽게도 앉아 있었다.

채희는 문득 원장의 전제적인 태도 때문에 마음속으로 언짢았던 지난 시간을 잊고 그녀보다 훨씬 나이가 어린 자신에게 털어놓은 고마움으로 한없는 연민이 일어나는 걸 느꼈다. 채희의 마음도 늘 원장을 대하면 얼거나 두려웠던 감정이 사라지고 같은 유의 아픔을 겪는 한 여자의 결혼생활 속에 숨겨진 이야기를 들으면서 그녀가 얼마나 고통스러웠을지 짐작이 갔다.

채희는 이야기를 다 듣고 원장에게 조용히 그러나 단호하게 말했다.

"원장님, 새로운 삶을 살아요. 우리에겐 그런 권리가 있잖아요. 인간으로서 최소한 생존할 권리 말이에요. 용기를 내세요. 여기에 들어온 모든 어머니는 원장님보다 배움도 부족하고 집안도 그렇고 특별히 능력을 갖추지도 않았어요. 다만 이분들이 그 죽음과 같은 결혼생활에서 탈출하여 살기 위해 1366으로 전화해서 원장님네 시설에 몸을 맡긴 게 아니겠어요. 원장님도 할 수 있어요. 어머니들께서도 하셨잖아요. 마음으로 함께 하지요."

"채희 씨, 고마워요. 어머니들이 계시니까 나도 든든하네요."

"다들 원장님을 위해 주실 거예요. 원장님도 우리를 위해서 늘 마음고생하셨잖아요."

채희는 따뜻하게 원장과 눈을 마주하면서 나직이 이야기했다. 원장은 흐르는 눈물을 닦고 감정을 추스르고 있었고, 채희의 말에 뭔가 결심이 선 듯 하였다. 그러면서 원장은 이 이야기를 당분간은 아무한테도 말하지 말고 혼자만 알고 있으라고 했다. 이야기가 끝나고 그녀는 무거운 몸을 일으키고 방을 나갔다.

늘 검은색 옷을 즐겨 입던 그녀의 의상은 자신의 마음을 나타내 주고 있었다. 그녀는 높은 호봉을 받은 보건복지부 관할 사회복지사로서 가끔 어머니들에게 금지되어 있지만, 어머니들의 기분을 풀어주거나 위로하려고 약간의 술을 사기도 했다. 그리고 동해 바닷가에 데리고 가서 조개구이를 사주기도 했다. 특별한 날에는 한우고기에다 여러 가지 풍성한 음식으로 어머니들을 기쁘게 하려고 애썼다. 그런 그녀가 정작 자신의 결혼생활이 이렇게 고단하여 여기에 들어온 어머니들처럼 결단해야 할 사람일 줄은 채희조차도 상상할 수가 없었다.

더구나 여러 어머니가 있지만 특별히 채희에게 와서 자신의 문제를 털어놓고 조언을 구하는 이유는 무엇이었을까. 물론 그녀는 채희에게 자신과 비슷하게 학력을 지녔으며 자신의 입장을 잘 이해해 줄 수 있을 것 같아서 말한다고 하면서 말을 꺼냈다. 그렇게 털어놓기까지 그녀는 얼마나 망설였을까. 단지 그것이 자신의 치부를 드러내는 일이라 자존심이 상할 거라고만 생각한 것은 아니었을 게다. 자신이 이 시설의 시설장인데 그런 고통을 겪고 있고 남편과 이혼해야 할 위기에 있었다는 것, 이혼하고도 재결합하여 3년을 불행하게 살고 있다는 사실을 어머니들이 알게 된다면 시설장으로서 면이 서지 않을 거라고도 생각했을 게다. 늘 그녀가 불편한 표정이었고 검은색 옷을 즐겨 입는 모습이나 쉬이 히스테리를 부렸던 모습도 남편과의 불화와 가정의 스산함에서 기인하고 있었다는 것도 알게 되었다. 그런 상황에서 폭력을 부리는 남편들로부터 뛰쳐나온 여자들을 보호하고 그들을 위해서 수고하고 있었다는 것은 참으로 알 수 없는 인간사였다.

이 시설에 들어오고 그동안의 생활을 선생들에게 상담할 때의 채희는 직업이 대학 강사에다 정신 질병을 앓는 남편에다 발달이 늦은 아들에다 상가분양 사기를 당해 빚을 진 인생의 밑바닥에서 외아들을 데리고 온전하지 못한 정신과 육신을 지니고 들어왔다.

그때 현관문을 열고 선생들이 안내해준 복도로 들어오자 작고 고풍스런 장식장 위에 17세기 중앙아시아의 이콘화가 놓여 있었다. 거기에는 외아들 예수 그리스도를 품에 안은 성모 마리아가 시선은 아래로 향하여 어린 예수를 보고 있었다. 마치 원장이 그 성모 마리아처럼 생각된 것은 그녀가 무거운 짐을 지고 방문을 닫고 나가는 뒷모습에서였다.

채희는 그녀의 앞날이 꽃 피길 바랐다. 누구나 사람으로 태어나 꽃을 피우고 져야 할 것이 아닌가. 실내화를 끄는 듯한 발소리를 들으며 그녀가 나간 뒤에 만감이 교차하면서 채희는 다시 일기장의 빈 페이지에다 방금 들은 이야기를 적기 위해 볼펜을 들었다.

적광묘토(寂光妙土)

싱크대 속 비닐봉지에 흑미가 들어있었다. 소영은 묶어둔 비닐봉지를 풀고 안을 들여다보았다. 그러면서 손으로 흑미를 떠보니 온전하지 않았다. 흑미는 벌레가 꾀어서 성한 것이 없었다. 흑미가 지니는 밝고 까만색은 퇴색되어 불투명하게 빛을 잃고 있었다. 소영은 할 수 없다고 생각했다. 어수선하고 멍한 머릿속에서 떠오르는 생각은 집에다 전화해서 어머니께 쌀을 좀 보내달라고 해야겠다 생각했다.

아이가 등교하기 전에 얼른 밥을 지어야겠다고 생각했다. 무너지는 몸을 일으켜서 일어섰다. 그리고 비닐봉지에 든 흑미를 본체로부터 빼내 놓은 전기밥솥에다 쏟아붓고는 수돗물을 틀었다. 대충 쌀을 씻고 솥의 물기를 닦아내고 다시 본체에 집어넣고 뚜껑을 닫고는 플러그를 꽂았다. 이게 마지막이구나. 소영은 앞으로 무얼 먹고 살지 걱정하면서 냉장고 문을 열었다. 냉장고는 거의 텅 빌 지경이었다. 계란이 몇 알 도열해 있었다. 아쉬운 대로 계란

두 개를 꺼내고 야채 박스에 든 파를 꺼내어 계란찜을 만들려고 했다. 파를 다듬어서 썰려고 싱크대 문을 열어 포켓에 꽂혀 있는 칼을 뽑았다. 형광등 불빛에 칼은 희뿌옇게 반사되어 눈을 부시게 했다. 소영은 순간 눈살을 찌푸렸다. 무표정한 얼굴에 찌그러진 주름이 한 줄 일었다가 원래 상태로 돌아갔다. 뾰족한 물건이나 날카로운 칼날이 신경이 쓰였다.

순간 공포감으로 칼을 도로 싱크대 칼집 포켓에다 꽂아놓았다. 남편이 소영과 아들이 살았던 큼직한 지하 셋방에 들어와 부엌의 싱크대 포켓에 넣어둔 칼을 찾느라 두리번거렸던 기억이 불현듯 생각났기 때문이다. 칼로 죽이겠다고 소리치면서. 싱크대의 문을 닫자 소영의 마음은 조금 편안해졌다. 대신에 싱크대 서랍에 넣어둔 무딘 칼을 꺼내어 대충 파를 썰었다. 잘 들지 않았다. 그러나 할 수 없었다. 팔에 힘이 많이 들어갔지만 무딘 칼은 이상하게도 소영을 안심시켰다. 다 썬 파를 계란을 풀어둔 뚝배기에다 넣고 소금으로 간을 하여 가스레인지에다 올리고 중불 정도로 불을 키웠다.

순간,

"엄마!"

큰 방에서 아들이 잠을 깬 모양이었다.

"일어났니?"

소영은 방으로 들어갔다. 아들은 얇은 이불을 차고 잔 탓인지 짧은 바지 사이로 다리가 드러나 있었다. 방 안은 햇살이 밝은 아침이어서 그런지 다행히 엷게 빛이 들어오고 있었지만 어두컴컴하여 형광등 불을 켜야만 했다. 스위치를 누르고 아들을 일으켰다.

아들은 불빛에 눈이 부신지 얼굴을 찌푸리면서도 눈을 비볐다.

"응, 졸려, 엄마."

아들은 아직도 눈을 감은 채 잠든 아이 같았다.

"석아, 얼른 세수하고 학교에 가야지?"

"엄마 학교 가기 싫어, 나 안 갈래…"

"왜 그래 또? 학교에서 누가 뭐랬니?"

소영은 다소 격앙된 목소리로 다그쳐 물었다.

"여기 학교는 낯설고 친구들도 없잖아, 애들 때문에 불편해."

소영은 전학 온 학교에 아들이 하루하루 결코 편치 않게 다니고 있다는 것을 너무나 잘 알고 있었다. 소영 자신도 낯선 이 동네에서 심지어 지리도 잘 모르고 장을 볼 마트가 어디에 있는지도 병원이 어디에 있는지도 몰랐다. 아는 것이라고는 아들과 함께 몇 개월을 살았던 쉼터와 건너편에 있는 H대학교, 그 옆으로 난 길을 올라가면 길 끝에 산으로 이어진 곳에 큰 일주문이 있고 더 올라가면 경내로 들어가는 꽤 큰 절과 아들이 다니는 초등학교와 둘이서 나가는 성당이 전부였다.

"엄마 나 여기 친구들 마음에 안 들어요. 애들도 욕도 잘하고 거칠어서 싫어요."

소영은 갑작스런 전학으로 인해 적응하기 어려운 아들의 푸념을 아침부터 듣지 않을 수 없었다. 낯선 동네와 낯선 학교, 낯선 아이들과의 생활은 아들에게 분명히 어려운 일이었다. 그러나 어쩔 수 없었다. 이렇게라도 둘이서 사라지지 않으면 아들이나 소영 자신도 어떤 모습으로 있을지 막막했다. 벽시계가 자꾸 또각또각 분침을 움직이고 있었다. 시간을 보니까 등교 시간 1시간

전이었다.

"우리 석이 힘든 거 다 알아. 엄마가 석이 학교에서 잘 지내다 오라고 늘 기도하고 있을게 알았지. 석아, 얼른 세수하고 옷 갈아 입어! 학교 늦지 않게."

아들의 뚱한 마음을 달래주려고 소영은 아들의 입술에 살짝 입맞춤하고 머리를 쓰다듬었다. 아들은 그제야 자리에서 일어나 방을 나갔다. 그러는 사이에 부엌에서는 계란찜이 넘치려 했다. 열을 받은 노란색 계란 푼 물이 어느새 연노랑으로 엉기어 작은 뚝배기 바깥으로 흘러나오려고 했다. 모든 게 열을 받으면 견디지 못하고 터지든가 아니면 흘러나오나 보다 생각했다. 소영이가 막 나왔을 때 계란찜의 일부가 뚝배기에서 약간 흘러나와 노란 눈물을 흘리고 있었다. 그리고 나니 냉장고는 다시 돌아가는지 불이 켜진 작은 주방 겸 거실의 한쪽에서 뚜 하면서 탁하고 단조로운 기계음을 내고 있었다.

현관에서 들어오면 거실 정면에 십자고상이 걸려있고, 그 아래는 철로 된 네 다리를 가진 플라스틱 탁자 위에 성모상이 놓여 있었다. 그 옆에는 등잔 대 위에 타다 남은 약간 굵은 초가 꽂혀 있었다. 그리고 반대편 옆에는 구운 도자기 소재의 수반에 향나무 가지 세 개에 연분홍색 카네이션이 세 송이 꽂혀 있었다.

소영은 작은 접이식 밥상을 펴고 멜라민 소재로 된 깔개를 놓고 그 위에다가 계란찜 뚝배기를 올렸다. 그리고 숟가락과 젓가락을 놓고는 밥솥 뚜껑을 열었다. 흑미로만 지은 밥은 검고 김이 모락모락 났다. 싱크대 위에 놓인 그릇기에서 밥그릇과 플라스틱으로 된 흰 주걱을 꺼냈다. 밥 위에다 십자 성호를 긋고 밥을 일

구고는 밥그릇의 반쯤 정도 담았다. 남은 밥은 밥주걱의 반 정도도 남아 있지 않았다. 밥솥의 벽에 묻은 밥알을 긁어내려 바닥에 조금 남은 밥과 죄다 떠서는 다른 밥그릇에다 담았다. 아들은 세수를 마치고 화장실에서 나왔다. 그러고는 방에 들어가서 어젯밤에 소영이 서랍장에서 꺼내어 작은 선반 위에 개어놓은 옷을 입고 거실로 나왔다. 밥상에 앉으면서 하는 말이었다.

"엄마 밥은 이것밖에 없어? 너무 적지 않아?"

"으음, 엄마는 이거 먹고 나중에 또 해서 먹으면 돼, 신경 쓰지 마."

아들은 좋아하는 계란찜이라고 밝은 미소를 지으면서 숟가락을 들었으나 아침이어서 잘 넘어가지 않는 모양이었다. 소영은 아들이 먹는 걸 지켜보다가 생각난 듯이 방으로 들어가서 책상 옆에 놓아두었던 아들의 책가방을 들고나왔다. 아들은 뜨거웠는지 호호 불면서 계란찜뿐인 아침을 먹으면서 말했다.

"엄마 오늘 방과 후 교실에서 골프연습 할 거야!"

"아, 오늘 화요일이구나. 그래 재미있게 배우고 와."

소영은 아들과 이런 대화를 하면서도 오늘이 며칠인지 무슨 요일인지 잘 몰랐다. 다만 머릿속이 늘 뒤죽박죽이 되거나 마음에 묵직하게 달려드는 알 수 없는 생각들이 그녀를 괴롭히고 있었다. 그런 상념들이 이리저리 온몸으로 돌아다니다가 눈에 가면 눈물이 흘러나오고, 귀게 가면 이명이 들리거나 귀가 멍해지기도 하였고, 배로 가면 위장이 쓰리거나 음식을 소화하기에 힘들었다. 머리에 이르면 지끈지끈 아파오는 두통에 시달리다가 가슴게로 가면 답답증과 뻐긋해 오는 그 고통을 이를 악물고 참아내었다.

아침 식사를 마치고 반 팔 옷을 꺼내입은 아들은 가방을 어깨에 메고 작은 신발주머니를 들고는 현관으로 걸어 나가면서 엄마 잘 다녀올게요 하고 인사했다. 아들의 뒤를 무너지려는 몸을 수습하면서 따라가서는 잘 다녀오라고 계단을 올라가는 아들의 뒤통수에다 대고 소리쳤다. 스테인리스로 된 대문을 닫는 소리가 나고 소영은 현관문을 닫고는 거실로 와서 앉았다.

바로 어제부로 소영은 쉼터에서 사실상 쫓겨났다. 가정폭력에 시달리다가 탈출한 여성들이 잠시 머무는 곳인 쉼터에서 4개월 만에 나왔다. 물론 2주 전에 몰래 아들과 살았던 대학가 반지하 방에서 가재도구들을 꺼내어 옮겨놓고 거의 정리는 다 해놓았다. 그렇다고 마음은 아직 쉼터를 떠날 생각은 못 하고 있었다. 그러나 원장과 어머니들은 소영이 살 곳을 마련해둔 사실을 어느 정도는 알고 있었고, 소영은 그 사실을 공공연하게 말하지는 않았다. 아무리 살 곳이 마련되어 있다고 하여도 소영의 마음은 여전히 불안과 공포에서 완전히 벗어났다고는 생각되지 않았고 안전한 곳에서 머무르고 싶은 마음이 있었다. 그러나 소영의 바램과는 달리 일이 터지고 말았다.

그날 아침 식사를 마치고 당번 어머니들이 설거지를 마치고 각자 잠시 휴식을 취할 때, 소영은 늘 작은 소반 위에 노트를 펴고 뭔가를 열심히 썼던, 칠십 살을 바라보고 몸집이 있는 언니를 데리고 절의 뒷산을 오르기로 했다. 언니는 아주 반겼고 고마워했다. 둘은 아침도 든든히 먹었겠다 즐거운 마음으로 산을 올랐다. 운동 삼아서 오른 것이 살집이 있고 관절이 약해있는 언니는 빨리 오를 수가 없었고, 소영은 언니의 보폭을 생각하면서 가파른 곳은 도와주면서 천천히 올라갔다.

언니는 쉼터의 답답한 곳에서 잠시나마 하늘과 산, 나무들이 빼곡히 자라고 있고 공기가 좋은 곳에서 숨을 쉬니까 너무 좋다면서 소영에게 고맙다고 몇 번이나 말했다. 산길을 걸어가면서 어떻게 쉼터에 오게 되었는지 소영에게 털어놓았다. 소영은 들으면서 언니와 함께 크고 널찍한 바위가 있는 곳까지 올라갔다. 그곳에서 아픈 다리를 쉬었다가 다시 쉼터까지 돌아왔다. 그러나 쉼터에 돌아왔을 때는 약속한 두 시간이 경과 되어있어서 원장은 몹시 화가 났고 우소영 씨는 빨리 짐을 싸서 나가세요! 하며 소리를 질렀다. 물론 소영은 언니가 빨리 산을 오르지 못하기 때문에 늦어졌다고 자초지종을 말했지만 이미 규칙을 어겼다고 하면서 소용이 없었다.

순간 소영도 속에서 불이 났지만, 그 화를 억누르고 어쩌면 원장이 방을 구해놓은 사정을 알고 있기에 이 기회에 나가게 하려나 보다라고 짐작은 했지만 서운했다. 갑자기 내침을 당하는 느낌이 든 것은 어쩔 수가 없었다. 그래도 소영과 아들에게 배려를 해주었던 원장이었기에 갑작스런 태도에 당혹감과 함께 처음으로 시설 생활을 해본 소영으로서는 대처할 수밖에 없었다. 어쨌든 방을 구해놓고 살림살이를 옮겨 정리와 청소까지 마쳐둔 마당이어서 "네, 나가지요."라고 되받아치는 심정으로 방에 들어가서 옷가지나 몇 권의 책과 일용품을 종이가방에다 쑤셔 넣듯이 하여 현관 밖으로 꺼내놓고는 택시를 부르고 언니들 한두 사람에게 인사하고는 나왔다. 산에 같이 올랐던 언니는 원장한테 자기가 빌어보겠다고 했으나, 소영은 그러실 필요 없다고 하고서 나중에 연락드리겠다고 말하고는 아들과 나왔다.

소영이 이 낯선 동네로 짐을 황급히 싸서 택시를 잡아타고 아들과 함께 들어온 것은 순전히 피신이었다. 학교 앞에서 한 달에 40만 원의 월세를 주고 빠듯하게 살아가다가 정부에서 지원한 기존 주택 전셋집으로 들어가게 됨으로써 소영이네 생활은 안정되어 가는 듯도 하였다. 그것과 별개로 소영은 늘 마음 속에 새 집에 옮기면 집 정리가 끝나는 대로 아이와 나와야겠다고 생각했다.

남편과의 관계도 소영을 피로하게 만들었다. 소영으로서는 남편의 신체적 변화에 따른 심경의 변화와 고백이 낯설기만 하였다. 소영은 어떻게 대처해야 할지도 몰라서 그 당시로서는 남편의 고통을 위로할 수밖에 없었다. 그런데다가 설상가상으로 그 집에서는 주인이 갑자기 살러 들어온다는 통고와 함께 소영이네는 급히 집을 얻어 나와야 하는 실정이었다. 주인이 전세를 살던 집의 주인이 큰 마트를 했는데, 그가 사기를 당하여 전 재산을 다 날려 어려워졌고, 소영이네 주인이 세 들어 살던 건물도 압류에 들어가서 살 수가 없게 되었다고 했다. 소영에게는 모든 것이 혼란스럽고 하루하루 생존하여 숨쉬기도 괴로웠다. 그나마 주인은 소영이네를 배려하여 이사 비용을 주었고 미안하게 되었다고 하였다.

그 집 주인은 아저씨가 경찰이었고, 아주머니는 늘 자전거를 타고 다니면서 뭔가 일을 하러 다녔다. 딸 둘을 낳은 딸딸이 아빠인 경찰관은 하급 경찰이었다. 처음에는 고자세였으나 소영이네가 그 집의 실정을 다 알게 되고, 소영이 주인 대신에 세금 관리인 노릇까지 하게 되면서 예의 경찰관 투의 고자세는 사라졌다. 그리고 소영이가 단순히 집에 있는 전업주부가 아니라는 사실을 안 주인네는 소영의 눈치도 약간씩은 봤고 피차 신경을 건드리지 않으려고 했었다.

그 집은 마당을 가운데 두고 원래 허가 낸 것은 소영이네가 살게 된 방 네 칸짜리가 전부였다. 그 나머지는 모두 무허가 건물로 허가받은 본채에다 덧붙여서 지은 집이었다. 오른쪽 옆에는 일용직 아저씨가 사는 방으로 부엌도 생기다만 듯이 초라하게 딸려 있었다. 왼쪽에는 외국에서 살다가 온 여대생이 사는 방이었다. 그 여학생은 가끔 끈 달린 탑을 입거나 머리를 노랗게 물들이기도 하였고 애완용 강아지를 키우고 있었다. 가끔 찾아오는 친구도 두 서넛은 보였다. 구옥인 데다가 무허가 건물의 방에서 겨울 어느 날 수도관이 터져 세금이 많이 나오고 얼어붙은 물 때문에 고생하더니 한겨울에 다른 곳으로 이사 갔다.

그 앞에는 아래채로 거기에는 젊은 나이에 사업을 벌였다가 실패하여 겨우 생존만을 위해 한 달에 20만 원의 월세를 주고 사는 30대 초반의 남자가 홀로 살고 있었다. 사업에 망하여 겨우 몸 하나 비바람을 피할 집을 얻은 것이 아래채의 지하 방이었다. 그에게는 법원에서 가압류한다는 공문서들이 줄줄이 날아왔다. 그 위층에는 60대 후반의 아저씨가 홀로 살고 있었는데 그는 월남전에 참전하고 귀향한 군인이었다. 그의 신체는 멀쩡하였으나 정신이 온전하지 못하였다. 그 때문에 아내와도 이혼하여 홀로 쓸쓸히 살고 있었다. 월남전의 트라우마가 그를 짓누르고 밤마다 자신의 꿈에 자신이 누군가를 잔인하게 죽이거나 누군가가 자신을 죽이러 온다고 했다.

어느 날 소영의 세금 독촉이 있자 술을 먹고 와서는 마당에 서서 마루에 서 있는 소영에게 자신은 월남전 참전 용사이고 정신도 온전치 못하고 사람도 죽일 수 있는 사람이라고 협박하는 것이었다. 그달은 몇 세대나 사는 이 집에 수도세가 많이 나오고 전기세가 많이 나옴에 따라 거기에 대한 불만으로 소영에게 협박했다. 세금이 많이 나오는 것은 소영이네가 넓은 집을 쓰다 보니 더많이 써서 그런 게 아니냐고 따지고 들었다. 그러나 소영은 식구가 더 많기 때문에 더 많이 내고 있고 사람 수로 계산하며 그달에는 수도관이 터져서 수도세가 많이 나오게 되었다고 했다. 그랬더니 그 아저씨는 그럼 아주머니가 집주인을 만나서 먼저 합의를 보고 우리한테 청구해야 하는 게 아니냐고 난리를 쳐댔다.

결국 소영으로서도 주인 아닌 주인 노릇을 하게 되었다. 그때야 소영도 아차 싶었다. 수도관이 터져서 물세가 많이 나왔을 거라는 생각을 미처 못했던 소영은 아저씨에게 할 말이 없었고, 주인에게 이야기하여 다시 세금을 계산하여 알려주겠다고 겨우 진정시키자 그 남자는 어슬렁어슬렁 자기 방이 있는 2층으로 올라가면서 거칠게 문을 닫고 들어갔다.

소영은 이래저래 속이 상하였다. 주인은 세금 계산이 귀찮아서 소영한테 미루었고, 소영은 이 집 중에 제일 큰 칸에 산다는 이유로 이렇게 매달 세금 계산을 하여 세입자들에게 청구하는 노란 포스트잇을 늘 세입자가 외출한 집의 현관에 붙여야 했다. 결국 수도관이 터져서 생긴 분은 주인과 이야기하여 그쪽에서 부담하고 보통 나오는 정도의 수도세로 다시 청구하여 계산을 끝냈다.

그런 집을 살다 나와야 하는 상황에서 소영이 구한 것은 학교 앞의 방 두 칸짜리 집이었다.

그 집은 다세대 집인데 아래층은 지층으로 할아버지 한 분이 살고 있었는데, 주인아주머니는 그 노인 때문에 골치가 썩고 있었다. 월세를 잘 주지 않을뿐더러 언제 돌아가실지도 모르는 사람이어서 불안하다고 했다. 그 위층에 소영이네가 입주하였고, 2층에 주인댁이 살았다. 주인아주머니는 60대 초반 여자로 그런 집에 살 것 같지 않은, 미인인 데다가 말본새가 교양을 갖추고 있었다. 그러나 그 부인은 늘 시들해 있었다. 아들만 둘을 두다 보니 딸처럼 자신을 챙겨줄 가족도 없었다. 바깥어른은 늘 밖에서 사업한다고 바빠서 아침 일찍 나갔다가 밤늦게 들어왔다. 두 아들은 아들들대로 한창 직장생활에 바빴고 둘 다 결혼이 늦어지고 있는 것도 아주머니에게는 걱정거리였다.

무엇보다 갱년기 이후부터 찾아온 우울함이 60대 초반에는 더욱 깊어져서 아주머니는 갈수록 힘들어 보였다. 그 집에서 소영이는 아주머니와 가끔 대화를 나누었다. 한 번 대화를 나누면 아주머니는 오래 이야기했다. 그 순간은 기분이 좋은지 아름다운 용모에 빛이 돌았고 생기가 돌았다. 소영이는 그 아주머니 같은 분은 문인이 되어 글도 쓰고 좋은 모임에 나가서 활동하면 좋겠다고 생각하곤 했었다.

사람이 오랫동안 거처하지 않았던 집은 황량하기 그지없었다. 물론 방을 얻고 짐을 옮겨서 들여놓은 뒤의 그 2주 만이 아니라 방을 내놓은 때부터 소영의 짐을 옮겨놓을 때까지 비어있었을 그곳에는 사람의 온기가 없이 휑뎅그렁하면서도 어둠침침한 채 방치되었다. 안 그래도 재작년 봄부터 올해까지 방을 자주 전전하면서 살았던 것은 소영에게 그만큼 생활이 불안정하였고 거기에 따라 거처가 계속 바뀌었다. 거처 이동에 따른 생활과 정서적 불안정에서 소영과 아들은 불안에 시달렸다. 방이 네 개에다 마당을 가진 월세 40만 원짜리 독채 전세에서 주인이 들어오는 바람에 밀려나 아들의 많은 장난감을 버리면서까지 이사 간 대학교 앞 방 두 개짜리 월세 집에는 거실도 없고 부엌도 좁았다. 거기에서 6개월가량 살고 나라에서 해주는 기존주택전세임대 사업의 지원을 받아 대학교 뒤쪽 1층 독채 방 2개짜리 전셋집으로 늦가을 무렵에 들어갔다.

그리고 이듬해 초봄에 아들과 나오게 되었고, 그때부터 아들과 둘이서 아들의 학교 가까운 곳에다 아이 아빠 몰래 얻은 반지하 방 2개에다 넓은 거실과 부엌이 있는 월세 집에서도 3개월 정도 살았다. 그러다가 둘이서 아이 아빠의 행패에 못 견디고 피신하여 쉼터에 들어갔었다. 아이 아빠가 시댁 가족들에 의해 정신병원에 강제 입원 조치를 당한 후에 몰래 가서 짐을 옮겨올 때 주인과는 세금 정리를 끝냈다. 그러고는 낯선 동네의 쉼터 주위에다 2시간 만에 반지하 방 2개에 조그만 거실과 부엌이 있는 집으로 옮겼다. 아이 아빠와 힘들어지고 주거를 자주 옮기면서 오는 불안감과 뜨는 정신을 부여잡으면서 마음을 안정시키려고 했지만 쉽지가 않았고 그나마 쉼터에서 4개월간 머무르면서 마음이 많이 안정되었다.

다행이었던 것은 그 여러 집의 여주인들은 그래도 악덕하지는 않은 사람들이었다. 소영의 처지에 대해 동정심으로 대해 주었다. 물론 3개월 살고 나온 집에서는 계약 안에 이사 간다고 여주인이 한소리는 했지만, 방이 다행히 빨리 나갔고 사정을 이야기했더니 세 사는 사람의 처지를 동정해주었다. 그곳은 대학가에 있는 주택가였고 서민들이 사는 동네여서 방을 구하려는 사람들이 많았다.

소영의 마음은 찢길 대로 찢겼고 황량해질 대로 황량해져 갔다. 그리고 우울과 불안, 두려움과 공포, 감정조절이 힘들어지는 상황까지 치달았다. 그러나 쉼터에서 4개월을 지내는 동안 마음을 어느 정도는 안정시켰다. 이런 상황에서 나중에 여동생에게 들은 이야기지만 아이의 할머니네는 아들과 소영이 친정에 갔는가 해서 고향집 부모에게 전화했고 그때 부모님과 친정 가족들이 아들과 소영이 사라진 줄을 처음 알게 되었다. 큰 언니는 어머니로부터 그 소식을 전해 듣고 소영이 없어졌다고 슬피 울었고, 아들의 할머니는 경찰에다 실종신고를 냈다고 들었다. 가족에게 이런 일을 겪게 했던 소영은 미안함보다는 그때로써는 모든 것으로부터 피신처를 구하고 싶은 마음 하나뿐이었다. 아들과 자신을 숨겨줄 유일한 곳이 그때는 쉼터였다. 세상으로부터의 도피, 남편의 위협으로부터의 도피, 그것은 도피라기보다 피신처를 찾아 나서는 길이었다. 너의 하느님께는 거처할 곳이 많다. 주신다고 약속하셨던 그 말씀처럼.

상을 치우고 설거지를 한 뒤에 소영은 물병에다 물을 넣어 등산용 작은 백팩에 넣고 작고 네모진 손수건 하나도 넣었다. 유

월 중순에 가까운 계절은 벌써 날씨는 깨나 더웠다. 모란과 작약
이 지고 흰 개망초꽃도 지고 난 뒤 숲이 울창해지는 계절이었고,
소영은 자신의 황량한 마음과 대조적인 숲이 그리워졌다. 소영은
마음이 회색빛으로 가라앉은 탓인지 기운이 없고 자꾸만 가라앉
는 마음을 추스르기 위해서 아이를 학교에 보내고 나면 곧장 집
을 나가서 절이 있는 뒷산을 올랐다. 계단을 올라와 스테인리스
로 만든 작은 대문을 닫고 천천히 걸어 찻길의 신호등을 건넜다.
그것을 건너면 목사를 배출하는 신학대학이 있었다. 그 정문을
지나서 걸어 올라가면 꽤 큰 절의 일주문이 보이고 일주문의 왼
쪽에는 중학교가 있었다. 아들이 학교에 가 있는 동안 소영은 주
로 산을 오르거나 어두컴컴한 방 안의 책상에서 자료를 보면서
논문을 썼다. 정신이 자꾸 산만하거나 안정되지 못한 가운데서도
글줄을 붙잡으려 안간힘을 썼다.

　일주문을 지나자 물푸레나무와 상수리나무가 서 있는 산이 나
왔다. 곧장 나 있는 길을 가운데 두고 양쪽으로 산자락이 내려와
있고 산사는 뒤에 작은 봉우리를 지닌 산을 드리우고 서 있었다.
멀리 화사한 단청이 칠해진 가람이 보이고 가운데에 종을 매달
아 둔 종각이 보였다. 2층으로 지은 큰 법당 앞에는 아름드리 느
티나무가 두어 그루 서 있고 그 아래 계곡에는 골짜기로부터 내
려온 물이 흘렀다. 이제 더워지기 시작하는 유월의 깨나른한 날씨
속에서도 잎들은 녹빛이 진하여 마치 녹빛 물이 떨어져 흐를 듯
했다.

　나무숲에 둘러싸인 산사의 경내를 걸어 들어가서 계단을 올라
대웅전 앞에 이르렀다. 마당에는 간밤에 한 줄금 비가 내렸으나

말라서 아침 햇살이 놀고 있었다. 숲 그늘과 대조적으로 절의 마당에는 햇살이 비치어 흙 마당은 더욱 하얗게 되었다. 비에 쓸려나간 흙먼지들은 자취가 없고 대신에 아주 작은 돌들이 발밑에서 밟혀 쓱쓱 소리를 내었다. 순간 고개를 숙이고 발밑을 내려다보는데, 얼마 전 내린 비가 꽤 왔었는지 흙 마당 가운데도 엷은 골이 난 것으로 보아 비로 인해 빗물 길이 났었다는 것을 알 수 있었다. 거기에는 이제 빗물의 흔적도 없어졌고 대신에 아주 작은 돌의 알맹이가 뒹굴고 있었다. 아마 빗물에 쓸려가다가 비가 그치고 빗물이 줄어들면서 그곳에 멈춰있었을 거라는 생각이 들었다. 마당 한가운데에서 빗물은 흐르다 멈추어 그대로 바닥으로 스며들어 버리고 작은 돌의 알맹이는 거기에서 멈추었을 것이다.

고개를 들어 작은 대웅전을 올려다보았다. 거기에는 흙벽 사이에 박힌 나무 기둥이 있었는데 '적광묘토역무적(寂光妙土亦無跡)'이라고 쓰여있었다. 그 법문 구절이 가슴에 스며들어왔다. 그 글자에 시선이 머물다가 굳게 닫혀진 대웅전 창호지 문의 문살에 비치는 아침 햇살 한 줄기에서 적광묘토를 읽었다. 마당에서 계곡 옆 왼편으로 내려오는데 유월의 미풍이 얼굴을 간지럽혔다. 몸에 닿는 햇살과 부드러운 바람, 그리고 뜨뜨미지근한 대기는 이제 하절기를 향하고 있었다. 산사에서 나와 계곡을 따라 난 산길을 걸어 올라갔다. 오솔길은 그저께 내린 비 탓인지 흙은 젖어 있고, 아마도 며칠 전까지만 해도 가물어서 흙먼지가 푸석푸석했을 그 길이 촉촉하니 풀들은 더욱 웃자라 푸르렀다.

계곡물은 내린 비로 인해 불어서 꽤 세차게 흘러가고 계곡의 목마름을 적셔주고 있었다. 여름 아침의 상쾌한 산 기운이 여전히 남아서 산은 청량하고 싱그러웠다. 계곡의 큰 웅덩이에는 물이 가득 차서 고인 물의 깊이를 알 수 없을 정도로 짙푸르렀다. 산 그림자 속에 비쳐든 나무들은 미풍에 일렁이는 듯하여 더욱 깊이를 만들었다. 마치 거기에 빠지면 나올 길 없이 물의 바닥으로 사라질 것 같은 두려움을 갖게 했다. 거기에는 생명의 잎들과 상관없이 적요가 감돌고 있었다.

물푸레나무 밑에 연달래가 참꽃이 지고 피었다가 소리 없이 져 갔다. 연달래 꽃나무는 흙이 흘러내릴 듯한 비얄에 가파르게 뿌리를 박고 드문드문 서 있는 모습이 소영으로 하여금 고향의 산을 그리게 했다. 깨꽃이라 불리는 연달래꽃, 참꽃인 진달래가 지고 나면 연분홍꽃이 초록빛 잎사귀 사이에서 피어올랐다. 산길을 올라가면서 잎이 넓은 활엽수와 잎이 뾰족한 침엽수림이 조화롭게 살아가는 숲에서 어디선가 한 줄기 뻐꾹새가 울었다. 그리고 저 멀리 산속에서 까치 짖는 소리가 숲의 고요를 잠시 깨는 듯했으나 숲의 고요는 여전했다.

약간 가파르고 돌 틈에 난 오솔길을 따라 한참을 올라오니 중간 지점에 꽤 큰 바윗덩어리가 굴러오다 멈춘 듯한 곳이 있었다. 계곡을 따라 무성한 덩굴식물 아래로 산 위에서 흘러온 계곡물은 아래로 곤두박질치기 전에 이곳에서 잠시 낮게 휘휘 돌아나가고 있었다. 그러다가 바위가 사람의 엉덩짝처럼 두 쪽으로 갈라진 틈 사이로 곤두박질치듯이 자기 몸을 던졌다. 얼마나 오랜 시간을 물은 바위에 자신의 몸을 내리쳐 하얗게 부서져 낙하하였는지, 그 부서진 물이 한 군데로 떨어져 다시 일 없듯이 하나의 줄기가 되어 흘러가는 모습은 신비감을 주었다.

소영은 잠시 물이 마른 넓적한 바윗돌에 앉아서 휘돌아 나가면서 잠시 숨을 고르고는 최후의 일격으로 자신을 아래 바윗돌에 던지는 물의 낙하 속에서 하얗게 부서지는 물의 흰 꽃을 바라보았다. 그것은 아침 햇살에 영롱하게 빛나는 이슬방울 같기도 하였고 까만 우주의 창공에서 만수사화 꽃비가 희게 내리는 것과 같았다. 쉼 없이 물은 자신을 바윗돌에 치면서도 다시 하나의 큰 물줄기가 되어 아무 일 없었던 듯이 흘러 내려갔다. 낙하할 때의 물의 아우성은 귀에 들어도 시원하였고 오히려 물은 붉은 피 대신에 흰 피를 뿜듯이 흘리면서 아래로 떨어져서는 다시 투명한 물색이 되어 찰찰찰 흘러가고 있었다. 그 소리는 아침의 산골짜기에서 가라앉은 고요를 방망이로 때리는 듯했다.

소영은 물이 낙하할 때 눈을 감고 까마득히 남편의 손에서 벗어나던 위급한 때가 떠올라 눈을 감아 버렸다. 형광등 불빛이 뿌옇게 부서지는 흰 칼날과 그 칼날같이 희게 부서지는 물의 나신이 겹쳐지면서 소리 없이 흘러나오는 눈물을 뺨에서 느꼈다. 모진 10년의 세월이 지나갔다. 10년 중 어느 때 형광등 불빛과 흰 시트와 팔과 다리가 묶인 남편의 사지가 생각났다. 흰 붕대로 거칠게 묶었던 그의 손과 발, 난동을 부리지 못하게 조치를 해놓고 흰 가운의 의사와 흰 가운의 간호사들, 부서지는 하얀 물의 나신은 그 모든 것을 잘게 부수어 흘려보내고 있었다.

정신과 폐쇄병동의 살벌한 분위기도 하얗게 부순 물의 입자는 눈처럼 뒤덮어서는 어디론가 가져가 버렸다. 육신과 정신마저 던져 부서지는 하얀 물방울 속에 가족의 아픔이 하얗게 빻아져 가루처럼 날리기도 하고 고통의 소리가 이지러져 그저 기계음이 끊임없이 들리는 착각 속에서 눈을 뜬 소영은 주위를 돌아다보았다. 한두 명의 새벽 등산객이 땀에 젖은 얼굴과 등산복으로 내려오고 있었다. 그러나 그들의 얼굴은 평온하고 생명감을 회복하고 있었다.

소영은 등을 보이며 아래로 내려가는 그들을 바라보다 천천히 일어났다. 다시 산길을 올라갔다. 등줄기에 땀이 흘러내렸다. 아침 햇살은 녹빛 잎사귀에서 굴러내리고 이슬이 물방울이 되어 듣는 소리가 잎새들 사이에서 들렸다. 그 소리는 소영의 영혼을 먼 곳으로 데려갔다. 숲은 소영의 마음에 들어와 녹빛으로 물들였다. 생생히 박혀오는 한 그루 한 그루가 이식되는 듯 그녀의 마음에도 숲이 자리했다. 오솔길 가에 난 풀에서 이슬이 스쳐 운동화는 물기를 머금었다.

소영은 가파른 산길에 이르러 밧줄을 잡고 마당바위가 있는 곳까지 올라갔다. 거기에서 다시 바위 위에 편하게 앉아서 아래로 펼쳐진 시가지를 바라보았다. 바위가 자리한 곳 아래에는 소나무 군락이 짙푸른 숲을 이루고 있었다. 허리가 굽어졌거나 폭풍우에 한쪽으로 기울어졌거나 아래서부터 두 가지가 뻗어 나와 그대로 굵어졌거나 하여 어느 나무도 사연 없는 나무가 없었다. 길게 옆으로 가지를 뻗쳐 다른 나무를 건드리거나 영역을 침범하여 불편케 하거나 부드럽게 기대어 상대방 나무가 내어준 자리에 비스듬히 자란 나무는 여유를 지녔다. 그러나 오직 하늘만을 바라보고 가지를 뻗은 채 쭉 자란 나무는 그 주위 나무들도 한결같은 모습으로 서서 서로 영역을 침범하지 않고 곧게 잘 자라주었다.

그 어느 나무도 고사목이 되지 않고 서 있는 모습은 얼마나 같이 살아가고자 저희끼리 서로 격려하고 양보했던지는 아마 겨울의 빈 나무에 스친 바람이 알까. 잎이 무성했던 나날에 이 나무 저 나무의 가지에 옮겨 앉았던 철새들이 알았을까. 소영은 그 비밀을 가만히 캐보았다. 거기에는 숲을 이룬 나무들만의 적광묘토가 티끌 하나 없이 단정하고 고요하게 아침 햇살 아래 숨 쉬고 있었다. 소영은 눈을 감고도 훤히 보이는 묘토에 발을 옮겼다.

하얀 등

　　금요일의 밤거리는 꺼지지 않는 욕망의 붉은 불빛으로 흥청망청하고 있었다. 거대한 욕망의 질주는 거리 한가운데로 굉음을 폭발시키면서 시야에서 멀어져가고 있었다. 그럴 때면 차들도 사람들도 귀를 찢는 소리의 폭력에 무기력하게 무너졌다. 검은 어둠과 붉은 불빛의 조화를 흔드는 소리의 폭발은 도시가 뿜어내는 온갖 종류의 크고 작은 소리를 일거에 거두어 잠시나마 먼 곳으로 내던져 버리고 빛의 속도만큼이나 재빨리 원래의 소리로 돌려놓는다. 그것은 마치 괴물 같은 소리를 지르는 거대한 짐승의 등을 사정없이 내리쳐 쓰러지게 하는 위력을 가졌다 해도 과언이 아니었다. 폭발음이 사라져간 거리의 포장마차는 널따란 찻길에 매달리듯 올망졸망하게 늘어서서 환한 등을 켜고 밤손님들을 부르고 있었다. 폭발음이 아무리 밤의 대기를 뒤흔들어도 생존을 향한 천막 안은 초 한 자루 켜고 기도하듯 불빛의 소망을 꺼뜨릴 수 없었다.

　나이트클럽을 나온 남자는 연신 핸드폰의 메시지나 부재중 전화를 확인하다가 걸려오는 전화를 받았다. 딸에게서 온 전화라면서 옆에 서 있던 여자에게 조용히 하라는 표시로 입술에 손가락을 일자로 세우면서 미소를 지어 보였다. 짧은 대화가 끝나고 유쾌한 남자는 다시 여자에게 말을 건넨다. 클럽 안에서 빙빙 돌아가는 사이키 조명과 눈을 부시게 만드는 하얀 빛 아래에서 간간이 보이던 남자의 얼굴은 그저 그런 한국 남자의 전형적인 얼굴이었다. 왼쪽 눈과 광대뼈 사이에 길게 긁힌 상처의 흔적이 준수하다고 칭찬 들을 얼굴에 흠집을 내고 있었다. 특별할 것도 없고 다만 그 나이 또래 남자들의 키에 비하면 좀 크다는 것과 유난히 단련된 몸을 가지고 있다는 점을 제외하면 별다른 점을 발견할 수 없었다.

　클럽의 스테이지 앞 춤추는 플로어에서 훌쩍 키가 큰 남자는 빳빳하게 서서 예의 군살 없는 몸매를 자랑하기라도 하면서 술기운을 빌어 여자에게 밀착하여 블루스 추기를 원하면서 몸을 실어 왔었다. 자신은 지방에서 서울로 출장 왔으며 오늘만은 자유롭다고 했다. 그리고는 오늘 하루만은 즐기고 싶다고 부끄러움을 잊고 시끄러운 음악을 밀어내며 여자가 못 들을까 봐 귓전에다 대고 말했다. 여기서 마음껏 놀고 자신은 내일 지방으로 내려갈 거라고 하면서 오늘만은 아무 생각 없이 놀고 싶다고 했다.

　여자는 이 남자의, 솔직한 마음의 방만함을 들으면서도 양질의 유쾌함을 선사해주는 남자를 거부할 마음은 없었다. 그렇다고 아주 마음에 흡족하게 들 정도는 아니었지만, 하룻밤의 유혹을 나누기에 부족함은 없을 것으로 판단하였다. 남자가 자신은 서울에 일시적으로 출장 온 사람이고 오늘이 지나면 지방에 내려가기 때문에 이곳에서 있었던 모든 일은 없는 것이 된다고 여자에게 자꾸 각인시키려 하는 데는 오늘 하룻밤만 즐기고 더는 만나지 말자고 단단히 일러두는 것이었다.

여자는 남자의 방만함이나 당돌하면서도 유쾌한 대화가 나쁘지는 않았다. 그리고 하필이면 출장 온 남자가 걸려들었나 하고 다소 실망도 하면서도 남자의 유쾌한 말투나 솔직히 털어놓는 면이 싫지만은 않았다. 그렇다고 여자도 이 남자를 굳이 내치고 싶지는 않았다. 남자는 어디에서 와서 어디로 흘러가는가 생각해 보면 결국엔 클럽에서 만나 모텔로 여자를 유인해서 하룻밤 자고 남자의 말처럼 홀연히 사라지는 수순일 것이라는 뻔한 오입쟁이 남자의 전형이라고 생각했다. 이런 뻔뻔스럽다 못해 따귀라도 한 방 갈겨주고 싶은 남자지만 그렇다고 거칠게 남자를 다루고 싶지는 않았다.

둘은 걸었다. 길 양옆으로 즐비한 가게의 번쩍이는 불빛은 밤거리의 어둠을 몰아내고 당당하게 서 있어서 당돌한 남자와 일면 닮아있다고 여자는 생각했다. 하룻밤 놀아날 심산인 남자와 현란하게 일렁이다 새벽이 되면 꺼지는 불빛은 한배에서 태어나 각자 제 역할을 하다가 죽어가는 인간의 삶처럼 허망했으나 그 순간만큼은 무대 위의 잘 나가는 광대였다. 아무래도 남자의 딸은 아버지의 출장을 걱정하였던 모양이다. 여러 가지로 아내처럼 챙기거나 은근히 질서를 잡는 딸은 아마도 예민한 청소년기의 여고생 정도일 거라고 짐작하였다. 분명히 어제저녁에 아버지의 출장 가방을 챙기는 어머니의 바쁜 손을 보았을 테고, 다음 날 아침에 아버지와 함께 현관을 나오면서 인사를 했을 것이다. 그러면서 아파트 현관으로 나와 방향을 서로 달리하면서 잘 다녀오라고 하고는 아버지와 헤어졌을 것이다.

한 가정의 기둥인 남자는 그의 말처럼 오늘 밤은 너울댈 게다. 바다의 풍랑처럼 너울댈 게다. 그에게 다소 낯선 수도 서울에서 아무도 모르게 하룻밤 여기의 여자를 유혹하여 자고 나면 아무 일 없이 그의 삶의 터전인 지방으로 내려가면 그뿐이라고 남자는 생각하는 듯했다. 그러니까 여기는 출장지여서 일이 끝나면 목적을 다 이루고 성취감에 젖어 흥청망청 쉬운 여자를 하나 클럽에서 만나 일에서 오는 스트레스와 지방의 지루한 일상으로부터 색다른 경험을 함으로써 한없이 유쾌해진다.

실제로 남자는 출장 가방도 없이 그냥 작은 가방 하나를 메고 와서 서울의 어느 곳에서 이미 일 처리를 말끔히 하고 같이 온 동료들과 거래처의 사람들과 흥청망청한 후 헤어지고 2차로 클럽에서 출장지의 외로움을 달래러 남은 동료 한 사람과 왔다고 한다. 동료는 벌써 술에 엉망으로 취하여 길가라도 누울 정도가 되어 비틀대며 출렁이는 몸뚱이를 택시에 짐짝 싣듯이 실려 어디론가 사라지고 말았다. 거대한 서울이라는 동물의 몸속 어느 장기의 골목길에서 동료는 구불구불 술에 취한 소경이 되어 자루처럼 던져지리라. 그러면 집 안의 아내는 아침에 밥해 먹이고 정성스레 다려 입혔던 와이셔츠와 양복 마이의 남편이 낯선 도시에서 구겨질 대로 구겨지고 후줄근해져서 모텔 등에서 패잔병처럼 아무렇게나 뒹굴다 이른 아침 주섬주섬 옷을 입고 변두리의 작은 해장국집을 찾아가는 남편을 상상하지 못할 것이다.

아내는 여기에 없다. 가정이 주는 온기는 출장지 서울에는 없다. 관료적이며 권위주의와 이권의 거대한 컨베이어벨트가 돌아가는 거대한 기계 같은 서울에서 겨우 하나의 상담을 마무리 짓느라 접대다 뭐다 하면서 봉투를 찔러 준 끝에 성사된 성과를 손에 쥐었을 뿐이다. 아침의 그 빳빳한 손질은 모두 어디로 가고 세상에 없는 저런 패잔병을 받아 안아야 하나 이게 그의 아내가 집 안에서 겪는 고뇌이다. 마치 장난꾸러기 아이처럼 여기저기를 돌아다니다가 사고뭉치로 여기저기 생채기를 안고 삐죽삐죽 눈치를 보며 들어오는 장난꾸러기 소년이다. 게다가 눈치 보며 들어와서는 얌전히 옷 갈아입고 자면 될 것을 비틀대며 술 냄새를 짐승처럼 씩씩 풍기며 들어와서는 야심한 밤을 시끄럽게 만드는 남자의 전형이다.

남자는 길 건너 모텔을 가리키면서 저기 한 번 가볼까 하고 여자에게 살짝 제안하였다. 여자는 주저하였다. 길 건너 맞은 편으로 난 좁다란 골목 안쪽에 모텔이라는 입간판이 보이고 멀리서도 환한 현관이 보였다. 다소 컴컴한 골목의 안에 평평하게 자리한 모텔 건물은 한눈에도 오래된 모텔로 겨우 장여관 신세를 면한 낡은 모텔임을 알 수 있었다. 보나 안 보나 그 안은 욕실 타일도 미끈미끈할 것이며 손으로 돌려서 여는 손잡이일 것이며 휑뎅그렁할 것이며 욕조는 직사각형의 모양에다가 샤워 꼭지는 높이 벽에 달려 부자유스럽게 아무것도 놓여 있지 않은 욕실의 유일한 도구일 것이다.

여자는 남자의 득의양양한 기세에 이끌려 길을 건너 모텔로 걸어갔다. 젊은 남자가 지키는 프런트에서 남자는 간단히 계산하였다. 둘은 2층에 있는 방으로 계단을 올라갔다. 남자가 앞서고 여자는 묵묵히 남자의 뒤를 따라 올라갔다. 비교적 좁고 급한 계단은 발을 옮기는 것도 위태로웠다. 그러나 남자는 아까처럼 유쾌하게 주절대지는 않았으나 사뿐사뿐 계단을 올랐다. 이윽고 대실한 방에 도착하자 열쇠를 돌려 문을 열었다. 오래된 모텔의 방은 휑하니 한쪽 벽면에 덜렁 흰 시트가 덮인 침대가 테일블데스를 선고받은 환자가 누운 침대처럼 놓여 있고, 침대 머리 부근에는 티브이 받침과 약간은 큰 화면의 티브이가 불안하게 놓여 있었다. 티브이가 티브이 받침보다 큰 느낌이 들어 그 올려놓음의 불균형에서 오는 불안감이었을 게다.

남자는 약간은 수줍어했으나 쾌활하였고 그렇다고 오입쟁이 전형남처럼 능글대지는 않았다. 오히려 담백하고 깨끗한 느낌을 풍기면서 여자를 바라보았다. 여자는 먼저 씻고 오겠다고 하면서 욕실로 들어가서는 손잡이의 로크를 눌렀다. 그 안으로 희미하게 남자가 티브이를 켰는지 소리가 들려왔다. 그러나 이윽고 샤워의 물소리에 묻혀 방 안의 소리가 욕실로 들어오지 못했다. 여자는 땀으로 젖어 약간은 촉촉해진 팬티와 브래지어, 원피스를 벗어서 욕실의 옷걸이에다 걸어두었다. 푹푹 찌는 날씨 탓에 이렇게 땀으로 후줄근해진 적은 없었다.

여자는 한편으로 클럽에 같이 온 친구가 걱정되었다. 이 남자가 같이 데리고 온 아랫사람인 남자는 술이 고주망태기가 되어 자리를 떴었고, 친구는 웨이터의 손에 이끌려 어두컴컴하면서도 사이키 조명이 가끔 뿌옇게 갈라놓는 실내를 유영하듯 다른 남자의 테이블로 소개되었다. 무대 위에서 젊은 4인조 밴드가 귀청

이 찢어지도록 부르는 노래를 들으며 웨이터가 생각하는 어떤 남자의 옆에 앉혀주면 어두운 가운데에서도 낯선 남자의 인상을 살짝 보면서 판단할 것이다. 마음에 들지 않으면 앉았다가 따라주는 술 한잔도 받지 않고는 바로 일어날 것이며, 조금이라도 마음에 드는 구석이 있으면 맥주 한 잔 정도는 받아주고 이야기를 나누기 시작할 것이다.

여자는 이 남자와 먼저 나오는 바람에 친구를 혼자 클럽에 두고 온 꼴이 되어서 나중에 친구한테 원망을 들을 걸 생각하니 분명히 마음이 편치는 않았다. 다만 친구의 안위가 무탈하기만을 바라는 수밖에 없었다. 샤워를 틀어 시원하게 물을 뒤집어쓰니 정신이 좀 났다. 땀으로 젖은 몸의 끈적끈적함이 물에 밀려 거품과 함께 바닥으로 떨어졌다. 더욱이 낮 동안 장례를 치르면서 유가족들의 우울이나 슬픔이 옮겨붙은 마음을 떨어내듯이 물은 그녀의 몸 위로 쉴 새 없이 흘러내렸다. 더운 날씨 탓으로 몸의 열기가 진정이 되고 마음이 안정을 찾았다.

여자는 콧노래가 나올 듯했으나 깊이 내면으로 숨기면서 다만 마음으로 따라 불렀다. 그러면서 여자는 상상을 해보았다. 자신에게 아무 정보가 없는 이 남자를 위해 자신은 지금 무엇을 하고 있는가. 이 남자의 향락을 위해 자신의 몸을 던져줄 것인가. 창녀가 아닌 다음에야 어떻게 처음 만난 남자와 원나잇을 한단 말인가. 여자는 자신이 간이 크고 지금 자신이 벌이는 이 일이 얼마나 기가 막힌 일이 될 것인가, 얼마나 죄스러운 일인가를 생각하였다. 손잡은 정도의 이 남자와 무엇을 나누려 하는가. 그럴 만큼 이 남자가 마음에 들었던 것인가. 하룻밤을 나누어도 좋을 만큼 자신은 이 남자에게 매료되었단 말인가.

여자는 도무지 자신을 알 수가 없었다. 그저 남편과 이혼하고 홀로 살아가는 처지로서 남자가 그립기 때문에 이런 짓을 벌이고 있는가. 여자는 매우 혼란스러웠다. 남자의 유쾌한 유혹에 이끌려 여기까지 왔지만, 여자는 그저 남자의 유쾌한 유혹에 생각 없이 휘말리듯이 하여 둘만의 공간으로 들어오고 말았다. 게다가 남자는 엄연히 한 가정의 가장이질 않는가. 남의 남자와 하룻밤의 성교를 한다. 여자는 괴로워졌지만 이미 물은 엎질러져 바닥에 흥건히 괴었고, 여자는 그 유혹과 죄악의 시퍼런 물에 빠져 이성을 잃고 모든 관념이 머릿속에서 뿌옇게 되어버렸다.

자신의 규칙들도 이 욕망을 질주하는 밤의 위력에 무장해제되었다. 무장해제된 군인에게는 군율이 있을 수 없고 총탄에 쓰러지든지 항복하는 수밖에 없었다. 자신의 이성과 규율을 조종하는 초자아는 이미 몸의 요구에 굴복을 당하였다. 여자는 남자를 원하는 몸의 질서로 이성이 편입되어 들어가고 있었고 그것을 가만히 초연하게 받아들이는 자신을 바라보았다. 다만 이 남자는 여자를 어떻게 애무할까. 이것만이 그녀의 관심사가 되고 있었다. 남자마다 사랑을 표현하는 것이 다 다를 거라고 생각했다.

여자는 아이의 아버지를 만나기 전에 친척의 소개로 한 남자를 만났다. 그런데 이 남자는 아직 남자를 모르던 여자에게 밀착해 왔다. 여자는 그 남자가 싫지는 않았고, 그런 남자에게 시간을 가지고 천천히 만나보자고 몇 번이나 부탁했다. 그러나 남자는 여자의 생각을 듣지 않았다. 그렇다고 여자는 그 남자와 끊고 싶지는 않았다. 그러던 어느 날 남자는 데이트 중 차 안에서 여자의 입술을 덮쳐왔고, 여자의 흰 원피스 밑으로 악마의 마수처럼 뻗어왔다. 여자는 키스는 좋았으나 남자가 아랫도리를 만지는 것은 무례하다고 생각하여 뿌리쳤다.

그 후 계속 남자는 여자를 유혹하는 데만 골몰하는 한편 상견례도 주장하여 양가 어른들이 만났으나 문제는 그런 성적으로 방만한 남자의 자존심에 여자의 몸은 상처를 입기 시작했다. 그러려고 작정한 것도 아니었지만 남자의 속도전은 여자로 하여금 울렁증과 구토증을 몰고 왔고 급기야 여자의 몸은 완전히 굳어져 버렸다. 그런 그 여자의 죽은 듯한 몸을 상대로 남자는 미친 듯이 기계적인 키스를 융단폭격처럼 퍼붓고는 여자의 아래를 한여름의 늘어진 개의 혓바닥 같은 혀로 핥아댔다. 그리고 여자의 가슴을 두 손으로 물공 주무르듯이 센 손아귀로 주물러댔다.

여자는 남자가 욕망의 기계가 작동하는 그의 몸의 손이나 혀, 그것 등이 기계의 한 부분이라고 생각하면서 저 기계가 나를 죽일지도 모르겠구나 하고 생각했다. 그러다가 여자에게 자신의 그것을 입으로 애무해달라고 간절히 부탁하여 여자는 하는 수 없이 남자의 기계적 열정을 생각해서 보답해주려다가 그걸 무는 순간 토악질이 나와서 휴지통에다 욱욱 구토했다. 저녁 먹은 음식물이 목구멍을 넘어오고 위장은 뒤집어졌다. 여자가 몽롱해지자 남자는 그제야 미안해하면서 여자를 부축하였다. 그 욕망의 전차 같은 남자의 긴 그것은 오랫동안 여자를 괴롭혔다.

그 남자와의 불행한 섹스로 둘은 헤어졌고, 여자는 몹시 상처를 받았다. 처음 겪는 남자의 사랑 행위가 그렇게 억압적이면서도 여자의 마음이 열리는 것을 기다리지 못하고 들이대는 남자의 행동 때문에 여자는 구토하면서 앞으로의 어떤 남자와 섹스하는 것도 두렵기 시작했다. 그러나 남편을 만나고 그의 따뜻한 배려로 그 아픔을 잊고 남편과 달콤했던 첫 키스와 섹스는 여자를 치유해 주었다. 남편의 기다림과 간절한 열망 그리고 부드러운 입술과 손길, 미소와 말은 얼음이 된 여자를 녹여서 꽃물이 흐르게 하고 욕망의 기계에 할퀸 여자의 가슴과 아래의 상처가 나았다. 가슴에 불덩어리가 들어오더니 몸이 뜨거워지면서 활짝 열려 그를 무리 없이 받아들여 처녀막을 뚫는 그의 그것을 느꼈다. 그의 그것은 천연의 샘을 뚫어 선연한 붉은 피를 흘리게 하였고, 그 피는 생명의 피, 화합의 피, 사랑의 피가 되어 아들을 잉태하는 데까지 이르게 했다.

여자가 남편과 사이가 힘들어지면서 알게 된 남자와의 관계는 그저 그랬다. 별 감흥이 없었다. 3번 정도의 섹스 끝에 헤어졌다. 그 남자는 아내가 있는 사람이었는데, 여자를 만족시킬 줄도 몰랐고 거의 자기의 욕망을 채우고 버리듯 했다. 대충 애무하고 텁텁한 입술로 찝찔한 키스를 한 후 바로 들어오는데 여자는 울컥 구토증이 치밀었다. 그러나 여자는 그 남자를 탐했으나 남자는 치사스럽게 여자의 욕구를 지아비된 마음으로 기쁘게 받아주기보다 경멸하거나 마지못해 들어주듯이 하다가 여자에게 결국 먼저 채이는 꼴이 되었다.

그때 그 남자의 꼬락서니는 매달리듯 했다. 그러나 여자는 단호하였고 헤어질 때 뒤도 돌아보지 않았다. 남자는 여자에 대한 경멸과 젠체하는 마음의 교만을 무참히 밟아주고자 작정한 여자에게 처참하게 밟혔다. 자신의 안에 깊이 감추어져 있었던 그 여자에 대한 진심이 몹시도 상처를 받고 그렇게 상처받는 자신을 알고서야 자신이 여자를 사랑했다는 것을 뒤늦게야 깨달았다. 그러나 여자가 자신을 더 사랑하는 것 같으니까 어느새 방만한 마음이 감히 여자를 내려다본 자신의 실수로 여자는 여지없이 깊이 칼을 들이댔다.

남자는 여자를 만나기 위해 매일 저녁 일을 끝내고 아내 몰래 일주일에 한 번을 낯선 동네로 찾아왔다. 여자에게 밥을 사주고 가장 친한 친구한테도 할 수 없었던 자기 아내와의 침실 비밀을 죄다 털어놓았다. 겉으로는 그 많은 친구의 리더이자 한 집안의 가장으로 있으면서도 섬이 되어 마음이 초라하고 외롭기 그지없어서 여자의 품에서 어떤 때는 어린아이처럼 슬피 울었다.

교회에 미쳐서 늘 바깥으로 도는 아내와의 사이에서 딸만 둘을 둔 별 볼 일 없는 딸딸이 아빠였다. 아들이 없어 전전긍긍하는 집안의 어른들과의 관계에서 괜히 고개가 수그러지는 자신의 모습을 다 토로하면서 이런 자신을 받아줄 수 있느냐고, 학벌도 변변찮은 나를 사랑해줄 수 있겠느냐고 매달리던 때가 섹스하기 전의 남자의 저열한 태도였다. 애초에 여자에게 그 남자는 섹스를 위한 도구에 지나지 않았음이 섹스 후의 불감증 비슷한 느낌과 남자의 오만한 태도가 파탄을 불러왔다. 그 남자는 어떤 때는 자신의 애인이 되어 달라고도 하였다. 그러나 여자는 냉정히 잘랐다. 그늘의 여자로 살고 싶지는 않다고 그게 여자의 이유였다.

남자는 이런저런 계획을 말했다. 집을 따로 하나를 마련해 줄 테니 그곳으로 나와서 살 수 없겠느냐고 하면서. 그 말은 남자와의 첫 섹스 후에 남자가 제안했던 이야기였다. 그러나 남자는 이

후 여자와의 사이에서 모든 주도권을 자신이 틀어쥐기 위해서 치사하게도 섹스에까지 그것을 끌고 갔다. 여자는 그런 남자에게 야릇한 배신감과 섹스로 오는 기쁨이 점차로 반감이 되어 나중에는 삭막함이 밀려온 끝에 먼저 정리를 요구했다. 나중에 생각하니 그 남자의 입에 발린 제안은 섹스 후의 그 남자의 태도를 무색하게 만들고, 그 남자의 진심은 거기에 있지 않았음을 간파하면서 그 남자의 모든 것이 한 마디로 차가운 쇳덩어리가 되어 여자의 여린 가슴을 치면서 마음은 붉은 피를 쏟아내었다. 그 피는 절망의 피, 죄악의 피로 변하면서 악의 꽃이 마음에 피더니 여자의 마음은 시커먼 영상이 시종일관 흘렀다.

그 영상은 마치 영화 〈사람의 아들〉에 나오는 비와 바람이 부는 언덕의 낡고 시커먼 천막이 찢겨 바람에 휘날리면서 사람들이 떠난, 민요섭과 조동탁의 빈자들의 천막 같았다. 영상은 여자가 화사한 욕실에 들어가도 수증기 속에서 흘러나왔고 거울을 보는 눈에서도 흘러나왔다. 그러다가 한 번 병 드러누우면서 모든 것이 끝이 나고 있었다.

여자는 가정폭력을 피해 온 여자들의 시설에서 3개월 반을 살고 나와서 남편이 정신병원에 입원한 사실을 확인한 후에 지하 은신처의 집을 옮겨서 월세 30만 원 하는 반지하 두 칸짜리 방으로 옮겨왔다. 여자는 한 달을 정신없이 울다가 마지막 쌀 알갱이가 떨어졌을 때 장례회사에 들어와 먹을 것을 찾았다.

그 후 여자의 생활은 점차로 안정을 찾아갔다. 아이는 학교를 마치면 방과 후 공부방에 보내어 자신이 퇴근하여 올 때까지 돌봄 서비스의 혜택을 받았다. 그러나 아이는 늘 불안해하거나 혼자였다. 그리고 정서 불안이 있었고 모든 게 늦었다. 원래 아이가 또래 아이들과 잘 어울리지 못하였고 학습능력이 부족하여 늘 학교 성적이 바닥을 쳤다. 그러나 여자는 이것이 아이의 선천적 요소라고 생각하여 아이를 닦달하지는 않았다. 아이 탓이 아니기 때문이었다. 남편의 정신과 약 복용 중 임신이 아이의 지능에 영향을 주었을 수도 있다는 것이 여자의 생각이었다.

여자는 혼자 아들과 살면서 외로움이 밀려왔다. 남편이 소거된 자리에는 외로움과 아직은 젊고 남자를 아는 여자의 덤불 같은 욕구가 일어났다. 그러나 아들과 홀로 살아가는 것도 쉽지 않았던 여자는 그 욕구의 감퇴가 일상의 어려움과 남편과의 이혼으로 인해 오는 스트레스 때문에 일어난다고 생각하였다. 일터에서는 사람들에게 남편이 있다고 말해 두었고 빈틈없이 일했다. 절대로 같은 회사의 남자 직원들에게 쉽게 보이지 않기 위해서 안간힘을 썼다. 사실 자신 라인의 과장이 늘 추파를 던지고 은근히 다가오려는 수작들을 여자는 다 꿰뚫어 보고 그것을 피하기 위하여 갖은 지혜를 동원했다.

가정이 있는 남자였으나 40대 중반의 과장은 이 회사의 사장을 능가할 정도의 능력과 패기를 겸비하였지만 사장을 능가할 수는 없었다. 그는 자산가가 아니었고 이 회사에서 벌어서 자신을 포함한 네 가족이 먹어야 하는 처지에다가 늙은 노모를 부양해야 하는 고단한 사람이었다. 그러므로 이 과장은 자기 아래 사람들에게는 큰소리를 치지만 사장 앞에서는 웅크린 쥐새끼 같았다. 참으로 그 꼴이란 불쌍해질 지경이었다. 언젠가 과 직원들과 회식 가서는 젊은 여자 직원에게 치근덕대는 모습에 만정이 떨어졌다.

그날 이후 젊은 여직원은 회사에 나타나지 않았다. 다만 과장의 얼굴에는 주위를 살피는 예민함과 어두운 그림자만 그의 마음을 읽게 하였다. 그러고는 아침에 회의하는 자리에서 그 여직원이 개인 사정으로 퇴사하게 되었다고만 사무적으로 말하였다. 한동안 이 과장과 그 여직원의 소문에 대해 직원끼리 수군댔지만 시간이 지날수록 아무런 일도 없었다는 듯이 여직원의 퇴사는 이들의 관심으로부터 멀어져 갔다.

그러던 한 달 뒤에 모두 그날의 일정을 소화하기 위해 현장으로 뛰어나갈 준비로 웅성거리는데 경찰이 두 명 찾아왔다. 과장은 자신의 의자에서 엉거주춤하면서 일어나는데 경찰은 성폭행 사건과 관련하여 조사가 필요하니 경찰서로 가야겠다고 양쪽에서 과장의 팔을 낚아채었다. 이리하여 주렁주렁 매달린 그의 가족들은 비극을 맞았고 약자에게 강하고 강자에게 약한 과장의 몰락은 완성되었다.

여자는 낮에 벽제 화장터에서 몇 기의 시신을 맞이하였다. 유가족들은 장례 버스 아래 짐칸에서 시신이 든 관을 끌어내었다. 커다란 버스의 아래 짐칸은 그야말로 짐칸이었다. 인간의 시체는 냉장고나 짐칸에 실려있다가 나온다. 유가족들이 이미 짐이 되어 짐칸에 실려있는 망인의 관을 양쪽으로 갈라서서 운구하여 운구대에 싣는다.

그러고는 검은 생활 한복 모양의 상복을 입은 유가족들은 가마 앞에 끌고 가서는 순서를 기다린 끝에 안에서 자동문이 열리면 관을 밀어 넣었다. 끌어내고 밀어 넣고 40분 후면 전광판에 냉각이라는 글자가 뜬다. 그 후 종료라는 글자가 뜨면 유가족들은 마치 다 빠개진 몸을 수습하려는 일개미처럼 화장구 앞에 모여 오열하거나 굳은 표정의 무거운 침묵 속에서 화장장 직원으로부터 사각함을 넘겨받는다. 그러면 그 사각함 앞에 영정사진을 상주가 들고 뒤를 따라 다시 버스에 줄지어 올라 저마다 마련해둔 납골당이나 장지로 향했다.

여자는 회사의 제복을 입고 낮 동안 장례업무를 수행하기 위해 유가족들과 함께 움직인다. 혹한에도 혹서에도 장지에 이르는 먼 거리에도 여자는 오직 인내하였다. 그녀의 제복은 바로 12살 난 외아들의 미래를 위해 바쳐지는 거룩한 희생의 옷이었다.

여자는 샤워를 끝내고 복잡한 마음으로 욕실 문을 열고 나왔다. 옷을 다 입은 채였다. 그러니까 이 차림으로 그냥 욕실 문을 열고 집으로 갈까도 생각했다. 땀으로 젖어 끈적끈적한 몸을 씻고 나니 기분이 한결 가벼워졌고 낮 동안 장례업무를 수행할 때 두껍게 쌓인 우울과 슬픔의 정서가 몸에서 옷에서 머리카락에서 떨어져 나간 듯이 상쾌하기 그지없었다. 이런 기분으로 집으로 돌아간다면 아들에게 즐거울 듯했다.

한편으로 홀로 반지하 방에 갇혀 있을 아들을 생각하니 여자의 마음은 집으로 달려가고 있었다. 어차피 이 남자에게 매혹되지 않았고 그냥 따라와 본 것이다. 섹스를 해도 그만 안 해도 그만인 남자였다. 여자 쪽에서 하고 싶은 생각이 들 만큼 욕심나는 물건이 아니었다. 게다가 이 남자는 마누라와 자식들이 줄줄 달려있었다. 아까 출장 간 아빠를 단속하는 청소년기의 소녀를 둔 이 남자. 여자는 성욕이 감퇴되는 것을 느꼈다. 그런데 침대에서 남자는 자고 있었다. 여자는 그의 하얀 등을 보면서 잠시 생각했다. 형광등 불빛이 남자의 등을 지나치게 희게 만들어 그 몸에서 우유가 흐를 듯했다. 아니 한 덩어리의 길다란 흰 치즈 같았다. 손을 대면 까망베르 치즈처럼 착 달라붙으면서 약간의 차가움으로 손이 들러붙을 것 같았다. 남자의 등은 여자의 등피라고 여겨질 정도로 피부 껍질이 야들야들해 보였다.

순간 여자는 어떤 충동을 느꼈다. 아마 그것은 저걸 가져야겠다라는 욕심이었다. 그러나 여자의 이 욕심이 스스로 너무 더럽게 생각될 만큼 우유를 끼얹어둔 것 같은 남자의 몸은 예상대로 날씬하고 긴 다리며 전혀 군살이 없는 둥근 엉덩이를 가진 몸을 벽 쪽으로 돌려 누워 구부리고 잠들어 있었다. 마치 목신이 물의 요정들과 번롱하다가 나무 그늘에 누워 오수를 잠깐 즐기는 듯한 남자의 몸에서 풍기는 분위기는 여자의 모든 판단을 정지시켜 버렸다. 아까 번쩍이는 불빛이 얼굴을 밝게 비출 때 보았던 예의 상처가 지닌 어두운 이력과 달리 그의 몸은 무엇을 말할까 싶었다. 외부의 무엇인가에 찔리거나 할퀴거나 긁히거나 베인 작은 폭력과 무관하게 그의 안인 몸은 지극히 평온하였고 안온하였고 비폭력 속에서 고이 간직되고 있었다. 남자의 몸에서 정결한 여자의 나신을 떠올리니 문득 여자는 주춤하고 이 진귀한 몸뚱이를 한참을 바라다보았다.

남자는 여자가 욕실 문을 열고 나오는 소리도 발자국을 방 안에서 옮기는 인기척도 느끼지 못한 채 이미 술기운과 낮의 피로 때문에 한잠이 들어있었다. 티브이 소리는 여전히 흘러나왔고 여자는 긴장했다. 어떡할까… 그러나 잠자는 남자를 깨울 용기는 없었다. 낮에 낯선 출장지에서 하루 종일 시달린 남자는 나이트

클럽에서 긴장과 피로를 풀고 여자를 데리고 모텔로 오면서 넉다운이 된 것이었다. 낯선 곳에서 낯선 여자와 있으면서 아무런 경계심도 없이 잠든 이 남자는 과연 무엇인가. 여자는 생각했다. 여자가 나쁜 마음을 먹으면 주머니의 지갑을 훔쳐서 달아날 수도 있으며 남자 혐오감을 극도로 가진 여자에게 당할 수도 있다.

이 남자는 태평이었다. 어디서 이 무사태평한 마음이 생긴 걸까. 단지 술기운과 낮의 긴장과 피로 때문일까? 여자는 이것저것 머리에 스치고 지나갔다. 아까 둘이서 걷던 중에 받은 휴대폰 너머로 들리는 딸의 명랑한 소리와 남자의 즐거운 표정과 발랄한 전화 대화가 들리는 듯했다. 아무래도 남자의 얼굴은 약간은 거무잡잡한 색깔이었으나 거기에 비해 몸은 너무 정갈하게 희었다. 이 한 점 티끌 없는 하얀 등이 여자에게 신경이 쓰였다.

여자는 단념하였다. 이 남자를 품고 싶지 않았다. 그렇게 크게 끌린 것도 아니었지만 이 남자의 품이 왠지 불편할 것만 같았다. 처음 본 남자이기도 하겠고 사랑하지도 않지만, 이 남자는 함부로 짓밟고 싶지는 않았다. 그냥 딸에게 그의 아내에게 고이 보내주어야 했다. 여자는 남자의 하얀 등에 반사되어 눈이 부셨고 그 눈부심 속에서 자신이 부끄러워졌다. 왜 여기까지 왔나 순간 심한 후회의 감정이 가슴 저 깊은 곳으로부터 찔려왔다.

K가 약속시간이 가까운 오후 5시에 전화가 와서 술친구들 때문에 약속을 지킬 수 없이 되었다고 미안하다는 전화만 오지 않았더라도 여자는 클럽에 올 마음이 없었다. 클럽 대신 만약 K와의 약속이 이루어졌으면 즐거운 불금을 누렸으리라. 여자는 K에 대해 복수하고픈 마음으로 다른 남자의 품을 택하려고 했다. 그

러나 지금에 와서는 남자가 잠들어서 다행이기도 하고 약간 서운
하기도 한 묘한 감정으로 서둘러 발소리를 내지 않고 문을 나와
서는 아래 계단으로 내려와 카운터에다 주인인 듯한 젊은 남자에
게 말했다. 살짝 나온다고 204호 문을 닫지 못했으니 가서 닫아
드리세요 했다. 그랬더니 주인 남자는 웃는 얼굴로 벌써 가시게
요 했다. 네 주무시기에요 했다.

　시선이 정면으로 닿는 곳에 십자고상이 있었다. 아, 천주교인
인가 보다 생각했다. 여자는 무엇에 크게 놀란 듯이 그곳을 도망
치듯 나와서는 까만 하늘 아래 환한 거리를 빠른 걸음으로 빠져
나갔다. 그곳으로부터 멀어지고 싶어서 남자를 내팽겨치듯 나온
여자는 허전하였지만 안도의 한숨을 쉬면서 택시를 잡아탔다.

　밝은 빛이 은은하게 켜져 있었다. 여자는 천도 아닌 얇은 플라
스틱 휘장을 걷으며 실내 안으로 들어가고 있었다. 휘장은 세로
로 반짝이며 소리 없이 스며들 듯하는 바람이 어디에선가 불어와
끝 단을 흔들고 있었다. 빈 실내의 바닥은 정갈하게 손질되어 있
고 작은 돔이 하나 있었다. 마치 에스키모인들의 얼음집인 이글
루를 닮았다. 그 꼭대기에는 십자 모양이 붙어 있었다. 중간쯤에
안으로 들어가는 입구는 회로 봉인이 되어있었는데 전체로 돔은
흰색의 벽돌로 지어진 듯했다. 그리고 돔에서 바라보면 대각선으
로 바라보이는 곳에 커다랗고 다소 높은 제대가 삼각형 모양의
육중한 대리석 다리에 받쳐 있었다. 이제 막 죽은 이의 장례미사
가 집전될 모양인지 그 위에는 성배가 흰 천으로 덮혀 있고 뚜껑
의 꼭대기에 십자가가 달린 성합이 나란히 놓여 있었다. 그리고
그 앞에는 포도주와 물이 든 손잡이가 달린 물병이 엷은 노랑빛

176

과 투명한 물색을 띠고 유리 접시 위에 짝을 이루어 놓여 있었다. 그 접시 옆에는 동그랗고 작은 물그릇이 반쯤 물을 담은 채 동그마니 놓여 있었다. 돔의 정면 앞쪽에는 사제와 복사들이 입장하는 유리문이 있었다. 검은 장례미사용 제의를 입은 키가 크고 후리후리한 사제의 모습이 어른대고 복사 아이들이 저희들끼리 몇 마디의 장난스런 말을 주고받는 소리와 그것을 타이르는 수녀들의 나지막한 소리가 유리문 밖에서 꽃처럼 피어오르고 있었다.

문득 여자는 지친 나머지 제대에 기대어 엎드리는 환상을 본다. 얼마 후 그녀의 눈에 들어오는 것은 하얀 제대보를 깔아둔 제대 위에 흰색의 휴지 조각이 여기저기에서 마치 싹이 돋아나오듯이 나오는 것을 보았다. 꿈속에서 아니 저런 하고 여자는 어쩔 줄을 몰라 심장이 풍선처럼 또 부풀어 오르는 찰나에 눈을 떴다.

가슴께가 답답하고 온몸이 나른해지며 한없이 가라앉아 버렸다. 그녀는 심호흡을 깊이 들이마시고 다시 자리에 길게 드러눕는다. 몸이 오슬오슬 추워져서 두꺼운 겨울용 이불을 어깨까지 끌어당겨서 덮는다. 고통스럽다. 가슴병도 병이려니와 자기 검열에 걸린 자신을 느끼고는 가슴 깊이 찔려옴을 느낀다. 그 순간 조금 열어둔 창문 사이로 까마귀가 악을 쓰면서 몇 줄기 운다. 아니 저 새가 하며 어느 안전이라고 여기에 와서 울어댄다 말인가? 순간 불쾌하였다. 여자는 생각을 고쳐먹는다. 누군가 나를 대신해서 죽었다고 알려 주러 온 하늘나라 전령인가 생각했다. 그렇게 마음을 고쳐먹으니 예의 가슴병으로 인한 두려움에서 놓여난다. 그러면서 여자는 왜 제대 위에 있지도 않아야 할 휴지가 나뒹구는 걸까 생각하였다.

아주 흉몽 같았다. 아마 어젯밤 그 남자와 모텔에 들어간 것이 여자로서는 정신적인 부담을 느꼈을 것이라고 스스로 생각했다. 침대에서 새우잠을 자고 있던 남자를 던져둔 채 택시를 타고 들어와서 대충 씻고 잠이 든 것은 새벽 1시 넘어서였던 것 같다. 아들은 제 방에서 이미 잠이 들어있었다. 흉몽과 불길한 까마귀 울음소리를 길게 들으면서 깨어난 여자는 베개 주위에 있던 충전된 핸드폰을 확인했다. 시간은 벌써 7시를 넘고 있었다. 여자는 후다닥 일어났다. 그리고 아들의 등교를 위해 아침 준비를 서둘렀다.

이틀이 지난 후 회사에 여자가 도착했을 때는 늘 그랬지만 분위기가 가라앉아 있었다. 일찍 출근한 직원들은 무언가 서두르고 있었다. 그리고 과장과 대리가 시종일관 굳은 표정으로 서 있었다. 여자는 늘 그랬지만 이 사람들이 나에게 무엇을 또 시킬까 생각했다. 여자는 이 조직으로부터 자신이 할 수 없는 일도 자신에게 과중한 일의 양을 받는 것도 원치 않았다. 무엇보다도 인간관계에서 허점을 보이고 싶지 않았다. 특히 과장을 비롯한 남자 직원들에게는 허술하게 보이고 싶지 않았다. 이쪽에서 허점을 보이고 허술하게 보이면 금방 비집고 들어와서 자신을 갈기갈기 찢을 거라고 생각했다.

여자는 인간을 믿는 것이 두려웠다. 그것은 폭력 남편으로부터 오는 여파일 수도 있겠지만 인간에게 아무것도 의지할 것이 없다는 생각이었다. 그것은 아마 지난 여러 관계에서 오는 그녀만의 경험에서 온 판단이었다. 여자는 자신의 책상으로 가서 앉았다.

하루분의 일거리를 머릿속으로 생각해 보았다. 그러고는 커피 한 잔을 마시려고 배선실을 가려고 일어섰다. 그때 마침 대리가 그녀를 향하여 과장의 책상으로부터 왔다.

"김성희 씨, 지금 저와 함께 부산을 내려가야겠어요. 지방에서 장례가 생겼어요."

여자는 머뭇거리다가,

"예, 알겠습니다."

대리의 말은 부드러웠지만 사실은 여자에게 명령이나 다름없었다. 여자는 왜 젊은 여사원들을 내버려 두고 하필 자신인가 생각했다. 어쩔 수 없었다. 나이가 여자보다 2년 정도 아래였지만 이미 40하고도 중반을 바라보는 그의 머리에는 하나둘 흰 머리가 보이고 있었다. 과히 미남이라고 할 수는 없고 이렇다 할 얼굴의 특징은 없지만, 전체적으로 깨끗한 인상과 말할 때의 부드러움은 그의 고요하면서도 온유한 내면을 이야기 해주고 있었다. 직장에서도 별 문제 없이 젊은 여사원들을 대하고 위로는 과장과 부장 등의 상급자를 대하는 태도도 공손하였다. 그런데 이 남자는 독신이었다. 그가 독신이라는 것에 젊은 여사원들 간에는 여러 가지 궁금증을 불러일으키고 있었다. 전직에서 해고되었다거나 독신남으로 살았다거나 이혼을 했다거나 소문이 무성했던 것은 대리를 두고 보이는 그녀들의 관심사였다.

여자는 그런 대리를 늘 먼 사람 보듯이 하였다. 결혼하지 않은 총각을 자신의 처지로서 넘볼 수 없었다. 더구나 여자는 자신의 처지 때문에 남자와의 모든 관계를 더 조심했다고 하는 게 맞았다. 그런 어려운 대리와 간다고 생각하니 여자는 마음이 무거웠다. 그러나 여자는 이 직장에서 떨려나면 두 식구는 밥 먹을 길이 요원하였으므로 이 모든 것을 받아들이는 수밖에 없었다.

둘은 회사를 나와서 서울역에 도착하여 빠른 기차로 부산을 내려갔다. 대리는 여자에게 죽은 사람의 인적 사항과 유가족들의 요구조건을 몇 가지 알려주었다. 그리고 현지에 가서 어떻게 장례를 수행해야 하는지 그림이 그려질 수 있도록 여자에게 각인시켜 주었다. 그러니까 일에 대한 지침을 현지로 향하는 차 안에서 브리핑을 해준 셈이 되었다. 그렇게 공적인 말이 끝나자 대리는 잠시 눈을 좀 부치겠다고 했다. 아침에 일찍 일어나는 바람에 잠이 부족하다고 하였다. 물론 여자는 대리와 동석하여 가는 어려움은 있었지만 참을 수밖에 없었다. 그러라고 하면서 여자는 무심히 차창 밖으로 지나는 풍경에 눈을 던졌다.

누가 죽은 것일까? 50대의 남자이며 사인은 에어컨에 의한 심장마비라고 대충 이야기를 들은 거 같은데 이른 나이에 먼 길을 갔구나 생각했다. 물론 아는 사람도 아니지만 이 상조회사의 고객이고 어쨌든 여기에다 매달 부모를 위해 분납금을 불입했을 게다. 그런데 부모가 아닌 자신이 죽게 되었으니 자신의 장례를 위해 이 한 구좌가 쓰이게 된다. 남자는 준비성 있게도 부모를 위해 두 구좌를 매월 불입하고 있었다고 한다.

문득 여자는 마음이 스산해짐을 느꼈다.

저 눈에 들어오는 녹색 나무들 사이 그늘져 있는 곳에 시선이 닿았다. 나무들은 하늘을 향해 팔을 저마다 벌리고 무엇을 기구하는가. 저렇게 싱싱함에도 그늘이 드리워져 있다. 마음의 골짜기에 진 그늘처럼 여자는 거기에 머무르면서 그저께 밤에 만난 지방에서 출장 온 남자를 떠올렸다. 결국 그 남자와는 맺어지지 못한 채 남자의 하얀 등에 시선이 머물다가 망설이면서 그 등을 범하고 싶지 않아서 남자가 잠자는 틈을 타 소리 없이 모텔의 문을 나왔다.

발소리를 죽이면서 짧은 복도를 걸어 나오면서도 남자가 깰까 봐 신경을 썼다. 계단을 내려오고 프런트에 있던 젊은 남자 주인에게 "204호 문을 잘 닫아주세요."라고 부탁했었다. "일찍 나오셨네요."라고 그는 말했다. "아, 그분이 주무셔서요." 하고 답했더니 남자는 "아, 그랬군요, 알겠습니다." 하고 얼굴에 미소를 지으며 신뢰를 주었다. 그리고 벽을 쳐다보니 천주교인들이 쓰는 십자고상이 걸려있었다. 여자는 순간적으로 부끄러워졌다. 고통의 십자가, 남자와 여자에게 고통의 십자가였다. 그리고 두려운 십자가였다. 죄에 떨어진 자들이 두려워하는 십자가였다. 여자는 두려워서 휙 돌아 나왔다. 여자는 눈길이 나무숲 그늘에 머무르는 동안 그 십자고상을 바라봤을 때의 마음을 깊이 숨겼다. 죄를 짓다가 들킨 자신의 추레함을 꼭꼭 숨겼다. 다만 그늘은 그것을 받아서 숨겨주었다.

기차가 종착역인 부산역에 도착했을 때 둘은 바삐 장례식장에 가기 위해 택시를 잡아탔다. 둘이 장례식장에 도착한 것은 2시가 가까웠다. 제법 큰 병원에서 치르는 장례식장에는 국화꽃 화환이 줄을 서서 조객들을 맞이했다. 대리는 옷매무새를 반듯이 하고 들어갔다. 여자는 대리의 뒤를 따르면서 안으로 들어갔다. 상복을 입은 이들이 그들을 맞이했다. 벌써 지사에서 와서 모든 예식을 진행하고 있었다. 지사가 있는 데도 이렇게 서울에서 먼 거리를 대리와 직원 한 명까지 달려 파견한 것은 이 망자가 회사에 두 구좌를 조금 큰 액수로 계약을 해 두었고 회사 사장과 같은 고향 친구였기 때문에 사장을 대신하여 대리가 조문하는 의미도 있었다. 게다가 사장이 일찍이 사업을 벌였다가 망했을 때 돈을 빌려주었던 의리 있는 불알친구였다.

여자는 이런 경우의 상례는 처음이었고 그냥 회사에서 지시하는 대로 하면 되었다. 그러나 상주를 따라 빈소에 들어갔을 때, 여자는 아무도 모르게 순간 굳어졌다. 거기에는 그저께 만난 남자가 예의 왼쪽 볼에 길게 뭔가에 긁혀서 난 상처를 전등 불빛에 환히 드러내면서 영정사진 안에서 유쾌하게 웃고 있었기 때문이었다. 내려오면서 자신의 죄의 그늘을 나무숲에 꼭꼭 묻었던 그녀는 남자의 웃음소리가 귓가에 울려 멍하니 서 있었다. 그런 여자를 대리가 옆에서 부드럽게 툭 쳤다.

안
젤
라

"할머니, 이거 붙여놓을 테니까 늘 보고 기도하세요."

김 수녀는 주의 기도와 성모송, 영광송이 적힌 주모경 기도문을 널따란 달력 뒷면에다 써온 것을 벽에 붙이면서 말했다. 머리에 쓴 흰 베일이 어깨를 덮으면서 내려와 있었고 수도복 치맛자락의 끝이 방바닥에 쓸리면서 김 수녀는 부지런하고 매잔 손놀림으로 마지막으로 붙일 스카치테이프를 칼로 자르고 있었다.

"그거 읽고 외면 저 천정에서 으르렁대는 호랭이가 도망갈랑가?"

노인은 주름졌지만 피부는 희었고, 젊었을 적 이목구비가 시원하게 자리했을 얼굴에 밝은 미소를 띠며 되물었다.

"아이구, 할머니. 호랑이는 무슨, 그런 거 여기 없어요. 이거 외우면 다 도망가요. 하느님과 예수님이 성모님하고 같이 오셔서 할머니랑 얘기도 해주고 호랑이도 쫓아줄 거예요."

김 수녀는 빠르게 커터 칼을 드르륵 칼집 속에 집어넣고 테이프와 함께 까만 천으로 된 조그만 가방에 넣으면서 말했다.

“어젯밤에도 조기 문 뒤에서 뭐가 으르렁거리더니 천정으로 기
어 올라가더만. 천장 여기저기에서 어르릉거리면서 어찌나 무서운
지 잠을 잘 수가 있어야지. 뭐가 알을 잔뜩 까놓고 거그다가.”

“할머니, 기도문 외면 호랑이도 달아날 거니까 걱정마세요.”

“그럴랑가… 그란데 호랭이가 천정 속에서 있는데 한 마리는
암호랭이고, 한 마리는 숫호랭이등마. 이 두 마리가 귀애하는지
서로 왜 그렇게도 울었쌌는지, 그 소리가 얼매나 시끄러운지 도
시 잠도 못 잔당게로. 저놈들이 그러고는 둘이서 천정에서 여기저
기 돌아다닌당게로. 진짜여, 나가 거짓말 안 혀라. 저게 내려오는
날이면 큰일이제, 아믄.”

김 수녀는 할머니의 이상 징후를 보이는 말을 들으면서 뭔가
짚히는 데가 있어서 틈을 주지 않고 할머니를 채근했다.

“할머니, 한 번 따라 해 봐요. 하늘에 계신 우리 아버지.”

“하늘에 계신 우리 아버지.”

“아버지의 이름이 빛나시며.”

“아버지의 이름이 빛나시며.”

“할머니 아주 잘하시네요. 아버지의 뜻이 하늘에서와 같이.”

“아버지의 뜻이 하늘에서와 같이.”

노인은 사뭇 진지한 표정이 되어 김 수녀의 기도문 암송을 따
라하였다. 그 얼굴에는 병적 환시의 기억을 떠올릴 때의 엷은 두
려움이 가시고 온전한 정신으로 돌아왔다.

“땅에서도 이루어지소서.”

“땅에서도 이루어지소서.”

“할머니 그렇게 읽으면 되어요, 잘하시네요.”

김 수녀는 할머니를 칭찬하면서 격려해주었다. 이마에는 땀이 송글송글 맺히는 가운데 주의 기도문을 따라 읽게 하였다. 김 수녀의 목소리는 남도 억양이어서 생동감이 있었다. 할머니는 어린 학생처럼 잘 따라 했다.

날씨는 후덥지근하였다. 이제 겨우 장마가 그치고 연일 무덥던 삼복 날씨가 한풀 꺾였으나 늦더위가 기승을 부리고 있었다. 그러나 긴 장마의 뒤끝은 좋지 않았다. 이 집 마당에는 풀이 퍼렇게 나 있고 마치 사람도 살지 않는 것처럼 보일 정도로 휑하였다. 그런 집은 들어가면 정면으로 집의 현관이 보이지 않고 측면으로 지어져 있고 오히려 할머니가 사는 반지하 방이 들어가면 우측에 정면으로 보였다. 그것은 장방형으로 난 택지에다 마당을 내고 집을 측면으로 지은 때문이었다.

며칠 전, 지희는 이 집의 주인을 만나보기 위해 풀이 나 있는 마당 중간길을 걸어 들어가 현관의 벨을 눌렀다. 한참 후에 겨우 삐죽이 얼굴을 드러낸 주인 여자는 낯선 지희를 경계하면서 무슨 일이냐고 물었다. 지희는 할머니를 살피러 오는 성당 사람인데 만약에 할머니한테 뭔 일이 생기면 이쪽으로 전화를 달라고 핸드폰 번호를 건넸다. 주인 여자는 성가신 듯이 얼굴을 찌푸리면서도 가끔 따님이 다녀가고 있기는 하지만 자신도 치매가 걸린 할머니를 모르고 세 들인 것이 큰 걱정이라고 말했다. 이를테면 가스 불을 잘못 다루어 불낼까 봐도 걱정이고 갑자기 위독하실까 봐도 걱정이라고 했다.

할머니는 안젤라라는 세례명을 지니고 있었다. 언젠가 할머니는 속 깊은 이야기를 지희에게 해주었다. 그것은 젊었을 때 전라

도의 어느 시골 마을에서 서울로 아이들과 남편을 두고 돈 벌러
온 이야기였다. 할머니는 어느 색시 집의 주방 찬모로 일해서 돈
을 벌었다고 한다. 그 주인 내외는 그나마 온정이 있는 사람들이
어서 할머니의 남편이 간혹 서울에 올라오면 따로 여관을 잡아주
고 그날은 쉬게 해주었다고 한다. 할머니는 남편과 사이가 썩 좋
지는 않았다고 한다. 남편의 밥벌이가 시원치 않아서 아이들과
남편을 두고 서울까지 단신으로 돈을 벌러 와야 할 지경이었다
고 한다.

그 무렵 농촌의 아내들이 특히 남편의 벌이가 시원찮은 이들은
삼삼오오 시골을 떠나 서울로 와서 가정부나 찬모, 시다 등의 일
자리를 구해서 가족들을 부양해야만 했다고 한다. 할머니는 남편
이 올라올 때마다 이상하게 아이가 생겨서 그 주인 여자가 소파
수술하는 것까지 돌봐주기도 했단다. 그런데 아이들이 문제였는
데 할머니와 떨어져 살았던 시간이 길었던 둘째 아들과 딸은 할
머니한테 서운한 것이 늘 있었다고 한다. 자신을 살피러 오는 아
들과 딸이 바로 할머니와 떨어져 산 시간이 길어서 우리 엄마 아
니야라고 했던 어린 시절의 상처감을 지닌 애들이라고 하셨다.
그러면서 저그들이 그럴 법도 하지만 그래도 자식인데 나한테 그
럴 때는 서운하제 나가라고 푸념하실 때도 있었다.

"아따, 그놈들이 어떨 땐 서로 엉길 때도 있더만. 희안하게도
알을 깐 건지 웬 남의 집에 붙어서 안 나가고 살꼬."

노인은 여전히 헛것을 본 이야기를 계속했다. 순간 김 수녀의
얼굴에는 당혹감이 지나갔다. 그러나 이내 김 수녀는 다시 부드
러운 얼굴이 되어 말하였다.

"할머니가 잘못 본 거지요. 아무것도 없어요. 그런 생각이 들 때 있잖아요, 꼭 기도해요."

지희는 김 수녀가 이제 곧 자리를 떠야 한다는 것을 알고 있었다. 조금 전에 봉성체를 끝냈기 때문이다. 할머니 말고도 오늘 하루에 봉성체를 해야 할 신자들이 기다리고 있었다. 안 그래도 바깥에서 두 자매가 차 안에서 김 수녀를 기다리고 있었다. 방이 좁아서 김 수녀와 지희가 들어오고 그녀들은 바깥에서 기다리고 있었다. 지희는 봉성체날 말고도 시간이 날 때 할머니를 방문하곤 하였다. 그래도 할머니는 봉성체를 단아한 모습으로 하였다. 성체를 김 수녀로부터 받아서 입에 넣던 그 모습은 얌전한 소녀와 같았다. 이목구비가 뚜렷하고 시원하게 생긴 78세의 노인은 키도 큰 편이었다. 신자들이 나이가 들고 몸이 불편하여 성당을 나오지 못하게 되면 각 반장을 통하여 봉성체를 신청했다. 그러면 구역장과 반장, 그리고 봉성체 수행단이 꾸려져서 수녀나 사제를 수행하면서 이 구역 저 구역으로 봉성체를 기다리는 신자들의 집으로 방문했다.

그때는 꼭 예수 그리스도의 거룩한 몸인 성체를 성합에다 모셔서 가져오는데 신자들은 하느님께서 집으로 찾아와 주신다고 생각하면서 예를 갖추어서 의식을 하곤 했다. 마련한 상에는 흰 보를 깔고 그 위에다 탁상용 십자가를 올려놓고 초를 준비했다. 보좌사제나 수녀가 오면 촛불을 켜고 봉성체 의식을 환자와 반장과 구역장, 수행단원들이 함께 거행하였다.

"할머니, 다음 달에도 또 올 테니까 더위에 잘 지내고요. 우리 또 만나요!"

김 수녀는 할머니에게 다정하게 말을 건넸다.

"응, 그려, 알았어. 잘 가."

"할머니 밤에 무서운 생각이 들면 꼭 벽에 붙여둔 기도문 소리 내어 읽어요. 잊지 말고요."

"응 응, 내 그렇게 할 거구만."

김 수녀는 자리에서 일어나 문을 나가면서 지희에게 말하였다.

"자매님, 수고가 많아요. 할머니가 저렇게 혼자 사셔서 병이 더 악화되는 것 같군요."

"수녀님, 얼마 안 있으면 할머니의 따님이 할머니를 요양원으로 모시고 갈지도 몰라요."

"이렇게 아프신 분이 혼자 사시는 것도 위험한 일이긴 하지요. 자녀분들이 신경을 쓰고 있겠지요."

"예, 그렇긴 한데 따님이 할머니에게 어떨 때는 심하게 대하는 모양이에요. 할머니가 저한테 맞은 적이 있다고 했어요."

"따님한테요?"

"예."

순간 김 수녀의 얼굴은 어둡게 가라앉았다. 지희는 괜히 말했다는 생각에 후회가 되었다.

"수녀님 자매님들이 기다리고 계시군요."

"아, 예, 그럼 가 볼게요. 또 봐요, 자매님."

"할머니, 잠깐 계세요. 수녀님 바래다 드리고 올게요."

김 수녀는 생각을 털고 바삐 차로 걸어 나갔다. 차 안에서 기다리던 자매 한 명이 내려서 김 수녀를 맞이하고 같이 타고는 눈인사를 지희에게 보내고 골목을 빠져나갔다.

지희가 안젤라 할머니를 처음 만난 것은 성당의 자매로부터 대문 열쇠를 건네받고부터였다. 외아들과 둘이 사는 지희로서는 감당하기 어려운 일이었지만 그동안 할머니를 돌보아온 자매의 처지를 생각하면 더욱 기가 막혔다. 그 자매는 이름이 라파엘라였고 그 본인도 장애인이었다. 신체장애가 아니라 정신장애 판정을 받았으나 성당 단체 활동도 하면서 홀어머니를 모시고 둘이서 살고 있는 자매였다. 안경을 끼고 있었고 기운이 없어 보이는 자매는 아마 늘 먹는 정신과 약 탓으로 말이 별로 없었다. 지희를 빤히 바라보면서도 말을 걸지 않아서 지희 쪽에서 먼저 다가갔던 자매였다. 나이는 육십 가까웠고 결혼도 하지 않은 채 홀어머니와 둘이서 살고 있었다. 그녀는 오랫동안 안젤라 할머니의 봉성체를 맡아서 하고 있었다. 수녀나 보좌사제가 봉성체를 모시고 오는 날은 어김없이 자매가 와서 함께 봉성체 의식에 참례했다. 그런데 그녀도 이제 힘들어졌다. 할머니의 치매가 날이 갈수록 심해지고 있었던 때문이다.

지희는 봉성체 날만이 아니라 여느 때도 할머니가 생각나면 한 번씩 가서 어떻게 사는지 살펴보고 이야기도 좀 나누다가 돌아왔다. 그런데 이상하게도 할머니를 만나면서부터 지희는 마음이 짓눌리는 것을 느꼈다. 할머니의 집을 갔다 오면 늘 그랬다. 어떤 때는 신경이 많이 쓰이면서도 아무것도 해줄 수가 없는 처지여서 안타까웠고 과일이나 가벼운 간식거리를 가는 길에 가져다드리곤 했다. 어쨌든 할머니가 지희가 사는 뒤쪽 골목의 단독주택 반지하에 살고 있다는 것이 지희에게 머리가 짓눌리는 느낌은 어떻게 할 수가 없었다. 한 번은 할머니가 지희에게 함께 살면 안 되 겠느냐고 해서 지희가 아들에게 물으니, 아들이 안 된다고 말했 다. 지희로서도 가족도 아닌 사람과 같이 산다는 것이, 그것도 치 매가 걸린 노인과 산다는 것이 쉽지만은 않을 거라고 생각했다. 아무것도 해주지도 못하면서 공연히 쓰이는 신경은 막을 길이 없 었다.

물론 할머니에게는 아들과 딸이 있다고 했다. 자녀들도 각자 의 삶을 살기 때문에 같이 살 수가 없다고 하였다. 요양원에 들어 가기 전에 잠시 동안 단칸방을 얻어서 할머니를 살게 한다고 했 다. 지희는 어떻게 연로하시고 치매마저 걸리신 분을 이렇게 혼자 살게 하는지 할머니의 아들딸을 이해할 수가 없었다. 그리고 간 혹 둘이서 번갈아 들여다보면서 딸은 할머니가 빨리 죽지 않는다 고 이죽거리기까지 했다니 지희로서는 할머니의 처지가 마음 아 팠다. 부모 자식 사이에도 아무도 책임져 주지 못한다는 것이 이 들을 지켜보는 지희로서는 씁쓸하기까지 했다.

얼마 전 지희의 아버지가 돌아가셨다. 삼복더위 중이었는데 장 례식 내내 비가 왔다. 마치 아버지의 갑작스런 죽음을 슬퍼하기 라도 하듯이 하늘은 지희의 마음을 아는지 눈물을 뿌렸다. 믿기 지 않았던 아버지의 죽음은 하관을 하여 산역부들이 흙으로 덮고 덜구를 찧을 때 정말 아버지는 돌아가신 게로구나 하면서도 아버 지 아닌 실체도 없는 타인의 무덤을 보는 것 같았다.

상가에 투자하여 안정된 생활을 꾀했던 지희는 분양 사기를 당하였고 2억이라는 돈은 고스란히 빚더미에 올라앉게 했다. 시공사와 시행사가 다르고 원청인 회사가 사람과 지구 ○○○라고 그럴싸한 이름의 회사는 자금줄이 막힌 것인지 발을 빼기 시작했다. 그렇게 사기 분양을 하고도 두 패거리 정도가 분양자들의 등을 치고 돈을 챙겨 달아났다. 서울대 법대에다 운동권 운운하면서 믿고 관리를 맡겨달라면서 상가를 활성화할 테니 돈을 더 내달라는 헛소리를 지껄였다. 다 망하고 고향에 갔다가 떨어지지 않는 입으로 아버지께 이 사실을 알렸을 때는 서울로 돌아오기 위해 짐 보따리를 싸서 동구 밖까지 나왔을 즈음이었다.

아버지는 지희가 앞으로 어떻게 살아가느냐면서 눈물을 철철 흘리셨다. 그때만 해도 지희는 아버지의 눈물이 실감이 안 났다. 그것은 아버지의 갑작스런 죽음이 믿기지 않았던 것처럼 마치 남의 실패와 남의 죽음을 대하는 것 같았다. 그러나 나중에 빚더미에 올라앉고, 채권추심이다 해서 추심회사나 은행에서 늘 전화가 와서 시달리고 신용불량자에다 경제적으로 이루 말할 수 없는 궁핍에 빠졌을 때 왜 그렇게 아버지가 눈물을 흘리면서 지희의 닥쳐올 고난에 대해 걱정하며 우셨는지 깨달았다.

그때 지희는 이미 삶의 끔찍한 소용돌이 속으로 휘말려 들어가서 난파한 작은 배였다. 그랬던 아버지가 심장마비로 돌아가시자 지희에게는 기댈 언덕이 사라졌다. 어린 아들과 살길이 막막했다. 남편으로부터 원망도 들었고, 남편의 조울병이 악화되어 더 이상 결혼생활을 지속할 수 없어 아들과 낯선 동네로 피신하다시피 들어온 지희로서는 아버지의 죽음으로 모든 게 무너지는 것 같았다. 아무도 그녀를 책임져 줄 수 없었고 든든한 울타리조차 없던 처지에서 나날이 간난신고의 시간이었다. 가슴이 짓눌리고 아픈 나날이 계속되던 중에 안젤라 할머니를 만났다.

12시가 가까워지자 태양은 이글이글 불타기 시작했다. 지희는 발걸음을 돌려 노인의 방으로 되돌아왔다. 노인은 우두커니 앉아서 벽에 붙여둔 기도문을 보면서 손으로 붙여둔 종이를 만지고 있었다. 지희는 나직이 노인을 불렀다.

"할머니, 수녀님께서 기도문을 붙여주시니까 좋지요?"

"응 그려, 글자를 잘 읽지는 못혀도 천천히 읽을 수는 있지 아믄, 수녀님이 이렇게 곱게 쓰셨구만은. 참말로 이걸 외고 또 외면 천국 갈 수 있을랑가.

아참, 거그 서랍장 세 번째 칸을 좀 열어봐. 거그 뭐가 있어. 옷 밑에 허연 종이가 있을 거여."

지희는 윗목에 놓여 있는 작은 서랍장의 세 번째 칸을 열었다. 거기에는 옷가지가 수납되어 있었다. 지희는 옷을 뒤져보니 그 아래 흰 종이에 싼 무언가가 나왔다.

"할머니, 여기 뭐가 있어요. 이건가요?"

"응, 그거여. 꺼내 봐."

지희는 흰 달력 종이에 싸인 것을 방바닥에 내놓았다. 그리고 종이를 열어보니 누렇고 두꺼운 종이에는 한문으로 한 문장 정도 쓰여 있었다. 그것을 펴는 순간부터 뭔가 범접하기 어렵기도 하고 지희로 하여금 긴장하게 만들었다.

"할머니 이게 뭐예요?"

"아, 그건 우리 딸이 나한테 준 거야. 광명진단이랴. 나보고 이걸루다 매일 외우라고 혔어. 그란데 필요 읎어 인자는… 예수님이 있응께로. 그라고 이거를 나는 태워버렸으면 좋겠구만, 댁에가 이

걸 태워주면 좋겠구만은."

　지희는 할머니의 간절하면서도 근심 어린 말을 들으며 속으로 만약에 이걸 태웠다가 할머니의 딸로부터 혼날까 봐 신경이 쓰였고 이걸 어디에서 태워야 할지도 난감하였다. 콘크리트로 뒤덮인 서울에서 뭔가를 모아놓고 불을 태워본 적이 없었던 지희로서는 언뜻 좋은 생각이 떠오르지 않았다.

　"자매님, 이걸 꼭 태워야만 하나요?"

　지희는 확인하듯이 할머니에게 물어보았다.

　"그려, 나는 이걸 저그 옷장 서랍에 넣어두니께로 마음이 짓눌리네, 댁에가 몰라서 그렇제 나가 맴이 그렇구만. 딸이 이걸 주면서 밤낮으로 외우라고 하네만은 나는 편치를 않네."

　할머니는 기운 없는 목소리로 말했다. 그러는 중에 지희는 머릿속에 불현듯 좋은 생각이 떠올랐다. 지희네가 세 들어 사는 집 앞에서 얼른 태우면 좋겠다 싶었다.

　"할머니, 저기 저희 집 앞에서 태우기로 하지요. 이걸 들고 같이 나가서 제가 집 대문 앞에서 태우지요, 거긴 불날 염려도 없어요."

　"그렇게 해주겠는가. 고맙네 고마워. 그럼 날 데리고 같이 나가서 태우잖게로."

　"예, 그렇게 하지요."

　지희는 방바닥에 있는 그 종이를 달력 종이에 다시 싸서 손에 들고 먼저 일어나고는 방바닥에 앉은 할머니를 부축하여 일으켰다. 노인은 천천히 일어나 발걸음을 옮기고 방의 문지방을 어렵게 넘더니 부엌으로 나와서 플라스틱으로 만든 신발을 꿰어 신고는 부엌의 문지방을 넘어 마당으로 올라섰다. 물론 지희는 할머니가 넘어지지 않게 부축하였다. 그리고는 대문을 넘어서 지희네가 세 들어 사는 집으로 발걸음을 옮기는데 할머니는 그래도 어렵지 않게 지팡이를 짚어가면서 걸었다.

골목을 나와서 지희네가 세 들어 사는 집 앞에 당도하였다. 지희는 잠깐 서 계시라고 하고는 빨리 대문을 열고 들어가서는 방으로 들어가서 라이터와 종이를 찾아서 가지고 대문 앞으로 나왔다. 불을 태운다고 하니 이웃들이 볼까 봐 가슴이 뛰었다. 불을 내지는 않으리라 조심하면서 지희는 들고 온 플라스틱 빗자루로 대문 가에 널브러져 있는, 이웃에서 날아온 마른 잎사귀나 마른 가지를 쓸어다 놓았다. 그리고 종이를 손으로 구겨서 그 위에다 올리고는 라이터로 불을 당겼다. 마른 잎새에 불이 붙으면서 허옇고 누런 연기가 피어오르더니 이내 불이 지펴서 활활 타기 시작했고 연기는 사라졌다.

지희는 할머니에게 들려놓았던 광명진단 종이 꾸러미를 받아서 활활 타는 불 속으로 던져넣었다. 그리고는 할머니의 팔을 잡고 서서 둘이서 타오르는 불을 바라보았다. 순식간에 타오르는 불은 노랗고 빨갛게 불꽃을 피우면서 화염을 더운 공기 속으로 뿜어내었다. 그 불꽃은 시원하면서도 고즈넉했다. 종이 꾸러미가 타는 동안 할머니는 불꽃을 바라보면서 연방 소리를 드높였다.

"어이구, 속이 시원하네, 속이 시원해, 내사마 댁 덕분에 속이 시원하네."

지희는 할머니의 시원하다는 말을 귀로 들으면서 얼마 전에 돌아가신 아버지를 잃은 슬픔으로 가슴이 매일 멍멍하고 짓눌린 마음이 불길에 타버리듯 하였다. 아버지의 장례를 치른 후 처음으로 시원해지는 느낌을 받았다. 지희는 자신도 모르는 사이에 한줄기 눈물이 흘러내렸다. 이승을 떠날 사람은 모든 인연을 정리하는 것인가. 아니면 딸 때문에 아팠던 마음을 다 내려놓은 것일까.

노인은 언젠가 지희에게 말했었다. 딸이 빨리 죽지 않는다고 화를 내고 소리쳤었다고. 그러면서 노인은 지희에게 물었다. 내가 죽으면 천국에 갈랑가 하고. 지희는 예수님은 안젤라 자매님과 함께하실 거라고 말해주었던 기억이 났다. 그런 지희였지만 막상 아버지의 죽음 앞에서 지희도 마음이 죽음 속으로 빠져들어 갔다. 아무도 자신을 책임져 줄 사람이 없다는 것에 절망하고 불안과 공포의 감정이 밀려와 두려웠던 기억은 지희를 아프게 했다.

불은 쉼 없이 이 모든 기억을 태워버리고 있었다. 다만 타오르는 불 앞에서 둘은 오래오래 서로를 붙들고 서 있었다. 한없이 타는 불길은 한여름 낮의 열기 속에서도 마치 정밀하게 주위의 열기를 잠식하면서도 역으로 뜨겁기보다도 차갑게 타오르는 듯했다. 한낮의 열기 속에서도 불이 내는 열기는 차갑고 정밀한 이슬방울이 지는 것처럼 고요하였다. 그 속에는 가슴에 오랫동안 타래가 지고 똬리를 튼 묵고 묵은 고통의 핏덩이가 적멸하는 것처럼 사그라지고 있었다. 그 차가움 속에서는 고통에 불탔던 가슴의 붉은 심장도 하얗게 헹구어져서 평화롭게 박동이 뛰어 고즈넉하였고 생명은 새로운 약동을 하는 듯했다.

불은 죄다 타고 하나의 불꽃도 남지 않았고 이제 허연 재만 사그라져 있었다. 어차피 타는 재처럼 모두 다 타버릴 인생이었다. 모든 고뇌도 불과 함께 타버릴 것이었다. 노인은 망연히 바라보면서도 침묵했다. 그 침묵 속에는 딸과의 인연도 타고 있었을까? 후련해진 마음으로 노인은 침묵의 평온 속으로 낮게 가라앉았다. 그러면서 가슴을 짓누르던 인연의 끈이 홀가분해지는 걸 느끼고 있었다. 오후의 후덥지근함 속에서는 아까까지 세차게 타던 종이와 검불에 피어나던 불꽃의 노랗고 붉은 모양은 그 옛날 홍등가의 붉은 불빛과 휘황찬란한 도시의 네온사인의 불빛을 연상하게 하였다.

젊은 새댁이었을 때 땅뙈기 하나 부쳐 먹을 곳 없이 맨몸뚱이로 홀시어머니와 여러 자식을 먹여 살려야 할 남편은 밤낮 빈둥거리면서 밤이면 자신을 파고드는 그 욕망의 불꽃이 혀가 되어 자신을 삼켰듯이 이 불꽃도 그런 욕망과 인연들을 삼키고 적멸에 들게 하였다. 더 버틸 수 없어 같은 동네 아낙들과 일하러 서울로 가는 완행열차에 고단한 몸을 실었을 때의 자유와 해방감처럼, 익숙하지만 죽음과 같은 일상을 뒤로하고 낯설지만 일말의 희망을 줄 것 같은 일상이 기다리는 곳으로 향했던 눈물의 때를 기억하였다. 남편과 시어머니의 손에 이끌린 어린 큰아들이 울며불며 하던 모습을 차장으로 지켜보면서 눈물에 젖었던 그때를 노인은 잊지 않았다.

지희는 타고 남은 재에 물을 대충 뿌리고 긁어모아 까만 비닐봉지에 넣었다. 누런 종이와 검불이 한 줌도 채 안 되는 재가 되었다. 비닐봉지를 쓰레기 주머니에 넣고 지희는 홀로 서 있는 할머니의 곁으로 다가갔다.

"할머니, 오래 서 계셔서 피곤하시지 않으세요? 이제 댁으로 들어가시지요, 바래다 드릴게요."

"응, 그려야지."

노인은 힘없이 발길을 돌렸다. 지희는 노인을 자신의 집 안으로 데려갈까도 생각했지만 어두운 반지하가 누추하여 할머니를 모시고 싶지가 않았다. 그 어두운 데에 비해 바깥은 얼마나 밝고도 밝은가? 할머니의 반지하보다 지희가 사는 반지하 방이 더욱 깊은 곳에 위치하여 훨씬 더 어두웠다. 어쩌면 그런 것과 상관없이 할머니를 집으로 모셔서 한 잔의 시원한 차라도 대접해야겠지만 지희의 마음은 그럴 경황이 없었다. 할머니가 요청한 종이를 태우는 일이 그녀에게는 숙제다 보니 그럴 여유가 없었다.

지희는 할머니를 부축하여 다시 돌아온 골목길을 걸었다. 옆집 담 안에는 포도나무가 넝쿨져 있고 높은 담 사이로 녹빛의 탱글탱글한 포도알이 맺어 있었다. 그 포도알은 참으로 싱싱해 보였고 이 가지에도 저 가지에도 주렁주렁 달려있었다. 한 눈에도 포도나무는 잘 자라서 가지를 넓게 뻗어 그 가지마다 포도 꼬투리가 맺어 먹음직스러운 포도알 송이가 되어있었다. 저 포도는 언제 익을까 싶게 진한 녹빛이지만 이제 곧 포도는 삶에 마음이 멍이 든 할머니의 가슴처럼 연한 보라에서 아주 진한 보랏빛으로 더욱 멍들어갈 것임에 틀림없었다. 그러나 포도의 멍든 보랏빛이 진해질수록 포도가 익어가는 것처럼 할머니의 고통이 커갈수록 안젤라는 하늘에 가까이 갈 것이었다. 진보랏빛으로 익은 포도가 수확 철의 기쁨을 맞이하듯이 진보랏빛으로 멍든 안젤라의 가슴에도 기쁨이 멀쟎은 것은 그녀가 나무에서 떨어지지 않고 붙어 있는 포도나무 가지요, 그 열매이기 때문이다. 이런 생각을 하면서 걷고 있는데 할머니가 입을 열었다.

“내가 죽으면 천국갈랑가?”

“할머니, 돌아가시다니요, 그런 말씀 마세요. 아직 이렇게 정정하신데 그런 말씀 말아요.”

“딸이 날 요양원이라는 델 보내면 거그서는 또 어떻게 살꼬 생각하니 기가 막히는구만은.”

“할머니, 어디를 가시든지 하느님은 당신 자녀인 안젤라를 잊지 않아요. 설사 나중에 돌아가셔도 저승길에 마중 나오실 거예요. 자매님이나 저나 하느님의 딸들이니까요. 다만 고통스런 하느님의 딸이죠. 저 포도알처럼 멍이 들어서야 익을 대로 익어서 하느님 나라에 가는 천사지요.”

“정말 그럴랑가, 그려 내 가심도 다 멍이 들어부렀제. 그걸 하느님이 썩게 해서 맛나는 포도주가 되듯이 새 사람으로 하늘나라에서 태어나게 하는 갑써.”

“네, 꼭 그렇게 해주실 거예요, 언제 어디를 가든지 하느님은 안젤라 자매님과 함께하실 테니 걱정 말아요, 자매님.”

이런 이야기를 나누면서 둘은 어느덧 할머니가 세 들어 사는 집 대문 앞까지 왔다. 마치 둘은 뻗은 포도나무의 가지처럼 골목길을 사이에 두고 한 뿌리의 포도나무에 길게 뻗어 서로 이어진 포도나무 가지처럼. 지희는 여기에서 작별해야겠다고 마음먹었다.

“할머니, 언제 따님이 와서 요양원에 가게 될지 우리가 모르지만 늘 잊지 마세요. 아네스는 잊지 않고 기도할 거예요. 알았죠?”

“응, 거게가 그렇게 말하니 내사 믿어야제. 어디를 가든지 거게 같은 사람을 또 만나겠지, 어젯밤에는 밤새 성모님과 예수님을 둘러싸고 하늘 사람들이 나를 지켜주었거든. 걱정 말어. 나 이제 편안혀, 괜찮아.”

지희는 오히려 자신을 위로하는 노인을 들여다 보내고 더위에 마를 대로 마른 시멘트 골목길을 돌아 나오면서 이웃집 담장으로 비어져 나온 포도나무 넝쿨을 올려다보았다. 그 넝쿨은 넘실대는 파도처럼 시원하게 드려워져 있고 그 넝쿨 안에 매달려 있는 포도알을 보면서 지희는 생각했다. 아무도 쉽게 하늘나라를 말할 수 없다. 그리고 지희 자신도 하늘나라를 본 적이 없다. 그러나 성경에서 그리스도가 이야기하고 있지 않는가? 그걸 믿는 사람에게 하늘나라는 열릴 것이라고. 그 나라는 안젤라에게도 지희 자신에게도 가고 싶은 나라이며 지상의 삶이 다하면 그곳으로 모두 갈 거라고. 저 포도나무 가지에 붙어 있는 이들이 지상에서도 서로 줄기가 얽혀있듯이 그 나라에서도 함께 뻗어날 거라고 지희는 생각했다.

할머니가 언제 셋방을 떠나 요양원으로 들어가시게 될지는 모르지만 지희는 안젤라가 어쩌면 하늘나라에서 불시착한 천사일 거라고 여겼다. 그 천사는 이 지상의 도시 한켠에서 가족을 위해 수고를 하고도 늙고 병들어 보잘것없는 셋방을 얻어 홀로 가난하고 외롭게 병들어 살았다 해도 하늘의 천사는 천사로서 기억될 것이라고 마음으로 되뇌고 있었다. 그때는 가족을 위해 그게 최선이었던 것이 자식들에게는 지울 수 없는 마음의 상처가 되어 어미의 가슴을 후벼팠다 할지라도 이제 어미의 육신은 오래지 않아 지상을 떠날 것이었다. 가벼워질 대로 가벼워져서 한 줌의 재가 된 채 훨훨 자유롭게 하늘을 날고 마치 봄에 일제히 피었다

일제히 지는 벚꽃의 허망함처럼 하늘하늘 가볍게 질 것이었다. 상행열차의 차창으로 철로 변 둔덕에 서 있던 벚나무에서 눈이 내리는 것처럼 하얗게 꽃잎이 흩어져 내리는 것을 입술을 깨물며 꼭 돈을 벌어올 거라고 다짐하던 젊은 날의 노인의 하루가 겹쳐지고 있었다.

지희는 마치 푸른 물결이 되어 흘러내릴 듯한 포도나무를 오래 바라보면서 돌아가신 아버지를 생각하였다. 그 하늘에 먼저 가서 한 채의 집을 짓고 거기에서 가족들이 차례로 오는 날까지 집을 지켜주실 아버지를 생각하였다. 한때 가족들에게 몸을 나누었던 안젤라 할머니도 하늘나라에 먼저 가셔서 아버지처럼 피붙이들을 위해 집을 지어다 놓을 것이었다. 언젠가 플라타너스 위에 둥근 집을 지어 두고 두 마리의 까치가 드나들고 새끼를 쳐서 제법 소란스런 소리를 내던 그 봄날의 기억처럼 안젤라도 지희도 아버지도 모두 그 까치집에서 살았던 누군가의 피붙이였다. 그 까치집이 세상 바람에도 흔들림 없이 있었던 것은 집을 지키려는 이들의 간절한 열망이 차곡차곡 나뭇가지로 쟁여지고 쟁여져 튼튼한 집이 되었을 것이었다. 그 나뭇가지에 지어놓은 집이 곧 포도나무와 그 가지처럼 단단하게 붙어서 뻗어 나갔던 사람들은 이제 포도알처럼 피멍울마저도 익을 대로 익혀서 달디단 과즙을 아낌없이 주고 먼 나라로 떠나고 있었다.

그 피는 언젠가 성당에서 본 십자가상 예수의 못 박힌 손과 발 그리고 로마 병사들의 창에 찔린 옆구리에서 쏟아져나온 붉은 피였다. 지희는 포도알이 짓이겨져 붉은 포도즙이 되듯이 사람은 짓밟히고 매 맞고 멸시와 천대라는 비천의 도가니에서 지고지

순의 인간으로 거듭나 하늘나라 사람으로 그 나라에 들어간다고 사순절 때 들었던 말이 귓가에 그날따라 쟁쟁히 들여왔다. 여름의 하오에 고즈넉하게 들여오는 그 음성은 지희의 마음속에서 넓고도 깊게 울려 퍼지면서 여울져가고 있었다.

모란이 다시 피어날 때

초등학교 6학년인 아들이 여름방학을 지난 금요일 날 했으니 오늘부터는 쉬는 날이었다. 방학하지 않았다고 해도 어차피 오늘은 쉬는 날이었다. 그러나 방학이 아닌 기간의 토요일과 일요일은 학교에 등교해야 할 월요일의 중간에 끼어 있어서 잠깐 쉬어 가는 주말로 새로운 주를 준비해야 하는 휴일이고 방학이 아닌 바에야 긴장의 끈을 놓을 수는 없었다.

지희는 아침 일찍 눈이 떠졌으나 몸이 일으켜지지 않았다. 남편을 떠나와 살면서 늘 몸은 개운하거나 가볍지 않았고, 그것은 반지하에 살면서 더욱 심해졌다. 반지하라는 공간이 사람에게 이렇게 영향을 끼치는 줄은 몰랐다. 지희는 그때까지 반지하에 살아보지 않은 건 아니었다. 남편과 살 적에 살았던 반지하는 언덕배기에 있는 집이어서 반지하였지만 1층 같은 느낌이 들어 눅눅하거나 공기가 정체된 듯한 답답함은 없었다. 그리고 넓은 안방에는 종일 창문으로부터 햇빛이 비쳐들었으니, 반지하라고 하기에도 애매했다. 어쨌든 다가구 건물의 1층 아래에 있었으니 반지하라고 벽보에 나붙어 집을 구하는 사람의 시선을 끌어당겼고, 집이 없고 반지하 정도에만 들어갈 돈을 지닌 사람들은 찾아들 수밖에 없었다.

쉼터에서 있을 때 아들의 아버지가 정신병원에 들어갔다는 소식을 접한 뒤에 쉼터에서 알게 된 언니 한 명과 먼저 살던 동네에 가서 짐을 빼서 이 동네에서 하루 만에 얻어 둔 반지하로 이사 온 것은 참으로 불안한 마음속에서 치러진 유랑살이에다 피신 생활의 연속이었다. 먼저 살던 동네에서도 반지하였고 거기에는 두 개의 방과 널따란 거실이 휑하여 아들과 둘이 살기에는 쓸쓸하였고 햇빛이 전혀 들지 않았다. 넓은 거실에 큰 방과 작은 방이 딸려 있었는데, 외부에서 철로 된 현관문 하나를 열면 그대로 넓은 거실이 휑하니 드러났던 집이었다. 그때의 반지하는 꽤 넓었던 만큼 꽤나 비쌌다. 보증금 오백만 원에 월 40만 원 정도였다. 옆에 얼굴도 모르는 일용직 아저씨가 아침 일찍 나가는 소리와 저녁에 들어오는 소리 외에는 거의 인기척 없이 살아가고 있었다.

하루 동안 그것도 정확히 쉼터에서 잠깐 방을 구하러 간다고 하고 나와서 낯선 동네에서 3시간 만에 구한 이 집은 의외로 정말 반지하다웠다. 우선 스테인리스 대문을 열고 들어오면 아래로 난 계단이 네 층계 정도 있었다. 그 계단을 내려가면 서너 평 정도의 집 앞 공터가 있었으나, 그것은 반지하에 붙은 작은 마당이라고나 할까 콘크리트로 말끔하게 정리되어 있었고, 그 공간이 끝나고는 콘크리트 벽이 높이 서 있는데, 옆집 담장의 반쯤 되는 높이로 설치되어 있었다.

옆집의 높은 담장이 가로막혀 있어 갑갑한 느낌을 주었고, 바깥 풍경은 전혀 보이지 않았다. 콘크리트 벽은 다가구 건물의 지붕 끝에서 떨어지는 낙숫물이 콘크리트 벽 위의 작게 설치한 물길로 떨어져 흘러나가도록 하기 위한 것이었다. 그러나 비가 억수같이 퍼부을 때는 물길이 워낙 얕고 홈을 깊게 파놓지 않아서 빗물이 높은 지붕에서 떨어지자마자 집 앞 공터로 흘러내리곤 하였다. 그래서인지 공터의 한구석 콘크리트 벽 아래에 물구덩이를 파놓았고 떨어진 물이 그곳으로 괴이길 주인과 공사했던 사람은 생각한 모양이었다.

비가 너무 많이 오는 날이면 그 물구덩이의 물은 넘쳐서 실내로 들어가는 현관문 앞 공터에까지 물이 차곤 했다. 그게 지난 장마 때의 일이었다. 결국 공터에서 물을 계단 위로나 아니면 물을 콘크리트 벽 위로 얕게 난 물길로 물을 퍼내어야 했다. 그런 장마가 지나고 기억도 하기 싫은 시간을 지희는 지내야 했다.

반지하는 지상에 있는 방에 비해서 집세가 저렴했다. 그 이유는 이런 불비한 것들 때문에 주인이 알아서 시세를 결정하고 부동산에 내어놓던지 주인 자신이 손으로 쓰거나 컴퓨터를 쳐서 전봇대나 빈 벽에 집 구하는 사람들이 잘 볼 수 있는 곳에 붙여놓곤 했다. 이런 경우는 부동산 중개수수료가 필요하지 않아서 집을 들어가는 세입자 입장에서는 안 그래도 어려운데 덜 부담이 되었다. 지희는 이 집에 보증금 삼백에 월 30만 원을 조건으로 들어왔다. 세 시간 만에 얻은 집이다 보니 비교적 저렴한 것 같아서 들어왔으나 결코 저렴한 것은 아니었다. 동네 자체가 지난번에 살았던 동네보다도 집값이 저렴한 것은 서울의 외곽 경기도 땅에 가까운 데 위치한 이 동네의 지리적 환경에서 기인하였다. 그리고 어려운 가운데에서도 부동산에서 소개받은 집이다 보니 수수료를 17만 원 정도 물었다.

지난번 집에서 짐을 빼서 이사를 옮겨놓고도 쉼터에서 보름쯤 더 있다가 어느 날 갑자기 쉼터에서 쫓겨난 것은 쉼터 내의 규칙과 위배되는 일을 지희가 한 때문이었다. 그것은 나이 많은 언니를 절이 있는 뒷산에 산책시키고 나니 돌아오기로 한 약속시간을 많이 초과하여 귀가한 것이 원인이었다. 나이 많은 언니는 쉼터의 답답한 곳에서 바깥에 나가서 산책하는 게 소원이었고, 몸집이 뚱뚱하고 다리 관절이 몸의 무게 때문에 지탱하는 게 어려운 탓인지 걷는 데 시간이 걸리거나 불편한 가운데서도 즐거워하면서 산에 올라갔다.

그때 원장은 돌아오는 시간 규칙 어긴 것 때문에 고래고래 고함을 지르고 지희 씨는 당장 나가세요! 하면서 외쳐대었다. 물론 거기에는 지희가 방을 얻어서 짐을 옮겨놓았다는 것도 그이가 알았기에 규칙대로 처분한 것이었다. 지희도 거길 나와야 했으나 차일피일한 것은 심리적으로 여전히 안정되지 못하고 자립심이 박약했던 까닭이었다. 매몰차게 내쳐지니까 오기가 올라온 지희는 그 말이 떨어지기 무섭게 짐을 싸라는 원장의 말에 따라 일사불란하게 짐을 싸서는 두세 번에 걸쳐 쉼터에서 가까운 이 집의 반지하로 짐가방을 옮겨왔었다. 그게 작년 초여름의 일이었다.

지희는 악몽에 짓눌린 사람처럼 멍하니 엷은 여름날의 햇빛이 들었으나 여전히 어둑어둑한 방 안을 둘러보는 중이었다. 저쪽에 놓인 서가에 아주 엷은 한 줄기 햇살이 누렇고도 거뭇거뭇하게 비추고 있었다. 눈이 떠지고 어두운 가운데에서도 사물이 들어오기 시작하자 서가로 둘러싸인 방과 벽에 붙은 달력, 그리고 부엌 쪽 벽에다 붙여놓은 컴퓨터 책상과 창문 아래 놓인 책상이 들어왔다. 이것이 안방에 놓인 세간의 전부였다. 옷가지는 작은 방에 놓인 두 개의 나무로 짠 서랍장에 차곡차곡 개어서 넣어놓았다. 그곳에는 서가는 없었지만, 방이 작다 보니 두 개의 서랍장으로도 빈 공간은 겨우 한 사람이 누우면 꽉 차버렸다.

그래서 나머지 작은 서가들은 현관에서 신발 벗어두는 작은 공간을 지나 실내로 들어오는 짧은 복도 같은 입구의 벽에다가 늘어놓았다. 그리고 작은 거실 겸 주방에는 큼직한 냉장고와 티브이 받침, 성상과 촛대가 놓인 철제의 네 다리가 달린 검은 타원형 상판의 싸구려 테이블이 전부였다. 전기밥솥은 그냥 거실 바닥에다 놓고 썼고 큼직하고 흰 냉장고는 '삼성 따로따로 냉장고'로 살 때부터 중고 전기 제품 가게에서 샀으므로 그 수명이 언제까지일지는 지희 자신도 몰랐다. 다만 냉동과 냉장이 잘 되고 있지만 일을 반으로 줄인 지희의 강사료로는 그 큰 냉장고에 가득 채워 넣을 만큼 음식물이나 식재료를 사들일 형편이 안 되어 냉장고는 늘 거의 비어있었다.

어쩌다가 성당 사람들이 사과나 고기, 김치 따위를 줄 때마다 냉장실의 한 칸이 가득 차곤 했다. 아들은 냉장고를 열어보면서 엄마 먹을 게 없네 하면서 한 번씩 열어볼 때마다 쓸쓸해하였다. 그런 생활을 하고 있던 지희에게 이 집 월세 30만 원도 감당하기 어려워 처음 8개월간은 꼬박꼬박 내었으나, 그다음부터는 잘 내지 못하여 두어 달에 지난번까지 합쳐서 60만 원 갖다주곤 하였다. 그런 생활의 연속이다 보니 어느덧 방세는 밀려서 감당을 못하고 보증금을 깎아먹고 있었다. 주인 여자가 후덕한 사람으로 다 큰 남매를 둔 몸집이 있는 여자였고, 그 댁 아저씨는 장사한다고 했다. 아이들이 대학원을 다니거나 대학을 나와 취업을 준비 중이라서 아주머니와 아저씨는 열심히 일해야 했다. 거기에다가 노모를 모시고 있었다. 아주머니도 남편을 도와 가게에 나가긴 하지만 집안일과 노모를 살피는 일도 해야 해서 오전 늦게 나가곤 했다.

지난겨울에 전날 밤에 내린 비로 현관 앞 빈 공터에 물이 가득 차고 살얼음이 끼었을 때, 지희는 집을 잘못 들어왔구나 하고 뒤늦은 후회를 했다. 등교하는 아들을 아침부터 찬 얼음물을 건너게 하고 싶지 않아서 이제는 덩치가 커진 아들을 현관 바깥 공터에서 계단까지 업어다가 옮겨주었을 때 아들은 이런 말을 했었다.

"엄마가 어떻게 나를 업어요?"

"엄마는 업을 수 있어. 아니 업어야지 어떻게든…"

그 순간 지희는 강해지는 자신을 느꼈다. 물은 발목 위에까지 찼고 살얼음이 깨나 끼어서 지희가 발을 물속으로 들여놓자 균열이 생겨 얼음은 날카로운 조각으로 갈라졌다. 무거운 아이도 이런 현실도 다 무게일 터였지만 지희는 이를 악물었다. 늘 그랬지만 이를 악물면 무게도 사라졌다. 아들을 옮겨주어도 허리를 삐진 않았다. 초등학교 상급반이 된 아들은 이미 무거웠다. 거기에다 살이 통통하게 올라서 이미 어른이 되어가고 있었다. 아들은 덩치가 큰 자신을 업어서 건네준 지희를 대견해했다. 행복감으로 얼굴이 환해져 안도의 한숨을 쉬면서 학교 다녀 올게요를 큰 소리로 외치면서 대문을 나갔다.

그날 지희는 주인댁에 올라가서 공터에 물이 찬 이야기를 했다. 안 주인는 내려와서 물을 퍼내는 일을 했다. 그 댁 아들이 와서 보고는 놀라면서 자신이 물을 퍼내겠다고 하자 주인아주머니는 너는 가 있으라고 하면서 지희와 함께 그 많은 물을 퍼내었다.

그 무렵 지희는 자궁이 약해진 바람에 아랫배와 허리가 무척 아팠을 때였다. 물혹이 여전히 있어서 그것이 있는 동안은 아파서 오래 앉아 있기가 불편하고 묵직하게 아파왔다. 30대 후반에 물혹이 작은 게 생겨서 자궁출혈을 일시적으로 일으키고 난 뒤에도 물혹은 또 생겨서 수술할 정도는 아니었지만, 허리와 아랫배를 아프게 했다. 주인아주머니의 아들은 아주 진중하고 성실해 보이는 귀티가 나는 청년이었다. 아주머니는 그런 아들을 시키고 싶지 않았던 모양이었다. 아주머니는 아들에게 너는 이런 걸 하면 안 돼 내가 할 게 걱정하지 말고 올라가 이렇게 지희가 듣는 데 말했다. 아들은 어쩔까 하다가 어머니의 말을 듣고 위층으로 올라갔다.

물을 푸는 일은 지희의 허리를 무척 아프게 했다. 허리를 굽히고 다시 펴고 다시 굽히는 동작의 반복이다 보니 더욱 그랬다. 그렇게 아픈 걸 참고 물을 푸다 보니 드디어 바닥이 드러났고 물은 없어졌다. 아주머니는 미안하네 하시면서 올라갔고 월세에 대해 닦달하지 않고 나중에는 보증금을 갉아먹는 방향으로 갔을 때도 지희가 언제까지 해 드리겠다고 하면 기다려 주셨다. 어쨌든 돈이 없다 보니 월세를 줘야 할 날도 본의 아니게 어기게 되는 지경이 난감하고 큰 걱정거리가 되었다.

바깥에서 현관문을 두드리는 소리가 났다. 뭔가 심상찮은 느낌인 데다가 두드리는 소리가 제법 커서 아마도 여자가 조용히 두드리는 건 아니었다. 지희는 흰 원피스 잠옷을 입은 채로 겨우 일어나 약간 뒤뚱거리면서 현관문 쪽으로 나갔다. 지희가 잠을 깨고 일어나 나가는 소리에 아들도 벌떡 일어나더니 뒤를 따라왔다.

"도박 신고를 받고 경찰에서 나왔어요."

지희가 누구냐고 묻기 전에 다급하고 긴장감을 느끼게 하는 남자의 목소리가 났다. 어쨌든 지희는 낯선 사람이 자기의 신원을 밝혔기 때문에 안도하는 한편으로 경찰에서 무슨 일로 왔지 하면서 이쪽에서도 긴장하며 현관문을 반쯤 열었다. 현관문이 열리자 몸집이 있고 키가 큰 남자 경찰의 제복이 눈에 들어왔다. 순간 지희는 초긴장했다. 무슨 죄지은 거라도 없으면서도 경찰 앞에서는 신경이 쓰였다. 그런 데다가 경찰의 뒤에 비스듬히 옆방에 혼자 살고 있는 60대 중반의 아주머니가 서 있었다.

"혹시 이 집에 도박하는 사람을 보신 적이 있습니까?"

경찰은 격앙된 소리로 빠르게 말했고, 지희는 순간 경찰의 뒤에 몸을 숨기듯이 서 있는 아주머니의 눈빛을 보았다. 그녀의 눈빛은 지희의 눈과 정면으로 마주친 채 무언의 압박과 애원을 하고 있었다. 지희에게 말하지 말라는 신호를 보내는 아주머니의 눈빛은 강하고도 엄했다. 눈치가 빠르지 못한 지희였지만, 순간적인 일에 대해 처신을 자신도 모르게 하고 있었다.

"모르겠는데요…"

이 한마디에 경찰관은 문을 닫았고, 문밖의 두 사람은 바깥에서 알아들을 수 없는 몇 마디의 말을 주고받더니 경찰은 계단에 발을 옮기면서 척척 걸치는 소리가 들렸다. 그러더니 철제 대문을 닫는 소리가 나고는 잠잠해졌다. 경찰이 가고 난 다음 순간의 긴장이 풀려지니까 몸이 휘청하듯이 하였으나 정신을 차리려고 안간힘을 썼다. 가슴은 두근두근하는 증세가 났고 정신은 한곳으로 몰려갔다. 경찰이 신고를 받고 급습하여 일망타진하러 온 셈치고는 한 명만 왔다는 것도 이상했다. 한 명이 어떻게 여럿 되는 도박꾼들을 대적할 수가 있겠는가 말이다.

어젯밤 옆방에서는 남자와 여자들이 왁자지껄 떠들다가는 잠잠해지더니 누군가의 성난 음성이 들려왔다. 이른 새벽까지 시끄럽더니 누군가 큰 소리로 욕을 하고 이어 앙칼진 여자가 대드는 소리가 난 뒤에 경찰에 신고할 테다, 못할 줄 아냐 하면서 협박하고는 현관문을 거칠게 닫아서 잠을 깨운 그 소리가 사실이 되고 있었다.

지희는 긴장으로 약간 무서워하는 아이의 손을 잡고 안으로 들어오면서 아침 준비를 해야겠구나 생각했지만, 몸이 천근 같고 밤새 이웃의 소란으로 깊은 잠을 못 잔 탓인지 머리도 멍하여 안방으로 들어와서 다시 자리에 누웠다. 토요일 날 아침 경찰의 내습은 과히 충격이었다. 새벽녘에 앙심을 품은 소리로 신고하겠다던 남자가 신고를 낸 모양이었다. 누워도 잠도 오지 않았고 아들은 누워서 지희에게 말을 걸어왔다.

"누가 신고를 했나 봐. 경찰이 찾아오게." 하며 아들은 엄마의 표정과 입을 보면서 호기심 반 의문 반으로 물어왔다. 지희는 겨우 진정이 되는 가슴을 쓸어내리면서 아들에게 말했다.

"용아, 오늘 아침에 본 거 아무한테도 말하면 안 돼 알았지?"

"응, 엄마."

"용아, 배고프지? 엄마 밥해줄까?"

"응, 엄마."

지희는 가슴을 진정시키면서 일어나서는 옷을 갈아입고 주방으로 나왔다. 싱크대 옆에 놓아둔 쌀자루에서 쌀을 바가지에 퍼내어 씻으려니까 아주머니의 목소리가 들려왔다.

"새댁 문 좀 열어봐."

지희는 쌀을 씻다 말고 다시 현관으로 걸어 나가서 문을 열었다. 거기에는 아까보다 표정을 누그러뜨린 아주머니가 플라스틱 바가지에 포도 두어 송이를 담아서 들고 서 있었다.

"새댁 아까는 고마웠어. 이거 아들 줘."

"…예, 잘 먹을게요."

"같이 쳤던 누군가가 경찰에 신고를 넣었나 봐. 돈을 잃더니 홧김에 그랬나 봐. 이제는 이것도 하기가 힘들어."

"예에…."

지희가 그릇을 받자 아주머니는 힘없이 자기가 사는 옆방으로 돌아갔다. 노름한 것을 감추어준 사례인 포도는 희미하게 비쳐드는 아침 햇살에 물기를 머금고 싱싱하기 그지없었다.

아주머니는 처녀 때 아들의 아버지인 남편을 만나 결혼을 했다. 그러나 아들이 태어나고 서너 살이 되었을 때, 남편에게 원래 처와 아이들이 있다는 사실을 알게 되었다. 그러니까 아주머니는 유부남의 꼬임에 빠져 처녀의 몸으로 결혼한 셈이었다. 그 사실로 부부간의 다툼은 심해졌고 급기야 죽으려고도 생각하였으나 어린 아들을 보니 죽을 수도 없었다고 한다. 그러다가 아들을 몇 년 더 키우다가 나중에 아들은 남편이 데리고 갔다. 그래도 다큰 아들은 어머니에게 전화도 오고 생활에 필요한 것도 챙겨서 보내왔다.

간혹 들려오는 남자의 잔소리는 아주머니가 나중에 재혼한 현재의 남편이었다. 남편의 허락하에 현재의 옆방을 얻어서 혼자 기거를 한 것도 그들 부부만의 사연이라면 사연이었다. 갈수록 가끔 찾아오는 아주머니의 남편은 잔소리가 심해져서 한밤중에는 술주정과 더불어서 쉼 없었다. 안 그래도 요즘 들어 이웃이 시끄러워져 가는 가운데 지희는 기분이 상해 있었다. 밤새도록 사람들의 떠드는 소리와 노랫소리, 어떤 때는 서로 말다툼을 벌이는 소리가 벽을 넘어 들려오는 것은 밤잠을 설치게 하기에 충분했다. 그리고 아주머니의 남편은 밤새도록 아주머니를 타박하고 잔소리하였다. 아저씨는 사업이 망하여 빚을 져서 겨우 일어서는 중이라고 하였다.

방세나 쌀은 아저씨가 가져다주고 용돈도 조금은 보태 주지만 그것으로 모자라서 아주머니는 하우스를 하게 된 것이었다. 화투판으로 자신의 집을 제공하고 화투 치는 사람들에게 끼니도 챙겨주면서 그 대가를 받곤 했다. 문제는 화투 친 사람들끼리 판돈 때문에 싸움이 날 때였다. 험악한 욕설이 오가는 것까지는 참겠으나 진 사람이 분통에 경찰에 신고하겠다고 협박하는 것이 아주머니로서는 제일 골칫거리요 몰래 외줄 타는 심정으로 조마조마한 일이었다. 여름날이 될수록 화투판이 잦아지면서 더욱 시끄러워 가고 이웃의 발걸음 소리가 빈번해져 주위가 소란해져 갔을 때, 어느 날 아침 들이닥친 경찰 소동은 아주머니에게 앞으로의 방향을 예고하고 있었다.

지희는 반지하에 살면서 유일한 이웃이었던 아주머니와 안면을 트고 음식을 만들면 한두 가지 갖다주곤 했다. 그러면 아주머니는 김치를 했다고 두어 포기 정도 담아서 맛보라고 가져오곤 했다. 그리고 아들에게 주라고 과자를 가져다주기도 했다. 그것뿐이 아니었다. 지난해에는 할머니 집에서 10개월을 있었던 아들이 겨울방학을 하기 한 달 전쯤에 합기도 학원을 하고 싶다고 너무 졸라대어서 한 달을 보냈는데, 학원에서는 발표회 준비로 연일 아이들한테 강하게 연습시켜서 합기도 시범 발표를 종용했던 모양이었다. 그런 가운데도 아들은 다녔다가 힘들었던지 급기야 밤에 경기를 일으켰고, 그쪽 가족들이 아들을 큰 병원에 데리고 가서 진료했다. 하지만 원인을 알 수 없는 소아 뇌전증이라 하여 약을 처방받은 모양이었다.

그 소식을 아이의 할머니를 통해서 알게 되었고 그런 아들이 가여워 방학하면서 데리고 와서 같이 자던 날 밤에 아들은 또 경기를 한밤중에 일으켰다. 한밤중에 경련을 일으키는 아들을 보면서 놀라서 아들의 이름을 부르면서 울었더니 옆집 아주머니도 잠이 깨어 달려 나왔고 119를 불러서 급히 병원으로 데리고 간 적이 있었다. 아주머니가 아들의 일을 걱정해 주었고, 다음날도 와서 괜찮느냐고 아들의 용태를 살피러 오면서 아들을 주라고 과자를 사 가지고 왔었다.

10개월간 할머니 집에서 사는 동안 아들은 합기도 맹훈련과 힘들었던 학교생활에다 지희와 떨어져 산 때문이었는지 경기를 일으켰다. 분명히 그동안 괜찮다가 합기도 맹훈련이 영향을 주었을 거라는 짐작은 가고도 남았다. 그 무렵 지희는 아들의 학교도 가보고 합기도 학원도 가보았는데, 키가 작고 통통한 아들은 품새도 좋고 물구나무까지도 잘 서는 등 매우 훈련된 모습을 보여주었다.

아주머니의 방에 몇 번이나 이야기하러도 갔고 언젠가 생활비가 떨어져 10만 원 정도 꾼 적도 두어 번가량 있었다. 그때마다 아주머니는 언제까지는 갚아달라고 하면서 너그럽게 꿔주곤 했다. 지희가 어려워서 제날짜에 갚지 못했을 때도 아주머니는 돈이 생기면 그때 줘 했다. 어느 날은 웃으면서 괜찮다고 한 것도 아마도 노름판이 잘 되어가서 아주머니의 수중에도 돈이 들어왔기 때문일 것이다. 그리고 지희에게 빌려준 돈 정도는 없어도 생활에 지장이 없을 때였거나 노름이 잘 되고 사람들도 무사히 잘 끝내고 돌아가고 방을 제공하거나 음식을 제공한 값을 톡톡히 받아서 아주머니도 이 일을 하는 즐거움이 생겼던 때였다. 그러나 지희는 아주머니가 도박하는 사람들을 도와주고 돈을 버는 것이 먹고 살기 위해 어쩔 수 없는 선택이었다고 해도 해서는 안 되는 일이며 악습이라고 생각하였다.

그러나 정선의 카지노에는 탄광사업이 폐광되면서 합법적인 도박이 행해지고 있었다. 도박도 정부가 허가하면 불법이 합법이 되었다. 정선 카지노의 불빛은 야화가 되어 밤마다 인근 도시와 멀리 서울에서 한탕을 꿈꾸는 사람들을 불나방이 되게 했다. 다만 아주머니의 하우스는 정부의 허가가 없는 작은 규모의 도박

으로 음지에서 경찰의 단속을 받았다. 어쩌다 아주머니도 화투판
에 끼어 약간의 돈을 따게 된 날은 얼굴이 아주 밝았다. 그러나
언젠가는 잃었는지 얼굴에 수심이 가득했다.

아들과 늦은 아침을 들고 난 후 지희는 아들에게 어린이 티브
이를 틀어주고 혼자 좀 놀고 있으라고 하고서는 아주머니를 찾
아 옆방으로 갔다. 아주머니는 좁은 주방 겸 거실 바닥에 앉아서
담배를 피우고 계셨다. 얼굴에는 오른쪽 뺨에 엷은 멍이 들어있었
다. 아까 경찰관의 뒤에 서 있었을 때는 미처 알지 못했던 자국이
었다. 모란꽃 같은 아주머니의 얼굴에는 그늘을 드리우고 어깨에
힘이 빠져있었다.

"저어… 들어가도 돼요?"

골똘히 생각에 빠졌던 아주머니는 지희의 목소리에 흠칫했지
만 이내 회복하고는 엷게 웃으시면서 들어오라는 눈짓을 보내왔
다. 지희가 앉을 자리를 마련해주면서 거실의 안쪽으로 당겨 앉
은 아주머니는

"새댁 아까는 놀랐지. 미안해."

"아, 예…"

아주머니는 미안해하면서 피우던 담배를 재떨이에 비벼 끄면서
일어나더니 싱크대 앞에 서서는 지희를 보면서 말을 건넸다.

"새댁 커피 한 잔 줄까?"

"아뇨, 그냥 물 한 컵 주세요."

아주머니는 컵을 꺼내어 정수기에서 찬물을 받아서 지희에게
건넸다. 그러고는 냉장고 문을 열더니 포도를 꺼내어 수돗물에
씻은 다음 쟁반에 받쳐서 내놓았다.

"이거 먹어봐. 어제 우리 아저씨가 와서 한 박스 사다 주고
갔어."

눈으로 보아도 포도알은 탱글탱글하고 싱싱했다. 이제 막 첫
물을 따낸 올여름의 포도알은 아주머니의 멍 자국이거나 그네의
마음을 괴롭히는 상처 구멍처럼 선명하고도 짙었다. 지희는 손을
뻗어 한 알의 포도를 따서 입으로 가져갔다. 혀끝에 감도는 포도
즙은 달디달았고, 포도알은 미끄러지듯 목구멍으로 넘어갔다. 지
희는 하나 더 따먹었다. 그러다가 멈추었다. 아주머니는 포도알
하나를 따서는 천천히 드시더니 껍질과 씨를 뱉어내었다.

"인생이 이 포도알처럼 달면 얼마나 좋을고…"

아주머니는 푸념하면서 긴 한숨을 쉬었다. 그러고는 라이터를
들고는 담뱃갑에서 담배 한 개비를 꺼내어 불을 붙이고는 라이터
를 닫았다.

"새댁, 피워도 괜찮아?"

"아, 예… 그러시죠."

"지난밤에 시끄럽게 해서 미안하구먼. 이제 이것도 더는 못 하
겠어. 그리고 경찰이 드나들기 시작하면 오래 못 해. 어디로든 옮
겨가야 할까봐."

지희는 아주머니의 그 말에 섭섭했지만 시원하기도 하였다. 마
치 포도알이 구르는 것처럼 일이 잘되어가길 빌었다. 사실 요즘
들어 밤이나 낮이나 낯선 사람들이 아주머니 댁에 많이 찾아와서
소란스러운 것도 생활에 불편을 느끼게 하였다. 밤중에 잠이 안
와서 할 수 없이 책을 읽을 때, 벽을 넘어 들리는 떠드는 소리는
지희에게 신경을 자극하기에 충분했었다.

"그럼 어디 멀리 갈 건가요? 그동안 그래도 옆에 계셔서 많이 도움도 받고 덜 적적했었는데요."

지희는 자신도 모르게 마음 깊은 곳에 숨어 있는 시원한 감정을 반대로 말하는 이 상반된 마음에 대해 스스로도 놀랐지만 차마 아주머니에게 있는 그대로 말할 수는 없었다. 담배 연기는 두 사람을 둘러싸고 뿌옇게 감돌고 있었지만, 그 냄새가 심하지는 않아 견딜 만했다. 아주머니는 이미 익숙한 듯 위로 삼아서 맛나게 담배를 피웠다. 지희는 막상 아주머니가 어디론가 가신다고 생각하자 그래도 섭섭해지는 감정은 어쩔 수 없이 밀려왔다.

"새댁은 아직 젊으니까 아들과 굳게 마음먹고 잘 살아. 물론 여자 혼자서 아들아이를 키우는 건 쉽지는 않겠지만…"

"아, 네…"

무거운 침묵이 흐르고 담배 연기는 자꾸만 두 사람 사이를 흐르는데 바깥에서 대문을 여는 소리가 들려왔다. 늘 아주머니의 집에 다니던 같은 동네에 사는 부인네였다. 계단을 내려선 그 아주머니는 방 안을 들여다보더니

"어이구, 무슨 청승이냐! 야 춘자야 그만하고 우리 방 찾아보러 가자, 얼른!"

그러자 아주머니는 지희와 둘 사이의 은밀한 대화를 방해라도 받은 듯 좀 불쾌하게

"아, 이 여편네가 댓바람부터 뭔 바람이래!"

하면서 큰소리를 지르고서는 웃어넘겼다. 그러고는 바가지에 아직도 알맹이가 주렁주렁 붙어 있는 포도송이를 넣고는 지희에게 눈짓으로 건네주면서 얼른 담배를 껐다. 지희는 사양하고 싶

었지만 마지못해 포도가 든 작은 바가지를 들고 아주머니의 거실을 나왔다. 그러고는 공터에서 서서 아주머니가 준비하고 나오길 기다렸다. 왠지 그날은 아주머니를 그래도 오래 봐야 할 것 같았다. 이제 방을 새로 구해서 나가면 옆방은 또 비게 된다. 지희가 이 집의 반지하에 들어오고도 한동안 비어있었던 옆방이었다. 그 앞을 지날 때마다 쓸쓸했던 기억이 머리에 오래 각인되어 있었다.

그 풍경이 지희에게 또 스산함을 전해주었다. 그러다가 예순이 넘었어도 모란꽃처럼 아름다웠던 아주머니가 세 들어 왔을 때의 그 따스함을 지희는 오래 간직하고 싶었다. 속아서 이중혼을 하여 불행하게 살게 된 아주머니의 그늘이 모란꽃이 떨어질 때의 처연한 모습과 맥이 닿았다. 그 크고 풍성한 꽃잎은 늙고 오래된 나뭇가지에서 연푸른 잎사귀에 둘러싸여 있었던 젊은 시절 아름다움을 간직한 아주머니의 모습이었다. 그러나 이울어 이제는 힘도 조금씩 빠지고 얼굴에 잔주름이 퍼져 쇠락해가는 아주머니의 모습은 모란이 질 때의 기울어가는 미와 어찌나 닮았는지 지희는 그런 아주머니의 처지가 자신의 처지와 매한가지라는 생각이 짙게 드리워졌다. 마치 군락을 이룬 모란의 잎사귀가 풍성한 그늘을 드리우듯이 아주머니의 얼굴에 난 멍처럼 엷게 누구나 한 가지씩 그늘을 지니고 사람들은 살아가는 게 아닐까 생각했다. 그래도 아직도 얼굴에 큰 주름 없이 살아온 아주머니의 꽃다운 모습은 예순 초반의 완숙한 여성의 미 속에서 상처도 슬픔도 안에서 삭이고 삭여서 자신의 인생을 무연히 이야기해 주었던 어느비 오던 날의 대화에서 내리는 빗줄기에 그 세월을 씻어내렸던 아주머니를 떠올렸다.

여자 나이 40대 초반과 60대 초반의 나이는 모란이 만개한 때와 떨어질 때의 모습과 어찌나 닮았는지 모를 일이었다. 지희보다 20년이 더 많은 아주머니의 삶 속에는 얼마나 풍성한 사연을 지녔겠는가, 마치 모란 잎사귀가 해마다 짙어져 가는 것처럼. 인간의 삶이란 그늘을 지니면서도 차츰 익어가야 그늘의 멍 자국이 엷어져 가서 마지막 순간에 정화의 백미를 지니고 하늘로 돌아가는 게 아닐까 지희는 문득 생각했다.

문밖에서 아주머니의 친구는 현관 앞 공터를 왔다 갔다 걸으면서 아주머니가 외출 준비하는 것을 기다렸다. 폭이 헐렁한 까만 바지로 갈아입고 연노랑 바탕에 녹색과 흰색의 작은 꽃이 나염된 상의로 갈아입은 아주머니는 옅게 화장해서 화사하였고, 얼굴에는 멍 자국이 지워져 있었다. 머리를 빗질하며 거울을 보는 아주머니는 어느새 생기를 되찾고 있었다. 양 볼에 콤팩트를 두드리고 눈썹을 반달처럼 그리고 입술에 은은하게 립스틱을 바르고는 살짝 볼 터치를 하니 수심이 가득했던 얼굴은 어디로 가고 마술처럼 홍조가 띤 얼굴에 아침 햇살이 엷게 퍼져나갔다. 인생 60을 맞이한 아주머니는 모란꽃처럼 우아하였고 건강했다.

지희는 그런 아주머니의 모습을 지켜보면서 환해지는 자신의 마음을 바라보았다. 언젠가 장맛비가 지루하게 내리던 날에 현관문을 열어두고 하염없이 빗줄기를 바라보던 아주머니가, 새댁 사람 사는데 늘 흐리고 비 오는 날만 있는 거 아냐 이 장맛비가 그치면 불타는 태양이 한여름 내내 불을 뿜듯이 새댁이나 나나 모두 굳게 마음먹고 살아가면 편안할 날도 꼭 올 거야 하면서 다독이던 순간을 기억하였다. 물론 그 편안한 순간은 물구나무를 서서 온몸의 피가 아래로 몰리거나 경련을 일으키며 살아가는 데에 괴로운 순간을 견디고 난 후에 오는 순간일 터였다.

준비를 마친 아주머니와 친구는 계단을 올라가면서 손을 흔들었다.

"새댁 다녀올게. 집 잘 보고 있어!"

활짝 웃는 두 사람은 다정하게 걸어 나갔다. 궂은날도 맑은날도 서로 도와가며 살던 두 아주머니는 대문 너머로 사라지고 지희는 홀로 남아서 공터에서 그녀들이 사라진 바깥 풍경을 멍하니 쳐다보았다.

쑥
갓

시장이라고 해도 한때의 빛이 사라지고 사람들의 발걸음도 그
때에 비할 바가 아니었다. 시장통길을 지나가다가 필요한 것을
사가는 동네 골목시장이 되어버린 곳이었다. 골목 어귀에는 50대
의 부부가 하는 세탁소가 있었다. 그 두 사람은 하얀 얼굴과 밝
은 표정의 늘 행복해 보이는 분들이었다. 작은 롯드로 말아 곱슬
머리 파마를 한 아저씨와 키가 크고 늘씬하며 눈이 큰 이국의 아
가씨 같은 아주머니는 수선하면서도 수선집 아주머니 같지 않게
곱고 깨끗한 얼굴을 하고 있었다.

그 세탁소를 지나서 오른쪽으로 가면 이 시장통 골목을 약간
벗어난 곳에 주위에서는 깨나 큰 마트가 있었다. 아마 이 부근까
지가 전성기를 자랑했을 때 시장의 모습을 짐작하게 했다. 마트
뒤에도 옛날에는 그래도 잘 나가던 가게가 있었던 모습이 아직은
남아있으나 그 가게는 영업하지 않았다. 마트 앞에는 몇 군데 가
게가 있는데 인삼제품점과 치킨에다 맥주를 파는 가게가 나란히

아직도 영업하고 있었다. 세탁소에서 곧장 가면 시장 골목이 이어지는데 세탁소 앞의 넓은 공터를 지나서 올라가는 길이었다. 그 공터를 둘러싸고 주로 식자재를 쌓아놓고 파는 마트와 철물점이 있었다. 곧장 난 길에는 올라가면서 페인트칠이나 방수공사를 맡아 하는 가게와 벽지, 인테리어를 하는 가게가 사이좋게 붙어 있다. 그 옆에 한 집을 건너서 만둣가게가 있고 떡볶이와 순대를 파는 가게와 잔치국수와 우동을 파는 분식점이 있었다. 몇 걸음 더 가면 위로 뺀은 길의 왼쪽에 어물전이 있고, 늘 가게에는 날씨가 따뜻해지면 생선에서 녹아내리는 얼음물이 길가에까지 어려있거나 추운 겨울에는 생선들이 눈을 감은 채 꽝꽝 얼어있었다. 그때의 고등어나 방어의 등피는 쇠퇴한 이 시장처럼 빛을 잃고 있었다. 생선가게 옆에는 정육점이 있었는데 쇠로 만든 봉에 고리를 걸어두고 육중하고 붉은 고깃덩어리를 거기에다 꿰어놓고 분해하여 냉동고로 넣곤 했다.

주인 여자는 카운터에서 서성거리고 아저씨는 부지런히 칼을 들고 고기를 알맞은 크기로 부위별로 자르곤 했었다. 길의 왼쪽으로는 분식점에서 지나면 두어 채 정도 다가구 주택이 자리하고 그 사이로 새로 지은 빌라가 들여다보이는 골목이 나 있고 골목을 지나면 깨나 넓은 집인 듯 빙 둘러 담장을 길게 드리운 단독주택이 있었다. 그 집은 회백색의 담이 얼마나 높았던지 담벼락 끝에는 키가 큰 라일락 나무와 느티나무의 가지가 길가로 답답한 집안에서 탈출하듯 길가로 뺀어 나와 담장을 넘고 있었다.

그 집을 지나면 건어물 가게가 있었는데 점두에는 김이나 오징어와 북어포를 넣은 투명 비닐봉지를 쟁여놓고 손님을 부르고 있었다. 거기에서 두어 가게를 지나 좁은 골목길을 옆으로 끼고 장방형으로 지어진 2층 건물의 끝쪽 한 칸이 채소가게였다. 그 채소가게를 지나면 과일가게였는데 가게 앞에 과일 상자며 매대에 붉고 낮은 플라스틱 그릇에 토마토, 사과, 포도를 담아서 3,000이라고 쓴 마분지 종이를 앞에 세우고 놓여 있었다. 매대에 태양을 머금은 과일들이 탐스럽게 익어 색색의 모양을 내고 반짝이며 가지런히 자리를 차지하고 올라앉아 있는 모습은 위용을 부리는 장군 같아 이 쇠락한 시장을 부흥시키러 오는 어떤 새로운 세력 같았다.

그 모퉁이에 소녀에서 멈춘 듯한 아이이자 처녀인 딸은 둔 어머니가 수선해서 먹고 살아가는 작은 수선집이 있었다. 그 맞은편에는 주전자, 들통, 유리병, 호미, 낫, 거울 등을 파는 잡화점이 있고 수선집과 2층 양옥 건물의 아래층에 슈퍼를 하는 노부부가 살고 있었다. 슈퍼의 간판은 1층과 2층의 중간 외벽에 옆으로 길게 달려있었다. '서울슈퍼'라고 되어있어야 하는데 ' 울슈퍼'라고 '서' 자가 오래되어 떨어져 나가버렸다. 키가 크고 얼굴 생김이 귀해 보이는 할아버지와 키가 작고 통통하여 작은 장독 같은 할머니가 계산대에 앉아서 늘 가게를 지키고 있었다. 수선집과 슈퍼 사이의 골목에 들어선 2층 양옥의 지층에 정숙이 살고 있었다. 슈퍼집에는 정숙의 아들 민우가 자주 군것질하러 들락거렸고 그럴 때마다 할머니는 민우와 몇 마디를 건네고 하나 더 끼워주곤 하였다.

삼복더위가 지나고 이제 막 모두 숨구멍을 틀 날이 되었다. 입추가 막 지났을 무렵이었다. 아침에 두부를 사러 서울슈퍼 옆 간

판도 없이 하는 두부가게에 들렀던 정숙은 거기 아줌마로부터 채소가게 아저씨가 자살했다고 들었다. 두부를 한 모 사는 잠깐 동안 건넨 말이었는데 아줌마의 표정은 어두웠다. 그 소식을 들은 정숙이도 두부를 든 팔에 힘이 빠져나가는 것을 느꼈다. 왜 그랬을까 말이다. 그것도 음독자살했다고 하였다. 어젯밤에 그는 무슨 독을 마셨을까? 정숙은 꼬리를 무는 의문과 짓눌리는 가슴을 안고 무서운 생각도 들어서 종종걸음으로 집에 들어왔다. 안 그래도 여름이 지나고 가을철이 다가오는 휑뎅그렁한 이 시장 골목 동네에 불운한 죽음의 소식이었다.

정숙은 집으로 돌아와 책상에 힘없이 앉아 있었다. 멍하니 한참을 앉아 있었더니 어린 아들의 엄마 나 학교 가야 해라는 소리에 정신이 들었다. 그리고는 어떻게 두부된장국을 끓이고 그저께 낮에 아저씨가 준 쑥갓을 마저 넣어서 밥상을 차려 아들에게 한 술을 먹이고 등교시켰는지 몰랐다. 아이를 겨우 학교에 보내고 대충 상을 정리하고 정숙은 집을 나가 골목으로 내려갔으나 아저씨가 하는 채소가게 앞에 차마 가 볼 수가 없었다. 겁도 나고 사람들을 어떻게 마주칠까도 두려웠다. 괜히 아저씨의 죽음에 대해 아무 잘못도 없으면서 잘못한 아이처럼 지레 미안한 마음도 들었다. 그야말로 아저씨가 베풀어주신 친절에 대해 아무것도 해 드리지 못한 채 허망하게 이 세상을 뜨게 한 것에 대해 죄의식 같은 것이 고개를 드는 것이었다. 그러나 정숙의 슈퍼 에고가 '너는 잘못이 없어!'라고 소리치는 걸 들었다. 정숙은 이 낯선 동네에서 만난 사람 중에 그래도 아저씨의 친절로 안면을 트고 지내던 분이었기 때문에 마음이 허전했다.

지난 일이지만 정숙은 남편 몰래 이 동네로 이사 왔다. 남편의 괴롭힘이 심해져 가고 그것은 정숙이 견딜만한 범위를 넘어서고 있었다. 아들과 함께 나왔던 날도 학교가 개강한 지 한 달 후였다. 벚꽃이 하얗게 피어 눈같이 휘날리던 봄날 정숙은 암울한 생활 속으로 빠져들어 갔다. 남편은 정숙과 아들이 세든 월세방을 아들의 하굣길에 뒤를 밟아와서 알아내었고 그때부터 괴롭힘이 시작되었다. 자신을 두고 둘이만 살려고 나갔다고 전화상으로 욕을 퍼부어 댔고 가만두지 않겠다고 협박하였다. 거처를 알아낸 남편은 어느 날 강제로 들어와서는 정숙의 머리를 손으로 때리며 쓰러뜨리고는 달려들어 강간하듯이 남자의 욕망을 풀고는 집에서 나가면서 지구 끝까지 쫓아갈 거라고 외쳐대었다.

결국 그 집에서 한 달 만에 1366에 전화하여 아들과 급히 택시를 타고 도망쳐서 몸을 숨긴 뒤부터 그 공포는 덜해졌다. 쉼터에서는 3개월 정도 머무르다가 남편이 결국 정신병원에 가족들에 의해 입원당한 틈을 타서 전에 월세방에 있었던 짐을 꺼내와서 이 동네에다 얻은 집으로 옮겼다. 그러니까 정숙과 아들은 사실 피신처를 이 동네에다 구했다. 남편의 폭력으로부터 피하여 왔다. 주는 나의 피신처라는 구절을 언젠가 성경에서 읽었을 때 정숙은 뜨거운 눈물을 흘렸다. 3월 한 달 동안의 지독한 피로가 납덩이처럼 정숙의 의식과 신체를 마비시킬 쯤 만난 소설 쓰는 언니는 정숙을 안정시키려 애를 썼다. 언니는 늘 괴로울 때 정숙이 만났던 사람으로 조용히 이야기를 다 듣고 난 뒤에 마치 소설을 풀어 나가듯이 괴로움에 싸인 사람을 이야기로 위로해 주었다.

그때 카페에서 정숙은 '당신의 이야기가 끝나면 나는 고통의

컴컴한 터널로 들어갑니다.'라고 마음으로 이야기했었다. 피난살이 해야 할 자에게 피난처를 주시고 적에게서 몸을 숨길 바위를 주시는 분은 야훼 이레라고 준비를 해둔다는 그분에게 정숙은 매일같이 기도하면서 불안감과 두려움을 떨쳐내려고 발버둥쳤다. 벚꽃은 봄바람에 흩날리고 꽃들은 활짝 피어서 생명은 장대하였으나 정숙은 죽음의 골짜기를 헤매고 있었다.

아저씨가 이 시장 골목의 가게에 들어온 것은 작년 가을 무렵이었다. 그 가게에는 방이 작은 게 하나가 달려있고 채소가게치고는 어느 정도의 크기는 되었고 가게 한쪽에 수도가 조그맣게 있어서 미리 손질하여 팔 채소는 거기에서 다듬곤 하셨다. 처음에는 사람들이 많이 안 갔지만 여러 날이 지나가자 거기에는 동네 아주머니들, 야쿠르트 아주머니, 할머니들이 자주 가게를 채웠다. 정숙도 거기에서 야채를 사기 시작했었다. 물론 어떤 때는 아저씨가 팔다 남은 약간 시든 야채를 덤으로 더 주시기도 하셨다.

가게에 찾아오는 손님들인 늙은 여자와 젊은 여자에게 친절했던 아저씨는 늘 웃는 모습이었다. 키가 작고 약간 마른 듯한 아저씨는 나이보다도 얼굴이 젊어 보이고 여자들에게 다감하셨다. 거기에다 뜸을 뜰 줄도 알아서 아주머니들이 어깨나 팔, 복부에까지 뜸을 붙이고 계신 적도 있었다. 그것도 모두 아저씨가 붙여주었다. 그만큼 아저씨에게 여자들은 몸의 고통을 호소하거나 마음의 고통을 호소했다. 뜸을 붙이지 않고 두 잔의 커피믹스를 두고 한참을 이야기할 때는 마음의 고통을 아저씨에게 이야기하고 있었다.

정숙은 이럴 때 가게에 가서 감자나 양파를 살 때가 민망스러왔다. 열심히 이야기하는 여자에게나 열심히 들어주는 아저씨에게나. 아저씨 가게의 이런 풍경은 이 시장 골목의 가게에서는 보기 힘든 광경이었다. 이 시장 골목에 어느 날 나타난 아저씨에게 여자들이 부추, 오이, 양파, 양배추, 파, 상추 등을 사러 아침이나 점심과 저녁에 몰려와서 사갈 때 아저씨는 혼자서 파느라 정신없을 때도 있었지만, 그래도 아저씨 혼자서 오는 손님들을 감당할 수 있을 만큼 여자들은 적당한 수가 꾸준히 왔다. 어느 날은 늘 오던 야쿠르트 아주머니가 배에 뜸을 붙이고 있기도 했다. 사러 들어갔던 정숙은 마치 못 볼 걸 본 것처럼 고개를 숙이곤 했다. 아저씨는 눈치 빠르게 아주머니의 배를 흰 천으로 덮어주고는 눈짓으로 잠깐만이라는 신호를 보내고 정숙을 응대하기도 했다.

그 무렵은 아들과 둘이 사는 정숙이 지독한 우울증과 무기력증에 빠져서 바깥 세계와 끊듯이 하면서 겨우 나가는 성당에만 다니고 있었다. 이 증상은 사람을 무겁게 하여 자꾸 땅바닥으로 가라앉히는 습성이 있었다. 그리고 매사를 부정적으로 생각하거나 기분이 언짢고 별로 웃지 않았다. 그런 정숙에게 아저씨는 늘 상냥하게 웃으며 대해 주었다. 작은 가게를 하면서도 오는 손님들에게 친절했고 웃음을 잃지 않았다.

집을 나오던 해 4월 중순에 학교 강의를 접게 되자 정숙은 돈이 떨어지고, 나가야 할 일은 생겨났고, 끼니를 위해서 반찬거리라도 사야 할 형편이 되었다. 정숙은 그때도 어렵게 아저씨에게 얼마간의 돈을 꾸었고, 얼마 후에 갚았으나 또 빌릴 사정이 되었을 때, 아저씨도 난색을 표했다. 아저씨는 그러면서도 그다음 날쯤 와보라고 하여 갔더니 어렵게 얼마간의 돈이 들어왔다고 하면서 기꺼이 빌려주시곤 하셨다.

　종일을 어두컴컴한 반지하 방에 들어앉아 책상에서 창세기의 아담과 이브가 살았다는 에덴동산에 관한 내용을 읽을 무렵이었다. 신은 천지를 창조하고 나서 사람을 남자와 여자로 만들어 모든 것이 주어진 에덴동산이라는 곳에서 살게 하였다. 단 하나 생명 나무의 열매를 따 먹지 말라는 금기의 말을 하면서. 그곳에서 아담과 이브는 옷도 입지 않은 채 벌거벗고 낙원을 걸어 다니고 과실들을 따 먹으며 살았다. 그러나 옷을 해 입힌 것은 신이었다. 이 둘이 신의 금기를 깨었기 때문에 서로에게 눈이 열려 벌거벗은 것을 알게 되었다고 하니 금단의 열매는 뱀이 가져다준 지혜였다. 그러니까 그 전에 인간은 지혜도 지니지 않은 채 서너 살짜리 어린아이와 같았던 모양이었다.

　그를 만났던 것은 정숙이 집을 나오기 두 달 전에 고향 친구와 같이 갔던 나이트에서였다. 사이키 조명이 빈 스테이지 공간을 가를 듯이 내려쏘는 가운데 흰빛이 정숙의 영혼을 반쯤 갈랐을 때, 키가 작은 그는 흰 셔츠를 입고 무대의 한쪽에서 같이 온 그의 친구들과 스텝을 밟고 있었다. 정숙의 영혼에 계속하여 검은 영상이 흘러가고 남편의 실성이 정숙을 괴롭게 할쯤 공황에 가까운 정신적 징후가 엄습하고 있었다. 다가오는 공포와 두려움을 잊기 위해 정숙은 매일 고향 친구에게 전화를 걸었고 그녀와 대화하는 것으로 지친 정신과 공포를 잊을 수가 있었다. 정숙의 그런 태도가 남편에게도 심해 보였던지 "너 ○○ 씨랑 연애하니?"라고 부러운 듯 웃으면서 말했을 정도였다.

　붉고 푸른 조명은 사람을 붉게도 푸르게도 물들이면서 그의 두 친구는 부끄러워했지만, 정숙이 그를 쏘아보듯 쳐다보았을 때, 그는 언짢은 기색이었으나 이내 표정을 풀었다. 그러나 순간 음악은 블루스곡으로 바뀌고 모두 제자리로 돌아갔다. 잠시 후 인상이 좋은 웨이터가 정숙을 데려간 곳은 두 친구는 어디 가고 홀로 앉아 있는 그의 옆자리였다. 그는 나중에 정숙의 핸드폰에다가 자신의 이름과 연락처를 남겨주었다. 그가 정숙의 집 근처까지 택시로 바래다준 것과 헤어지면서 정숙에게 키스를 원했던 것도 순전히 그의 유혹이라면 유혹이었다. 남의 집 아내에게 연락할 수 없으니 연락 주면 좋겠다는 그의 부탁은 바로 이 관계의 책임은 자신이 지지 않는다는 것과 다름없었다. 짧은 순간에 느껴지는 그의 표정에서 순백을 읽은 정숙은 그날부터 그를 마음에 두었다. 그러고는 그 뒤 친구들과 한 번 더 만났다.

두 번째 만남에서 헤어질 때 그는 정숙을 집 근처 담벼락에 세우고는 그녀의 가슴을 더듬어서 그녀는 혼이 났다. 세 번째 만났을 때는 그야말로 진저리치는 꼼장어가 연탄불에서 붉게 벗겨져 고통스런 몸을 비틀면서 죽어가는 순간을 두 사람은 망연히 보면서도 그걸로 소주를 마셨다. 잔인하게도 인간은 연탄불에 생살을 그을려 태워지는 꼼장어의 나신을 바라보면서도 아무런 느낌 없이 그걸 안주로 삼듯이 삶은 고통스런 인간을 제물로 하여 무얼 마셔대는가 하고 정숙은 감연히 생각하였다. 운명이란 혹독하게도 연탄불에 타는 꼼장어처럼 인간을 잔인하게도 태웠다. 그런 폭력 앞에서 속수무책인 꼼장어처럼 인간 또한 운명 앞에서 헐벗은 맨몸을 내어놓았다. 십자가상 예수가, 벌거벗기운 온몸에 피칠갑을 하고서 두 손과 양 발목이 못으로 뚫린 채 선혈을 쏟으며 단말마의 숨을 헐떡이는 골고타 언덕이었다. 그걸 앞에 두고 정숙은 그에게 어렵게 고백했다. 2주 전에 만난 남자에게, 남편과 아들과 그녀의 인생에 아무런 상관도 없는 나이트에서 만난 키가 작은 그가 정숙의 인생에 걸어 들어오고 있었다.

정숙의 삶이 사나워지기 시작할 무렵 그 역시 나중에 안 일이지만 30대 후반에 인생에서 한번 실패하고 자신을 가다듬고 있었다. 그는 어느 유명 브랜드의 옷 회사에서 회계담당 과장이었는데, 자신의 자본을 들여 그 회사 브랜드의 옷 매장을 여동생에게 맡겨서 사업도 했다. 그러나 사장의 방만한 경영으로 회사가 도산하면서 일터를 잃고 하던 매장도 문을 닫았으며, 그는 1억가량을 손해 봤다고 했다. 먼저 겪은 그는 여유가 있었고 이제 광풍으로 들어가는 정숙에게는 공포와 두려움 그리고 죽음 그 자체였다.

정숙이 아들의 위기를 그에게 털어놓는 것은 힘들었지만 그가 다그치는 소리에 어렵게 꺼냈다. 그때 '너 나와!' 그 한 마디가 정숙의 머리를 가르고 집이란 타성에 젖은 그녀의 의식을 깨어 부수더니 돌멩이도 하나 없이 되었다. 그러자 집이 사라진 빈 광야에 바람만 횡횡 불어 제끼고 있었다. 아들이 남편의 손에 목을 졸린 것은 결혼 십 년이라는 타성에 젖은 정숙의 완고함과 어리석음을 깨우쳐 주었다. 남편의 손에 아들이 목이 졸린 어미는 어떡해야 하냐고 그 어디에도 물어볼 데도 없이 배운 그녀는 배움도 무력하게 삶의 골고타에서 소리 없이 부르짖고 있었다. 자존심도 배움도 지위도 거룩함도 자존감마저 무너지는 정숙은 한없이 추락한 히말라야의 독수리처럼 정신이 멍해지고 있어 날카로운 부리는 뭉툭해지고 갈퀴 같은 발톱은 닳고 닳아서 짐승의 살을 찍을 수가 없었다.

그런 정숙은 그에게서 얻은 씨앗을 키우지 못하여 중절수술하고는 영혼이 매일같이 피를 흘리고 있었다. 자책감과 자괴감, 어쩔 수 없이 무너져 내린 양심과 태어나보지도 못하고 간 아이에 대한 죄의식과 그리움으로 뒤범벅이 된 채 집을 나가는 것이 싫었다. 그는 생명을 감당하지 못 하는 사람이었다. 시각장애를 지닌 그는 험난한 세상을 살아가기 힘이 들어 여태껏 결혼조차도 하지 않은 채였다. 결혼과 같은 책임은 무거워서 질 수 없다는 게 그의 항변이었다. 그런 그를 만나고 이 일로 헤어지지도 못하는 상황이 정숙을 깊은 나락으로 빠뜨리고 있었다. 그에 대한 용서란 말은 멀리 있고 죄녀의 모습을 안으로 지니며 겉은 사십대 초반의 얼굴을 한 정숙은 희디흰 긴 드레스를 입고서는 종일을 집에서 어슬렁거렸다. 내면의 어둠을 희게 하고 싶었던 걸까. 그 무렵 정숙은 흰옷을 즐겨 입었고, 그것은 그녀에게 너무 잘 어울리는 색깔이었다. 어린 시절 남동생이 죽은 후 그 슬픔과 상처로 상 같은 흰색을 꺼려했던 정숙은 어느새 흰색을 가까이하고 있었다.

아들의 아빠와도 정리가 안 된 채 별거하는 중에 만난 지 6개월 만에 그와 정숙은 하나가 되었고, 그 후 덜컥 아이가 들어서 버렸다. 그 아이는 아무것도 준비되지 않는 부모 될 자격 없는 남자와 여자에게 불행히도 와서 수술대에서 천국으로 가야 했다. 이 세상에 태어나지도 못하고 하늘에 올라간 그 순결한 영혼을 위해 늘 기도하면서 속죄하면 아이가 천국에서 놀고 있는지 마음이 나아지곤 했다. 에덴동산에서 아담과 이브는 쫓겨나서 남자는 가족을 위해 땅을 갈아 부쳐서 먹여야 했고, 여자는 아이를 출산할 때 고통 속에서 신음하면서 목숨을 걸고 자식을 낳아야 했다. 나는 내 양들을 알고 내 양들은 나를 안다. 성경을 읽다가 문득 생각이 꼬리를 물게 되면 시장통을 나가서 가게에 이것저것을 둘러보면서 머리를 식히거나 저녁 찬거리를 찾았다.

그날도 그런 날의 하나였다. 아저씨의 가게에 다다르자 아저씨는 친절하게 말을 걸어왔다.

"어 왔어? 밥은 먹었어? 안 먹었으면 여기서 한술 떠?"

"아니요, 먹었어요."

"그럼 커피나 줄까?"

"예."

그날 정숙은 자신의 처지를 조금 아저씨한테 내비치었다. 정숙의 이야기를 다 들은 아저씨는 정숙에게 아들과 잘 살어라고 격려를 해주었다. 그날은 아저씨가 사둔 강냉이 한 봉지를 아들의 간식거리로 먹으라고 주셨다. 그 후로 성당에 다녀오다가 아들과 잠깐 아저씨의 가게에 들러 취나물이나 오이를 사 오기도 하였다. 키가 자그맣고 마른 편인 데다 약간 가무잡잡한 얼굴의 아저씨는 늘 맑고 깨끗한 눈빛을 지니고 있었다.

정숙은 아저씨와 이야기를 나누기 위해 찾아가곤 했지만 먼저 보낸 아이에 대해서는 함구할 수밖에 없었다. 그 이야기까지는 차마 입 밖에 나오지 않았다. 아저씨가 알면 왠지 안 될 것 같았다. 그리고 꼭 아저씨에게 그 이야기마저 해야 할 이유도 딱히 없었다. 아니면 야채 등속이 잘리거나 뿌리가 뽑힌 채 여기저기 다

발에 묶여 가게의 시멘트 바닥에 놓이거나 플라스틱 바구니에 담긴 이천 원짜리 고구마나 감자가 뒹구는 가게의 풍경에서 이야기할 맛이 나지 않았을지도 몰랐다. 그리고 시도 때도 없이 찾아오는 여자들이나 정숙의 사연이 여자들의 입에 오르내리게 될까 봐도 두려웠기에. 물론 아저씨가 정숙의 내밀한 죄악을 남에게 이야기할 사람이 아니라는 것은 예감으로 알지만, 정숙 역시도 이야기하고 싶지 않은 아픔이었다.

다만 혼자서 그 가여운 죽음을 매일 뜨끔하게 아픈 가슴을 스스로 만져가면서 아이를 위로하고 자신을 위로할 뿐이었다. 수술대와 그에게 수술 동의를 구하는 여자 의사가 하는 병원 간호사의 목소리만이 정숙의 의식에서 맴돌곤 했다. 마취에서 깨어났을 때 밀려드는 노오란 색채는 눈 뜨기 이전의 풍경이었고 그때는 정숙도 어딘가로 끌려갔다가 다시 돌아온 사람 같았다. 마치 누렇고 무거우면서 깊은 물의 표면으로부터 나오는 꿈을 꾼 것처럼 의식이 돌아왔을 때는 이미 수술이 끝났다고 환자를 안심시키는 간호사의 밝으면서도 낮고 조용한 목소리가 들려왔을 뿐이었다. 현기증을 느끼면서 수술실을 나올 때 바깥에서 기다리던 그가 정숙을 부축하여 차를 태워 집까지 데려다주었다. 그는 미안하다는 말을 두세 번 하고는 몸조심하라는 말을 남기고 돌아갔다.

며칠간을 병원에서 처방해준 약과 미역국을 먹으면서 몸을 추슬렀던 정숙은 다 자업자득이라고 자신에게 냉정하게 되뇌었다. 그러니까 이제 인생의 산전수전을 다 겪은 것이었다. 물론 정숙도 그 아이를 낳아 기르고 싶지 않았던 건 아니었다. 그러나 상황이 낳아서 기를 수 없었다. 40대 초반 오랜만의 임신이라 반갑고 기쁨도 잠시 남편과 법적으로 정리가 되어있지 않았고 무엇보다 그가 아이를 부담스러워했다. 키울 자신도 없고 정숙이 이혼도 하지 않았기 때문이라고 했다. 그래도 며칠 간은 정숙은 철없게도 오랜만의 임신이라고 반가워했었다.

남편은 정숙의 나이 32살에 첫아들을 낳고는 늘 콘돔을 했다. 아이를 더 낳지 말자고 했다. 키우기 힘들고 자신이 키울 자신이 없다고 했다. 정신질환을 앓고 일자리가 없었던 남편을 만난 정숙의 불행이 시작되었다. 아프고 무능한 남편으로 인해 출산의 권리마저 누리지 못했던 정숙이었다. 물론 정숙도 몸의 조건이 좋지는 못했다. 첫아들도 자연분만할 수 없을 정도로 골반협착으로 제왕절개를 해야만 했다. 그것도 정숙에게는 어려운 일이었다. 첫아들을 낳을 때도 남편의 지병이 재발하여 정신이 없었고 정신과 약을 먹고 겨우 잠이 든 남편을 두고 시어머니와 정숙은 남편 몰래 근처 대학병원으로 가서 아이를 낳아야 했다. 12시간의 산통 끝에 제왕절개를 하여 낳았을 때 마취에서 깨자 ○○○ 씨 아들입니다라는 간호사의 밝고 높은 음성을 귀로 들으면서 살았구나 했었다.

동네에서 시끄럽게 소리가 난 것은 아저씨에게 찾아온 어떤 여자 때문이었다. 이 여자는 나이가 60대쯤 되어 보이는 여자로 얼굴도 그렇거니와 몸은 뚱뚱하였다. 머리는 파마기가 풀려서 부스스한 모습이었다. 그런 여자의 머리에는 길쭉한 양동이 같은 걸이고 비척비척 시장통 골목을 들어와서는 아저씨네 가게에 들어갔다고 했다. 그때 마침 아저씨는 야쿠르트 아줌마와 늘 단골인 아줌마들과 담소도 하고 있었던 모양이었다. 그 여자는 머리에 인 걸 거칠게 내려놓더니 허구한 날 여자들 끌어모아 무슨 짓이 냐며 거칠게 아저씨에게 쏘아붙인 모양이었다. 함께 앉아 있던 여자들은 영문을 몰라 다들 가게에서 나가선 흩어지고 당황한 아저씨는 무서운 얼굴이 되어 왜 손님들한테 소리치느냐고 대들었던 모양이었다.

그 여자는 이것저것으로 소리를 내고 바닥에 놓여 있던 채소들도 흩으면서 한바탕 난리를 친 모양이었다. 사람들은 모두 아저씨와 그 여자가 무슨 사이인지 궁금해했다. 물론 그 여자는 가끔 부스스한 머리에다 뚱뚱한 몸을 이끌고 터벅터벅 힘없이 아저씨네 가게를 가끔 찾아오곤 했었다 한다. 그래도 어느 날은 분홍색 바탕에 꽃문양이 든 카디건에 니트 치마를 받쳐 입고 그럴싸한 까만 백을 들고 나타났을 때는 모두 '새 여자가 또 생겼나?'라고 생각했던 모양이었으나 바로 그 여자였다. 그러나 이번에는 그 여자가 와서 난동을 부리고 갔고 아저씨는 독을 마셨다고 했다. 모두 왜 아저씨가 독을 마셔야 했을까 의문스러워했다.

알고 보니 원래 그 여자에게는 남편과 자식들이 있었다고 했다. 어디를 봐도 아저씨와 어울릴 것 같지 않은 여자에게는 아저씨가 정부였던 셈이었다. 아무도 믿기 어려운 이 사실 앞에서 사람들은 사람 좋은 아저씨의 얼굴과 그 여자의 정부였던 아저씨를 상상해 보았다. 둘이 사귀는 게 구설수에 오르면서 여자는 낯선 동네에 아저씨를 홀로 야채장수로 만들어 피신시켜 두고 남편 몰래 가끔 이 동네를 찾아와서 아저씨를 만났다고 했다. 그런데 늘 와보면 아저씨네 가게에 여자들이 네댓 명이 아저씨 한 사람을 바라보고 이야기하고 있었으니 그 여자의 질투심에 불을 당긴 모양이었다.

아저씨네 가게에서 조금 내려온 맞은편에는 과일가게가 있었다. 늘 빛이 좋고 꽤나 굵고 단단해 보이는 과일을 점두에다 가득 올려놓아서 울긋불긋하고 싱싱한 과일이 행인들의 발걸음을 멈추게 하는 그런 집이었다. 한 번은 이 집 주인 여자가 하루의 판돈을 꺼내어서 전등 불빛 아래에서 세면서 행복해하는 모습을 보고 아들이 저 사람은 돈에 의지하여 돈으로 행복해한다고 하였다. 과연 그랬다. 그 여자는 나이가 60대 중반을 넘어섰지만, 시집을 가지 않은 채 이 시장 골목에서 오랫동안 과일가게를 하면서 혼자 살아온 여자였다.

그녀는 어떤 날은 말끔하게 입고 값나가는 백을 메고 구두를 신고 제법 돈을 준 듯한 옷을 입고 어딘가로 다녀오곤 했다. 그 때마다 사람들은 그녀의 행방을 수상히도 생각하고 궁금해하기도 했다. 정작 아저씨의 애인인 유부녀는 그 많이 찾아오는 여자들보다 이 과일가게 집 여자에게 남모를 질투의 불길을 지폈다고 한다. 과일가게 집 여자가 혼자 살고 있었기 때문인 데다 오랫동안 혼자 살면서 과일을 팔아서 번 돈이 꽤 되어 과일가게 건물은 물론 어딘가에 아파트도 사놓았다는 풍문이 들려오곤 했었다.

아저씨의 연인은 이 여자가 아저씨를 유혹한다고 생각했던 모양이었다. 사실 아저씨와 이 여자는 별로 친한 사이는 아니었다. 채소가게를 하는 아저씨는 가끔 과일이 먹고 싶을 때 이 여자의 가게에서 과일을 사 왔고 이 여자도 찬거리 야채를 사기 위해서 아저씨 가게나 다른 야채가게를 찾곤 했었다. 엉뚱하게도 과일 집 여자에게 질투심을 가지다가 그것이 끓어올라 아저씨에게 화풀이한 아저씨의 연인은 그야말로 질투의 폭발에서 아저씨에게 아마도 결별을 말한 모양이었다. 아저씨는 그 여자의 어디가 좋아서 정부 노릇을 한 지는 몰라도 남녀 간의 일이라 아무도 짐작이 되지 않았다. 다만 여자가 남편과 자식이 있으면서도 아저씨를 놓지 못했던 것처럼 아내와 사별한 후 자식이 없었던 아저씨가 의지할 데라고는 그 여자의 품밖에 없었던 게 아닐까 짐작할 뿐이었다.

가진 것도 없고 어딘가 아픔을 간직하면서 고요하게 지냈던 아저씨의 죽음은 동네 사람들에게 특히 가게를 자주 찾아왔던 여자들에게는 충격이었다. 난동 부리던 여자가 가고 아저씨는 가게에 달린 작은 방에서 독약을 마시고 괴로웠던지 문지방을 나오려다 거기에 걸린 채 쓰러져 있었다고 한다. 다만 아저씨의 옆에는 "정희야, 나는 널 사랑한다. 세상 끝날까지."라고 반듯한 필체의 유서인 듯 마지막 메모인 듯한 종이가 방바닥에 놓여 있었다고 한다.

아저씨는 죽음으로서 본인의 결백을 여자에게 말하고자 한 것이었을까, 메모는 그것을 말하고 있었으나 두 사람 관계의 한계가 아저씨를 끝간 데로 몰아세웠다. 사람들은 아저씨의 가족이나 만나온 여자의 연락처를 몰랐기 때문에 경찰이 왔어도 방법이 없었다고 한다. 아저씨는 행려인으로 취급되어 시신을 처리했던 모양이었다. 다만 늘 아저씨의 가게에 들락날락했던 여자들이 시신을 수습하는 걸 말없이 지켜보았다고 한다. 앞집 과일가게 여자는 얼굴에 눈물을 주르륵 흘리는 모습이 마치 멜로 영화에 나온 여주인공처럼 이 시장 골목에서 처음으로 대하는 그녀의 낯선 모습이었다고 입을 모았다.

정숙은 가만히 아저씨의 낮은 음성을 귓가로 듣고 있었다. 언젠가 쑥갓 두 단을 주면서 "이거 팔다 남은 건데 민우 엄마 이걸 가져다가 꽃병에 꽂아 두면 꽃망울 진 건 필지도 몰라. 꽃이 피면 노란 꽃이 핀대. 향기롭대. 꽃망울이 없는 건 대구탕이나 동태탕 끓일 때 제일 마지막으로 넣어주면 향내가 나, 푸르고 맛난 찌개가 될 거야." 내용물을 다 쓴 토마토소스 병에다 물을 채우고 꽃망울이 진 쑥갓을 며칠 넣어두었더니 아저씨의 말대로 노오란 꽃이 소담하게 피었다.

반지하의 어두컴컴하고 작은 거실에 봄꽃이 피어나는 것 같았다. 그 향내 또한 은은하여 쾌쾌한 실내를 향기로 채워주었다. 그럴 때마다 정숙은 아저씨의 친절을 고마워했었다. 그러나 정작 아저씨는 그렇게 남의 인생에 노랗게 꽃을 피워주고 푸르게 향내를 피워주다가 인생의 결실을 맺지 못하고 허망하게 이 시장골목통을 떠나갔다. 꽃이 되지 못한 아저씨가 팔던 야채들처럼, 진하게 풍기는 쑥갓 냄새처럼, 늘 아저씨가 뜨는 쑥뜸처럼, 약내를 진동하게 하면서…죄 많은 거리에 은은하게 풍기는 쑥갓의 향내는 초가을의 쓸쓸한 거리를 메웠다. 쑥갓은 채소 구실을 못 했더라도 한 송이 꽃을 피워 이 낡고 쇠퇴한 골목시장에 인간의 이야기처럼 다시 피어올랐다. 쑥갓이 채소 구실을 지나 꽃이 되어버렸듯이 모든 게 바뀌어 갔다.

아저씨가 돌아가신 후 이 시장통은 텔레비전 드라마를 찍기 위해 일주일간은 번잡스러웠다. 〈눈이 내리는 날〉을 연출한 나이

든 박근형은 어려운 인생을 살아온 아버지로 잠바떼기에다 물이 날린 허름한 바지를 입고 털로 만든 귀마개를 쓰고 낡은 자전거를 끌며 골목을 걸어 나왔고, 강냉이를 튀기는 뻥튀기의 요란한 소리도 이 골목을 휩쓸고 지나갔다. 퇴색한 이 골목시장도 텔레비전에 출연하더니 그 후에는 여기저기 새 가게가 얼굴을 내밀고 쇠락한 가게도 다시 고쳐서 말쑥한 차림으로 다시 태어나고 있었다.

모든 게 텔레비전에 나오면 달라지곤 하였다. 그러나 정숙과 아저씨의 사연은 영원히 브라운관에 비칠 수 없이 박근형은 어려운 시절의 아버지를 연기했다. 이 골목시장의 겨울 눈이 내리는 풍경은 자꾸만 모든 사연을 지워갔다. 끝까지 사랑을 안고 갔던 아저씨의 가슴만 붉은 홍시처럼 감나무 가지에 슬프게 매달려 있었다.

얼어붙은 호수에 부는 바람

설이 가까워 왔으나 여전히 추위는 풀리지 않았다. 설밑 단대
목에도 이렇게 추위가 기세를 부리다가는 설 쇠는 사람들이 여간
어렵지가 않을 듯했다. 겨우내 칩거하다시피 추위를 피해서 웅크
리고 있자니 울화가 올라오고 답답하여 채희는 Y에게 졸랐다. 팔
당댐 부근 양수리에 가자고. 그는 일이 바쁘다는 핑계를 대었다.
채희가 조르는 걸 못 이기고 겨울바람이 부는 날이었지만, 그녀
를 태우고 넓은 호수가 보이는 곳으로 데리고 가주었다. 사실상
이런 추위에는 낚시꾼이 아니면 얼어붙은 호수에 누가 접근이라
도 하겠는가. Y는 날씨도 춥고 바람도 찬데 왜 하필이면 그런 곳
에 가자고 조르느냐고 핀잔을 주었지만, 채희의 고집을 꺾을 수
없어 못 이기는 척하고 데려갔다.

호숫가에는 나무들이 가지를 드러내고 가지 사이로 새들과 태
양을 드리운 채 서 있었지만 차가운 겨울바람은 어쩔 수 없이 볼
을 때리고 지나갔다. 가끔 얼음이 우는지 아니면 얼음에 금이 가

는지 웅 하는 소리가 났다. 설이 가깝기 때문인지도 몰랐다. 그러나 얼음의 두께가 두꺼운 데다 아직은 해빙기가 아니었다.

학교 앞집에서 살 때 채희(瘵熙)는 자신의 방에서 마지막 번역 원고를 넘기고는 건강에 무리가 왔었다. 원고를 마지막으로 탈고한 시점은 11월 말경이었고 어느 날 다소 어두컴컴한 방의 책상에 앉아 있는데 가슴에서 차가워 오면서 건조하며 스산한 바람이 불어왔다. 마치 겨울의 언 호수 면에 불어닥치는 찬바람처럼 공허하고도 무연한 그 바람이 채희의 온몸과 정신을 점유하고 있었다. 휑휑 울리는 그 바람 소리가 머릿속을 가득히 채우면서 고요하게 불어왔을 때, 채희는 장편 동화를 한 달 만에 완역할 무렵이었다. 동화에 나오는 주인공을 떠나보내던 날 아침의 심한 가을 바람이 채희의 가슴에도 불어왔다. 순진한 시골 아이들처럼 채희는 가슴에 불어오는 바람을 주체할 수 없었다. 그 바람은 채희로 하여금 그 전과 그 후를 갈라놓았다. 주인공 소년이 느꼈던 바람은 채희의 가슴을 머리를 영혼을 정신을 소용돌이치듯이 흔들어놓았다.

그 무렵 채희는 이미 파국으로 치닫고 있는 M과의 관계가 서로 어색해지기 시작했다. 가을 내내 그와 1주일에 한 번씩 만나서 이웃 학교 캠퍼스를 어둠 속에서 거닐면서 채희는 그에게 한없이 주절대었다. 마치 그는 채희의 이야기를 들어주기 위해 하늘에서라도 내려온 천사처럼 하염없이 쏟아져 나오는 채희의 내면 고백을 묵묵히 듣기만 하였다. 그의 몸에 처음으로 손을 댄 것은 채희였다. 그는 불쾌하다고도 무례하다고도 생각지 않았다. 부끄러움 속에서 채희의 손길을 받아들였다. 그 작은 호숫가에서. 채희는 유쾌하게 쌓여서 답답한 이야기를 다 풀어헤쳐서 속 시원한 마음으로 그의 가슴에다 손을 대었다. 물론 그도 자신의 아내와의 관계를 죄다 털어놓고 가족 내에서 섬으로 떠 있는 자신의 처지를 채희에게 고백했다. 그러다가 둘은 더 깊어져 그가 처음으로 채희의 메마른 입술에 자신의 뜨거운 입술을 겹쳐올 때 채희의 느낌은 좋지는 않았지만 그냥 받아들였다.

그 후 비디오 방에서 둘만이 있다가 나와서 모텔을 찾았을 때, 그와의 잠자리는 의외로 즐겁지가 않았다. 그 느낌은 스산하고 건조하였다. 그 후 두 번 가진 그와의 잠자리는 결코 채희를 감동시키지 못했다. 육체관계를 맺을수록 그와는 파국으로 치달았다. 그는 채희의 이야기를 곁에서 들어주기 위해 하늘에서 내려온 천사로만 있든지 고통스런 삶의 보너스로만 있었어야 했다. 그 상태로만 계속 지속되었다면 좋았을 뻔했다. 아니면 두 사람이 급속도로 빠져든 결과 몸이 마음을 따라주지 못한 것인지 마음이 몸을 따라주지 못한 것인지 채희로서는 그와의 잠자리가 스산하기만 했다. 이미 가슴 속에 불어오는 바람을 그와의 육체적 결합으로도 묶어주지 못하고 그 관계에 바람의 실낱같은 입자들이 알맹이가 되어 둘 사이를 희미하게 균열을 내고 다녔다. 그것도 스산하고 건조하며 휑뎅그렁한 바람이 둘의 신체 위에 휘감고 돌았던 탓이라고 생각했다.

바람의 위력은 강했다. 소리 없이 내면에서만 들리며 실체 없이 잠입하여 균열을 내기 이전에 모든 것을 무력화시켰다. 의지를 꺾어 무기력하게 만들며 감각을 무디게 하여 반응력을 떨어뜨리며 기운을 죽여 시들게 하고 마는 반 생명의 스산한 바람이었다. 시골 소년들이 목격한 바람이 순수와 동경의 바람이었다면, 주인공 소년을 보낸 날 아침의 바람은 농민들에게 울상을 짓게 하는 폭군 같은 바람이었다.

채희가 그와의 관계에서 느낀 바람은 순수한 바람이 아닌 반생명적이며 음산하고 죄로 인해 어둠이 내린 골짜기로부터 불어오는 악마의 바람이었다. 악마의 바람이 사람의 정신을 황량하게 만든 것은 당연했다. 책상에 앉아 있던 채희는 그 가슴의 바람을 잠재우기도 힘들었고 온몸은 날마다 책상에 앉아 있는 탓인지 짧은 기간에 몰두하여 번역하느라 고혈압약을 먹는 걸 잊은 탓인지 갑자기 온몸이 저리고 차가워지기 시작했다. 그러더니 그다음 날 눈에서 실핏줄이 터져서 눈알이 벌겋게 되고 어지러워서 서 있기도 힘든 상태가 되었다. 머리가 멍해지고 몸이 나른해지면서 기운이 한없이 떨어졌다.

그러면서 아래에서 하혈이 시작되었다. 하혈이 시작되고는 며칠을 아예 숫제 드러누웠다. 겨우 몸을 일으켜 산부인과에 가서 진단해 보니 자궁에 작은 물혹이 있었는데 그것이 터져서 하혈이 났다는 것이다. 최근에 무리한 일이 있느냐고 의사는 물었고 채희는 그냥 책상에 좀 오래 앉아 있었고, 강의를 위해 여러 시간 서 있었으며 고혈압약을 보름 정도 잊고 먹지 못했다고 했다. 마음속으로는 M과의 관계와 그것보다 더 고통스러운 것은 지도교수와의 문제 때문이었다.

어느 날 M과 식사를 끝내고 차를 마시고 있는데 지도교수의 전화가 울렸다. 그 무렵 채희는 교수 임용에 지원했는데 1, 2차 서류 전형과 시강에 통과하고 3차로 면접을 보는데 모두 5명이었다. 다른 사람들은 외부인들이고 그중에 한 명이 같은 지도교수 밑에 있는 나이가 채희보다 네댓 살 많은 유학파 후배였다. 그녀가 석사 때는 채희보다 몇 학기 아래 후배로 들어왔기 때문에 나이가 많았지만 후배라고 생각했다. 그녀는 결혼도 하지 않고 대학원에서 석사를 마치고 박사과정을 외국에서 마치고 돌아왔다. 그런데 지도교수는 그녀를 뽑고자 하는 모양이었고, 채희에게 나이가 그녀보다 적으니 아직 기회가 있지 않느냐고 하면서 이번에는 그녀를 먼저 내보내겠다고 핸드폰으로 알려왔다.

순간 채희의 마음은 부당하다는 생각이었다. 채희로서도 가장인 그녀에게 취직하면 경제적 어려움이 해소될 것 같았기 때문에 지원한 것이고 그 면접 준비를 위해 꽤 애를 썼다. 그런데 지도교수는 외국에서 박사학위 받아온 후배를 지도교수와 같은 학부 선후배지간이라는 것을 깔고 먼저 내보내려고 그녀를 뽑겠으니 이번에는 자네가 양보하게 했다. 채희는 지도교수에게 화가 났지만, M이 앞에 있었고 설사 M이 없다고 하더라도 그런 생각으로 일부러 핸드폰으로 알려온 지도교수에게 자신의 처지를 구구하게 얘기하면서 자신을 뽑아달라고 할 수는 없었다. 그나마 그때는 M과 즐거운 데이트를 하는 시절이어서 지도교수의 양해 말도 그 자리에서는 어떻게 할 수 없었는데 이 한 통의 핸드폰으로 그 이후 채희에게는 오랫동안 지도교수와 격조하고 원망과 단절의 요인이 되리라고는 자신도 그 당시에는 알 수가 없었다. 그나마 그 실망과 분노는 M이 앞에 있었고 M과의 저녁 몇 시간이 그 무렵 채희에게는 유일한 낙이었기 때문에 지도교수와의 취직을 두고 한 얘기의 파장이 일단은 덮어지는 듯했다. 그러나 그 후 채희에게는 지도교수의 말과 달리 아무런 기회도 주어지지 않았다. 그리고 채희의 인생은 점점 학교로부터 멀어져갔다.

M과의 대화로 천상에 오른 기분의 밤들이 지나고 육체적으로 맺어지면서 오는 부담감이 채희의 정신과 육신을 병들게 하고 있었다. 그것은 채희 자신의 성도덕으로 인한 괴로움과 육체관계 이후에 보이는 M의 자세와 집안 문제였다. 그 무렵 아이의 아버지는 채희가 일주일에 한 번씩 만남을 갖는 채희의 즐거움에 대해 눈치를 챈 듯하였고 처음에 아이 아버지는 채희가 유쾌해하니까 함께 기뻐하는 듯했다.

그러나 어느 날 채희가 감자탕을 큰 곰솥에 끓인 날이었다. 그 좁은 부엌에서 감자탕을 고아내는 것도 힘들었지만, 그 밥상에서 남동생과 남편이 부딪친 거였다. 남동생은 이미 6개월 전 학교 뒤의 마당 넓은 셋집에 살았을 때 오랜 누나 집 더부살이에서 매형과 신경이 예민해지기 시작했다. 아이 아빠는 병이 오고 그것으로 예민해진 데다가 남동생은 군대에 가 있었던 기간과 공무원 시험 준비를 위해 고시원에서 살았던 기간을 제외하고는 채희네와 함께 살면서 편치는 않았다. 그런 생활 속에서 아이 아빠와 거의 대화가 없었던 남동생의 과묵함도 한몫한 것인지 아이 아빠의 새로운 병 때문인지 두 사람은 신경전을 벌이고 있었다. 채희는 그때 그 집에서 이미 두 사람 사이가 예전 같지 않다는 것을 감지했고 그런 상태에서 채희의 스트레스도 심하였다.

어느 날 밤에 채희는 무서운 꿈을 꾸었고 급기야 가위에 눌려 몸은 꼼짝할 수 없고 소리를 지를 수 없는 상태에서 숨이 막혀오는 것이었다. 침상 옆에는 아이를 가운데 두고 남편이 자고 있었고 건넌방에는 남동생이 자고 있었지만, 채희는 숨을 쉬지 못했다. '나는 이렇게 죽는구나, 식구들과 같이 누워서 이렇게 혼자 죽는구나' 생각했다. 채희는 알지 못하는 신을 찾았고 아이가 어리니 아직 불러가지 말아 달라고 믿는 사람들이 한다는 기도가 절로 나왔다. 순간 채희는 가쁜 숨을 몰아쉬면서 호흡을 하고 안도의 눈물이 흘러나왔다. 그러고도 그 고통을 아무한테도 말할 수 없었다. 그 후 남동생은 지방에 있는 여동생네에서 몇 달간을 쉬는 겸 살았다. 그러다가 학교 앞의 집으로 옮겼을 때 다시 와서 두 달째 살다가 아이 아빠와 부딪치게 되었다. 남동생도 그때는 매형에게 대들었고 화가 난 아이 아버지는 함께 살 수 없다고 했다. 그 길로 남동생은 고향집으로 아예 내려가 버렸다.

M은 채희와 육체관계를 맺은 후부터 채희에게 고자세로 나왔다. 그러면서도 채희에게 자신의 세컨드가 되어주면 집을 하나 얻어줄 테니 집을 나와서 거기에서 기거하면서 딸딸이 아빠의 신세를 면하게 해달라고 했다. 채희는 그럴 수 없다고 했다. 집을 나가겠지만 그럴 수는 없다고 했다. 그 일언지하의 거절이 M을 채희로부터 멀어지게 했는지도 몰랐다. 여자가 그 남자와 맺어졌으면 고분고분하기를 남자들의 대개는 원한다지만, 채희로서는 그의 제안을 들어줄 수가 없었다.

평생 그늘의 여자로 살 수도 없다, 당당하지 못하게 그렇게 살고 싶지는 않다, 이게 채희의 거절 사유였다. M은 이 말에 채희의 마음을 읽은 듯했다. 대신 채희는 아이를 데리고 나와서 살겠다, 이제부터 아이와 둘이 살아가겠다고 말했다. 그러나 결국 M과의 관계가 M의 바람기에 지나지 않았음을, 그의 그러한 제안도 괜히 해본 소리임을 안 것은 그 후 M의 태도에서 더 명확해졌다.

채희는 어느 날 절에 갔다 온 후 M이 만나자고 하여 나갔을 때, 이별을 먼저 이야기했고, M은 쩔쩔매면서도 어떤 식으로든지 자신의 과오를 이 여자가 스스로 끝내는구나 하면서 속으로 쾌재를 부르면서 멀어져 갔다. 그것은 그 후 M에게서 한 통의 전화도 오지 않았음이 그의 교활하고 비열하며 애정 관계에서 철저한 계산과 의도, 사기성을 말해주었다. M은 애초에 난봉꾼이나 오입쟁이였다. 채희가 자신을 원하는 것에 대해 부담스러워했고, 1주일에 한 번 오던 것도 간격을 두기 시작했을 때, M은 이미 채희를 한 번 정도 데리고 놀 여자로 이미 작정한 것임이 틀림없었다. 그러나 채희가 이별을 M에게 말하고 헤어져 오던 밤에 그는 저 멀리서 채희의 뒷모습을 뚫어져라 보았다는 사실을 채희는 육감으로 알았다. 그러나 채희는 뒤돌아보지 않았다. 뒤돌아보는 순간 채희는 진실하지 못한 존재에 끄달릴 뿐임을 알았다. 채희는 앞으로 아이와 나와서 살아가야 할 일이 그녀에게 와있었다. 생의 운명이 그녀의 발밑에 와 있었다. 그러나 그때까지 채희는 그것을 속으로만 생각하고 있었지 자신의 삶이 되리라고는 미처 생각도 못 했다.

학교 앞 40만 원짜리 월세방에서 학교 뒤의 약간 언덕진 곳으로 다시 이사를 들어간 것은 1월 말경이었다. 그전에 그 언덕길을 지나다니면서 그 집 외벽이 눈에 띄었기 때문에 저 집에 들어가 살면 좋겠다 생각했던 것이 겉모습보다 안의 구조는 그렇게 좋지는 않았다. 작은 안방과 그 옆의 방은 널찍했으나 어두웠다. 거실도 좁고 부엌은 쓸만했으나 왠지 집안 분위기가 전체적으로 낡은 듯하고 어두워 보였다. 그리고 세면장은 꽤 넓었으며 다세대 건물에서는 보기 드물게 욕조가 달려 있었지만, 욕실은 천정이 낮고 추웠다. 그곳에다 바이올렛 화분을 갖다 놓았으나 일주일 만에 죽어 나갔다. 그것을 만회하려고 욕실 입구에다가 핑크빛 하트 모양의 주렴을 쳐서 분위기를 밝게 하고 집안 곳곳에 조화로 된 장미꽃을 갖다 놓아 비교적 밝고 사랑스러운 분위기를 연출했다.

채희는 자신이 나가면 이 집에 홀로 남편이 살아야 할 것이라는 생각에 말끔히 쓸고 닦고 이것저것 환경미화에도 신경을 썼다. 그러나 그녀의 정신은 황량하기만 하였다. 알 수 없는 검은 영상이 끊임없이 의식을 지배하고 있었다. 욕조에 몸을 담그고 있어도 그 영상은 흰색으로 바뀌지 않았다. 채희에게 이 집은 학교 앞 40만 원짜리 월세방과 같이 전혀 안정이 되지 않았다.

한 해에 학교 뒤의 네 칸짜리 월세방에서 이사를 나와서 학교 앞 40만 원짜리 방 두 개 집으로 옮겨서 겨우 6개월 정도 살고 다시 학교 뒤 언덕의 전셋집으로 이사 오면서 잦은 이사가 주는 정신적 피로와 안정감이 없는 정서 탓인가도 생각했다. 이사할 때마다 채희가 혼자 하다 보니 늘 포장이사를 해야 했다. 숫제 아이 아버지는 이사하는 것을 보는 것도 괴로워하였다. 옮기고 난 뒤의 모든 정리는 늘 채희의 몫이었다. 그나마 포장이사를 하니 몸이 덜 힘들었다.

아이 아빠가 아이의 목을 조른 것은 짐 정리가 다 되고 겨울밤 세 식구가 쓸쓸하게 살아갈 무렵이었다. 아이의 아빠는 이 무렵부터 정신이 온전치 않고 자꾸 밤이면 나가서는 늦게 돌아오거나 담배도 많이 피우고, 채희와 대화도 하지 않고 눈도 마주치지 않았다. 그리고 뭔가 자꾸 일을 벌였다. 그러던 어느 날 술을 마시고 늦게 들어와서는 아들과 장난을 치듯이 하더니 알고 보니 아들의 목을 조르고 있었다. 채희는 야심한 밤에 남편의 행동에 놀라서 말렸지만, 막무가내고 아이는 얼굴이 빨갛게 되어 불안해하면서 버둥거리고 있었다. 처음에는 장난을 치는가 했지만 그게 아니었다. 다급해진 채희는 위층에 사는 아저씨에게 부탁했다. 달려온 아저씨는 아들에게서 남편을 떼어내 주었고, 채희는 그날 밤 어린 아들의 손을 잡고 같은 동네에 사는 아이의 할머니 집으로 도망쳐 거기에서 잤다.

그다음 날 아이 아버지에게 따져 물었지만 아무런 기억이 나지 않는다고 하고는 차려준 밥도 이상하게 먹더니 휑하니 나가버렸다. 남편은 이미 정신이 온전치 않았다. 겁이 난 채희는 학교를 개강하고 십여 일이 지났을 때 아이를 데리고 남편 몰래 거처를 얻어서 도망을 쳤다. 그러나 남편은 아이의 하교 후 뒤를 밟아서 아이와 채희가 살고 있는 거처를 알아내더니 그때부터 채희를 괴롭히기 시작했다.

채희는 시어머니에게 빨리 남편을 정신병원에 입원시킬 것을 요청했지만, 멀쩡한 아들을 입원시킬 수는 없다고 했다. 그러는 와중에 한 번은 찾아와서 살림을 짜들고 채희를 일방적으로 겁탈하고는 죽이겠다고 칼을 찾는 것이었다. 다행히 채희는 칼을 싱크대 위에 놓지 않고 싱크대 안의 포켓에 넣어두어서 눈에 띄지 않았기 때문에 위기를 모면했다. 그 후 남편은 채희가 가지고 나간 살림을 다 가지러 오겠다고 하여 채희는 아이의 손을 잡고 찜질방으로 도망친 적도 있었다.

한 번은 아들을 붙잡아다가 간이 의자에 세워두고 옷을 벗으라고 난리를 부리고 채희는 그런 남편이 무서워 아이 할머니네 가서 식구들을 데리고 온 적이 있었다. 그때 남편은 아이와 새로 얻은 셋방에서 문을 잠그고는 같이 있으면서 아무도 들어오지 못하게 했다. 채희는 아이 아버지가 아이에게 무슨 짓을 할지 모른다고 생각하여 경찰을 불렀다. 경찰은 아이 아버지가 아이를 때리거나 하지도 않는데 왜 우리를 불렀느냐고 퉁퉁거렸다. 아이의 아버지가 정신이 비정상적인 것 같다고 채희가 도움을 요청해도 경찰들은 말을 듣지 않았다. 그런 실랑이를 하고 있을 때 반지하 셋방의 옆에 세를 살던 이름 모르는 일용직에 종사하는 아저씨가 나와서 지켜보다 나서주었다.

채희는 그 아저씨에게 무릎을 꿇고 제발 아들을 살려달라고, 문을 따고 아들을 꺼내야 한다고 울면서 부탁하여 그 아저씨가 나서준 것이었다. 그 아저씨가 아이 엄마가 아이가 위험하다는데 민원으로 와서 뒷짐 지고 있으면서 오히려 아이 엄마를 비난하는 거냐고 경찰들에게 항의했다. 그때 채희는 이 낯 모르는 아저씨만이 자신의 말을 믿어주고 도와줄 생각이 있는 사람이라고 생각했다. 아이의 삼촌도 할머니도 경찰과 같은 생각이었다. 결국 아저씨가 문을 따주어서 경찰과 같이 들어가서 아이를 남편으로부터 떼어 내어 채희의 손에 넘겨주자 채희는 아이를 데리고 택시를 타고 추운 2월의 밤에 어디론가 도망을 쳤다. 그것은 만난 지 2주도 채 안 되는 Y가 사는 동네로 무작정 도망을 쳤다.

Y가 사는 동네에는 1년 전부터 자주 만났던 민희도 살고 있어

서 그 밤에 민희에게 전화했으나 늦은 밤이라서 나올 수 없다고 했다. 어떻게 하면 좋을지 마음을 졸이다가 할 수 없이 Y에게 전화를 걸어서 도움을 요청했다. Y는 처음에는 친구한테 전화해 보라고 했으나 채희가 이미 친구가 나올 수 없다고 한다니까 짜증을 내면서도 차를 가지고 나와주었다. 잠자리에 들려고 했다가 아닌 밤중에 홍두깨라고 부랴부랴 차를 가지고 나온 그는 채희와 아이의 모습을 보고 당혹스러워했다. 어색해했지만 채희와 아이를 태우고 차 안에서 근처 찜질방에라도 가서 머물고 내일 다시 생각하라고 했다.

채희는 그때 만난 지 2주밖에 되지 않는 Y에게 그런 모습을 보이는 것이 자존심도 상하고 굉장히 부끄러웠지만, 자신과 아들이 정신 나간 남편의 폭력에서 벗어나는 것이 우선이다 보니 그런 생각을 오래 할 수도 없었다. Y는 근처의 찜질방으로 데려다주었다. 일용직 아저씨한테서 아이를 넘겨받아 현관을 나올 때 미처 신발도 신기지 못 한 채 맨발로 도망을 나온 바람에 어린 발이 추위에 빨갛게 되었고, 시커먼 땅 위를 어정어정 걷자 Y는 차마 볼 수 없었던지 업히라고 등을 내주었다. 채희는 그때 인간애를 Y에게서 느꼈다. Y는 두 모자를 부담스러워하긴 했지만, 아들을 가엽게 생각했던 모양이었다.

채희는 아들과 집을 얻어서 나오기 전에 친구와 우연히 클럽에 갔다가 Y를 만났다. Y는 키가 작고 약해 보이는 체구의 남자였다. 얼굴이 희고 동안이면서 채희와 동갑내기였다. 그는 오랫동안 결혼을 하지 않고 부모와 함께 살고 있는 남자였다. 처음으로 Y에게 집을 나올 결심을 말했을 때 그 앞에는 연탄난로가 따뜻하게 타오르고 있었다. 꼼장어를 구워서 파는 그 집은 연탄불에다가 꼼장어를 손님들이 굽게 했다. 활활 타오르는 연탄 위에 죽은 뻘건 몸을 인간은 먹었다. 심지어 살아있는 꼼장어의 껍질을 벗겨 신음하는 꼼장어는 불길에 서서히 단말마의 고통을 끝내고 널브러져서 노릇노릇 구워졌다. 이 죽은 꼼장어의 시체를 뜯어먹던 그와 채희는 만난 지 2주도 채 안 되는 서로 어려운 사이였다. 차마 집안의 비극을 입 밖으로 내기가 두렵고 수치스럽고 자존심이 상하는 가운데서도 말하게 되었다.

아이가 아빠에게 목을 졸렸다고 마치 소설 속의 한 장면 같고 뉴스에나 나올 듯한 이야기를 채희는 자신의 입으로 말해야 했다. 그렇게 말하자 그는 너 나와야겠고 단 한마디의 말을 했다. 그 말을 듣는 순간 채희는 없던 용기도 생겼다. 이 지경으로 남편의 병이 아들과 자신을 병들게 하였음에도 미련하게 살고 있었던 채희였다. 집을 나온다는 것은 간단한 일은 아니었지만 나와야만 했다. 그러던 어느 날 채희는 오전 강의를 마치고 집에 돌아와 부지런히 짐을 쌌다. 그러다가 학교에서 돌아온 아들에게 집을 떠나야 한다고 했다. 서둘러서 이것저것 싼 종이가방 두 개를 들고 1366에 전화를 걸어 쉼터로 들어갔다.

쉼터에 4개월 사는 동안 Y는 두 번 정도 채희를 만나서 멀리 있는 대체의학으로 침을 놓는 사람을 찾아갔다. 채희가 눈에 실핏줄이 터지고부터 침을 맞으러 가게 된 곳이었다. 그 남자는 채희보다 한참 위였으나 시민단체 일로 어떤 모임에서 만난 사람이었다. 차분하고 고요한 가운데 침을 놓아서 채희는 그 사람 덕분에 많이 회복되고 있었다. 물론 Y는 처음부터 채희의 병 때문에 멀리 차를 가지고 침 맞으러 가는 걸 썩 좋아하지는 않았지만, 채희가 졸랐기 때문에 응해주었다. 그러나 채희가 쉼터 사정으로 약속 시간에 조금이라도 늦으면 불같이 화를 내거나 짜증을 내었다. 그러나 채희는 Y가 이유 없이 좋았다. 어쩌면 Y가 아니어도 그때의 채희에게 누구라도 도와주면 그녀는 좋아할 상황이었다. 세상의 한가운데에서 아무도 채희가 겪는 고통과 죄를 몰랐기에 더욱 그랬을 거였다.

쉼터살이는 많은 부분 원장의 배려로 채희와 아들은 나쁘지는 않았다. 그러나 아들은 매일같이 집으로 돌아가자고 졸랐다. 그러나 아이 아버지의 광기와 폭력은 채희로 하여금 두려움과 공포를 불러오기에 견딜 수가 없어서 쉼터에 들어갔다. 채희는 가정폭력을 겪는 여성들의 쉼터를 알지도 못했지만, Y는 알고 있었는지 채희더러 거기에나 들어가서 잠시 피신하는 게 나을 것 같다고 말해주었다. Y는 채희에게 육탄으로 들이댄 남자였다. 겉모습과 다르게 술기운을 빌려서 채희에게 쉽게 다가오는 듯해서 화도 많이 내었지만 채희도 그가 싫지는 않았다. 나중에 이야기였지만 처음 만났을 때 집 근처까지 바래다주면서 그는 키스를 원했다. 그냥 입맞춤일 줄 알았는데, 채희가 프렌치 키스를 하길래 그때부터 그는 육탄으로 다가올 심사가 생긴 모양이었다. 채희는 나중에 그 이야기를 듣고 실소했던 기억이 있었다.

호숫가를 걸으면서 채희는 마음의 주머니에 깊이깊이 넣어둔 말을 Y에게 어렵게 꺼냈다.

"지도교수가 프로젝트 건으로 보자고 해서 갔었어. 한참을 프로젝트에 관한 이야기를 하시길래 듣고 있었는데 갑자기 자리에서 일어나서 내 옆으로 다가오시더니 어깨를 감싸더라.”

“뭐야? 웃기네, 너네 지도교수! 그래서 어떡했니?”

Y는 흥분하여 채희에게 추궁하듯이 말했다. 그 기세에 채희는 기가 눌려서 작아진 목소리로 답했다.

“응, 겁이 나서 움찔했더니 손을 어깨에서 떼시고는 다시 자기 자리로 돌아가셨어. 그러고는 같이 참여하라고 하시더니 다음 주 화요일 2시에 프로젝트 연구원들 모두 오니까 그때 오라고 하셨어.”

“나쁜 놈인 것 같아. 제자를 농락이나 하고. 다음부터는 가지 마, 알았지!”

Y는 격앙된 목소리로 채희에게 다짐받듯이 말했다. 그러고는 채희가 자신의 격앙된 감정에 불편해한다는 것을 깨닫더니 다시 부드러워져서 카페나 들어가자고 채희를 이끌었다.

채희는 공연히 말했나보다고 뒤늦은 후회를 하면서 못 이기는 척하며 그가 이끄는 대로 카페 안으로 들어갔다. 실내가 넓고 인 테리어가 잘 되어 있는 그곳에는 철 지난 크리스마스 장식이 붙 어 있었다. 그러나 카페에는 깨나 손님들이 들어와 있어서 웅성대 고 있었다. 그 중간쯤에 포치가 있어서 장작불이 타고 있어 바깥 기온과는 다르게 실내를 덥혀주고 있었다. 사람들은 따뜻한 실내 에서 이야기가 무르익었는지 모두 발그레한 얼굴빛으로 저마다 정겨워하고 있었다. 그 유쾌한 공간에는 겨울의 을씨년스럽고 차 가운 날씨의 그림자도 없었다.

둘은 비어있는 창가에 자리를 잡고 채희는 백을 내려놓으면서 잠깐 화장실을 다녀오겠다고 하고는 발길을 옮겼다. 사실 채희는 지도교수를 찾아갔던 날의 기억으로부터 아직도 그 생각이 불현듯 떠오르면 몸서리를 쳤다. 아까는 Y에게 침착하게 이야기했지만, 채희의 마음속에서는 지도교수에 대한 두려움과 공포 그리고 수치심으로 이루 말할 수 없는 감정 속에서 자다가도 소스라치며 깨곤 했다. 꿈속에서 지도교수는 예의 느물느물한 눈을 크게 뜨고 채희에게 다가오고 채희는 연구실 모퉁이로 피하거나 탁자 아래로 몸을 굽히고 숨는 듯하다가 벌떡 잠이 깨곤 했다. 그런 때면 가슴이 뛰고 잠을 이룰 수가 없었다.

지도교수는 애초에 박사 논문을 지도할 때부터 채희에게 여러 가지로 애를 먹였다. 논문 지도로 시간 약속을 하면 지도교수는 늘 한 시간이나 두 시간을 늦었다. 학교 일로 바쁘다고 좀 더 기다려달라고 했다. 심지어 어떨 때는 네 시간을 기다릴 때도 있었다. 그럴 때면 채희는 이분 밑에서 논문을 쓸 수나 있을까, 아니면 자신이 뭔가 부족하여 이렇게 대하시나 생각하면서 절망감이 몰려오고 그 절망감은 불안과 두려움, 공포의 전조를 띄었다.

언젠가 논문지도 하겠다고 하여 갔었는데 그날은 가까이 오라고 하여 쭈뼛쭈뼛 다가갔더니 반 팔을 입어서 드러난 팔을 교수는 쓰다듬는 것이었다. 그날부터 지도교수는 채희를 대상으로 음행을 시작하였다. 그의 연구실은 마누라 몰래 제자들과 바람피우는 러브호텔이 된 것이었다. 그런 성추행이 있었고 그럴 때마다 교묘하게 논문을 지도한다는 마수는 점점 더 번수를 더해 갔다. 그런 수모를 겪고도 논문을 마칠 수밖에 없었던 채희는 학교에다 고발하지도 못한 것은 가재는 게 편이라고 학교 행정처가 교수를 비호하는 날에는 채희 자신이 웃음거리가 되던지 오히려 교수를 모함한다는 소리를 들을까 봐 입도 뻥긋할 수가 없었다. 성추행만이 아니라 지도교수는 돈도 요구하였다. 그래서 채희는 있는 돈 없는 돈 다 끌어모아서 오백만 원을 주게 되었다. 교수는 그 돈으로도 양에 안 차는 듯이 그녀를 탐하려고 어둠 속에서 맹렬히 널름대는 불꽃처럼 그녀를 농락하였다. 그렇게 얻은 박사학위는 받고도 학위기를 볼 때마다 괴로운 기억이 자꾸만 겹쳐져서 채희는 학위기를 어딘가 깊이 넣어두고 말았다.

볼일을 보고 손을 씻으며 앞에 있는 거울을 보니 까칠하고 메마른 채희의 얼굴이 비쳤다. 지쳐 보이는 그녀는 아마 어젯밤에도 잠을 제대로 잘 수 없이 나쁜 꿈으로부터 고문을 당했기 때문이었다. 채희는 왜 이렇게도 삶은 힘들까 생각하면서 흘러나올 듯한 눈물을 간신히 참았다. Y에게 자신의 이런 모습을 보이고 싶지 않았다. 그런데 바보같이 뭐 하러 그에게 이 이야기를 꺼낸 건가 싶어 뒤늦은 후회감으로 더욱 괴로웠다. 아들에게 창피한 어미가 되지 않으려고 당당하게 살려고 안간힘을 썼지만 그럴수록 자신은 자꾸만 무너져 가고 있는 것은 어쩔 수가 없었다. 그나마 까칠하고 바른 성미인 Y가 이런 자신을 세워줄 수 있을까 채희는 그에게 그런 것을 염치없게도 갈구하고 있는지도 몰랐다. 채희는 그래도 거울을 바라보면서 허물어져 가는 자신을 바로 잡으려고 마음속으로 발버둥을 쳤다. 이대로 무너지면 안 돼, 절대로. 세상 무엇보다 맑고 밝은 햇살 같은 아들의 얼굴을 떠올리면서 그녀는 이를 악물었다.

화장실을 나와 자리로 오니까 Y는 혼자 있었던 뻘쭘함으로부터 탈출하여 다시 생기를 되찾고는 반짝이는 눈빛으로 낮게 말했다.

"자기야, 뭘 마실 거야?"

"응, 레몬차를 마시고 싶은데…"

채희는 늘 정신을 차리고 싶을 때 마시는 노란 레몬차를 떠올리고는 그렇게 말했다. 심신이 괴로울 때 위로가 되는 레몬차는 채희에게 늘 익숙한 차였다.

"그래, 나는 커피."

Y는 일어나 카운터로 가서 주문하고 계산을 하고 다시 자리로 돌아왔다.

창유리에 비쳐 드는 오후의 겨울 햇살은 그래도 따뜻하였다. 햇빛은 실내의 공기와 만나서 채희의 이지러진 상처 깊은 마음을 감싸주었다. 채희는 자신에게 이런 따뜻한 온기와 밝은 빛살이 들어온 적이 있었나를 생각하면서 천천히 창으로부터 시선을 거두었다. 자신의 마음은 그를 똑바로 쳐다보기조차 힘들었음에도 채희는 안간힘을 다해 그를 바라보고자 하였다. 마치 그늘에 나 있는 풀이 빛나는 태양을 그리워하여 발돋움하듯이.

아무래도 프로젝트에 참가하지 않으면 지금의 강의로는 아들과 둘이서 살아가기도 빠듯한 강사 월급이라 채희의 마음은 이 겨울 오후의 햇살에도 자꾸 걱정의 그늘이 드리워지려고 했다. 마음을 햇빛에 쪼일까 그늘에 내어줘서 어둠으로 가라앉을 것인가는 채희 자신의 마음먹기에 달려있을 거라고 그녀는 생각했다. 살아간다는 것이 점점 더러워져 간다고 느끼면서도, 채희는 그 물 드는 어둠을 손으로 쓸어내려 했다. 그러나 어둠은 자꾸만 스며들었고, 젊은 자신의 의지가 이렇게도 나약한가 하는 회의가 밀려왔다. 창으로 향하려던 시선을 억지로 끌어당겨, 그녀는 자신의 앞에 앉아 있는 그를 바라보았다. 그러고는 뜬금없고 푼수 같지만 Y에게 조심스럽게 물었다.

"자기야, 여기 오니까 좋지?"

"응, 괜찮네."

짧은 그의 대답이었지만 그 표정은 깨나 생기를 띠고 있었고 아들의 해맑은 얼굴과 겹쳤다. 둘의 얼굴과 눈빛은 어찌도 저렇게 세상사 더러움도 옮겨붙지 않고, 물들지도 않고 맑게만 보일까 생각하면서 채희는 자신의 마음이 얼어붙은 저 호수와 같을지라도 봄바람이 불면 두꺼운 얼음도 쿠웅웅 소리를 길게 내고 갈라져서는 종국에는 녹을 거라고 스스로 위무하였다. 그리고 언젠가 이 모든 시련이 끝나는 날, 모든 것을 던져서라도 자신이 겪은 수모를 만천하에 폭로할 것이라고 호수에 얼어붙은 강고한 얼음처럼 가슴 깊은 곳에 두껍고 묵직한 한 자루 칼을 숨겨놓고 있었다.

하얀 등

심종숙 지음

발행처　도서출판 청어
발행인　이영철
영업　　이동호
홍보　　천성래
기획　　육재섭
편집　　이설빈
디자인　이수빈 | 구유림
제작이사　공병한
인쇄　　두리터

등록　　1999년 5월 3일
　　　　(제321-3210000251001999000063호)

1판 1쇄 발행　2026년 3월 31일

주소　　서울특별시 서초구 남부순환로 364길 8-15 동일빌딩 2층
대표전화　02-586-0477
팩시밀리　0303-0942-0478
홈페이지　www.chungeobook.com
E-mail　ppi20@hanmail.net

ISBN　　979-11-6855-442-9(03810)